レジェンドノベルス
LEGEND NOVELS

ニンジャと司教の再出発《リスタート》！ 2

変わる世界と冒険者

contents

レジェンドノベルス
LEGEND NOVELS

ニンジャと司教の再出発《リスタート》！ 2

変わる世界と冒険者

第一章

新生活

迷宮の深層を、足音も立てずニンジャが進む。

探知スキルで調べたところ、この先の広間に魔物《モンスター》の反応があった。

身を低くして、通路から覗《のぞ》き込《こ》む。

大型の獣、黒牙狼《バーゲスト》の群れだ。

敵の姿を確認したニンジャは、息を殺して仲間の元へ戻っていった。


「というわけで、相手は四体だ。俺が引きつけるから、アーウィアはいつもの感じで頼む」

「うっス」

「無理に倒そうとしなくていい。俺が行くまで持ちこたえていればじゅうぶんだ」

「心配いらねーっスよ、カナタさん。犬っころの一匹や二匹くらい目じゃねーっス。任せてください、軽くボコってやりますって」

ふすふすと鼻息荒く戦棍《せんこん》を構えるのは、仲間の司教だ。

目付きの悪い金髪の小娘である。上等な純白の法衣《ほうい》を腕まくりして、細腕でいかつい鈍器など振り回しておられる。気合いの入ったヤンキーみたいな感じだ。よくもまあ、こんなちんちくりんの癖にそこまで攻撃的になれるものだ。気性の荒い小型犬みたいな娘である。

「とにかく、安全第一でいくぞ。そろそろ回復魔法の使用回数も心もとない」

「ふむ、そッスな。それじゃカナタさん、お先にどうぞ」

ちゃんと言い聞かせれば理解してくれる娘である。すぐ調子に乗るので、こまめに言い聞かせないといけない辺りが問題ではあるのだが。


へっぽこ司教を引き連れて、黒牙狼に奇襲を仕掛ける。

広間に飛び込んだ俺は、疾風のごとく駆けつつ抜刀。黒牙狼の一体に接敵、飛び退《すさ》ろうとするが遅い。袈裟懸《けさが》けに刀を一閃《いっせん》。切り裂かれた魔獣から血煙が上がった。

即座に残りの黒牙狼が俺を取り囲む。

「うらぁーッ！　こっちじゃ間抜けがーッ！」

遅れて現れたアーウィアが怒声を上げながら参戦。戦棍を振り上げ、ニンジャと対峙《たいじ》する黒牙狼の後ろ姿に襲いかかる。

不意打ちのつもりで振り下ろされたアーウィアの戦棍が、迷宮の石床を激しく叩《たた》く。でかい声を出したせいで敵に気付かれたのだ。当たり前である。

「――結局、乱戦ではないか」

愚痴などこぼしつつ、アーウィアの方へ気を逸《そ》らした一体めがけて疾駆する。戦いやすくなったと言えなくもないが、これでは事前の話し合いは何だったのだ。虚《むな》しい思いを抱え、敵を血祭りにあげていくニンジャである。

急襲で二体の魔獣を始末して、敵味方同数での戦闘となった。この状況まで持ち込めば、後は真っ向勝負だ。純粋に強い者が勝利する。

襲いかかってくる黒牙狼を見切って回避。

すれ違いざまに刀を一閃、致命の一撃《クリティカル・ヒット》！

乾いた音が一つして、黒き獣の首が飛ぶ。

骨を断つ感触すらも手に残らない。銘刀・村沙摩《ムラサマ・ブレード》、恐ろしいほどの切れ味だ。

敵は残り一体。刀の柄を握り直し、仲間の方へと振り返る。

「おらぁぁーッ！　効かんわボケがーッ！」

狼の口に左手を突っ込んだ金髪司教の小娘が、相手を戦棍でガンガン殴りつけている。

世界のアップデートから四日後。

ニンジャと司教は、迷宮第六層で戦っていた。

「アーウィア、手を貸そうか？」

「心配いらねーっス！　カナタさんはそこで見てるっスよ！」

我らが大司教アーウィアは戦棍で魔獣を乱打する。噛《か》み付《つ》かれた左手など気にもしない。

魔法職とは思えない戦い方をする娘だ。司教というより、警察犬に襲われている銀行強盗みたいな感じの姿である。もしかして防犯訓練だろうか。

普通なら腕を噛み砕かれている。こんな戦い方が成立するのは、アーウィアが身に着けている『大賢者の護符《アミュレット・オブ・ワイズマン》』による加護のおかげだ。あらゆる災厄から所有者を守る呪いのアイテムである。

「ふむ、無理はするなよ」

「うっス！　おらぁーッ！」

ノリノリで太鼓を叩く人みたいな感じのアーウィアを眺めつつ刀を一振り。黒牙狼の血を払い、ムラサマを鞘《さや》に納める。周囲を探知スキルで探るが、近くに敵の反応はないようだ。

気配を消して、敵の背後に回り込む。もし何かあったら助太刀できるよう備えておくとしよう。

ニンジャは闇に紛れて観戦である。


敵は獣型の魔物、黒牙狼。身のこなしは俊敏。獲物に飛びかかって踏み倒し、鋭い牙の並んだ顎で仕留める。迷宮第六層の獰猛《どうもう》な捕食者だ。

対するは司教アーウィア。上等な白の法衣に身を包んだ目付きの悪い小娘だ。傷んだ長い金髪を振り乱し、愛用の戦棍で元気いっぱいに襲いかかる。今日は若干鼻詰まり気味である。

両者の戦いは互いに攻めの一手のみ。黒牙狼はアーウィアの左手に噛み付いて激しく暴れるが、噛み付かれた小娘は腰を深く落として踏ん張り、鈍器を振り下ろし続けている。防具の性能で鉄壁となったアーウィアが、肉弾戦で敵を圧倒している流れだ。

「いくら護符《アミュレット》が強力とはいえ、こういう戦闘はどうなんだろう」

「しつけーッ!!　さっさとくたばれ犬っころーッ!!」

威勢はいいが、しょせんは魔法職。へなちょこアタックを繰り出すたびに、テンションばかり上がっていくアーウィアだ。武骨な鈍器を掲げて気炎を吐く姿は、まさに鬼の形相といえよう。

神の気まぐれにより、レトロゲー風の異世界にニンジャとして転生した俺である。

色々あってレベル上げに奔走した後、この世界に変化があった。女神様の手でアップデートが行われ、世界が正常化し始めたのだ。環境が激変して戸惑うこともあったが、生活の方はあまり変わっていない。迷宮で魔物を狩る冒険者として、二度目の人生を謳歌《おうか》している。

慌ただしい日々は過ぎ去り、六人いたパーティーメンバーも今はたったの二人。ニンジャだけでは敵をさばき切れず、魔法職の司教まで前衛に駆り出している始末だ。深刻な人手不足である。

「カナタさーん、どこっスかー？　片付いたっスよー」

物思いにふけっているうちに、いつの間にか迷宮は静寂を取り戻していた。

粘り勝ちを収めたアーウィアが、戦棍を振りながら辺りを見回している。俺の姿を見失っているようだ。斥候《スカウト》系の上位職であるニンジャの隠密性《おんみつ》に加えて、黒装束に黒頭巾《くろずきん》を纏《まと》っている俺である。本気で気配を消すとパーティーの仲間にさえ見つからないものらしい。

「――ここだ。殴るなよ」

ひと声かけて闇から抜け出す。

ふいに現れると殴られかねない。アーウィアは驚くと反射的に手が出るタイプの司教である。

「そんなとこにいたんスか。お待たせせっス。ようやく落としたみたいっスよ、宝箱」

頰に返り血を付けたアーウィアが得意げに指差す。黒牙狼の骸《むくろ》が累々と転がる中に、みすぼらしい木箱が出現していた。敵がアイテムを落としたようだ。

「まずはその手に回復魔法をかけてくれ。痛々しくて見てられん」

「んむ？　あ、血ぃ出てますね。まぁあれだけ噛まれたら当然っスか」

狼の唾液まみれになったアーウィアの左手から、ぽたぽた赤いものが滴り落ちていた。

この娘は戦闘が大雑把だ。防具が上等なせいで身を守るという発想が抜けている。相手を痛めつけることしか考えていないのだろう。逞《たくま》しく育ってきたのはいいが、小さな怪我《けが》が多い。傷口から変な病気に罹《かか》ったりしそうで心配である。前衛としての戦い方を学ばせたいところだ。公民館とかで前衛教室など開いていないだろうか。

「うっス、『軽傷治癒《キュア・ライト・ウーンズ》』！」

小さな光が灯《とも》り、アーウィアの左手を癒やす。犬の唾液でベタベタだが、傷の方はすっかり跡形もなくなった。にぎにぎと手を握り満足そうにしているアーウィアである。攻撃魔法の方は豆鉄砲みたいな司教様だが、回復魔法は大したものだ。ちょっとした外傷ならこのとおりである。

「よし、今日は店じまいだな。さっそく罠解除といこう」

「そっスね。お願いしますカナタさん」

迷宮で魔物を倒すと、稀《まれ》に宝箱を落とす。どこから出てきたのかわからん謎の木箱だが、罠が仕掛けられている危険がある。解除には斥候系の職業が持つ技能《スキル》が必要だ。

ニンジャも斥候系の上位職だ。専門職には及ばないが、罠解除に対して適性がある。このパーティーでは、罠の解除は俺の役目だ。

まずは罠判別。俺は木箱に歩み寄り、そっと表面を撫《な》でたり匂いを嗅いだりして調べる。

雨上がりの午後を思わせる感傷的な芳香、気絶罠《スタナー》だ。慎重に行こう。

木箱を傾けたり捩《ねじ》ったりして罠解除に挑む。コトリと小さな音がして、発動部品が外れた。

よし、上手《うま》くいった。ニンジャも慣れたものだ。


「——何かガチャガチャした形状だな」

「たぶん鎧《よろい》っスかね？　武器にしてはでけーっス」

二人揃《そろ》って宝箱の中を覗き込む。敵が落とすのは未鑑定のアイテムだ。いくら目を凝《こ》らしても、ぼんやりとした形しか見て取れない。

「そんな感じだな。アーウィア、鑑定を頼む」

「ふふ、任せなさい」

少々調子に乗っているが問題なかろう。レベルアップにより、鑑定の成功率も上がってきた司教様だ。敵の落とす宝箱からは武具などのアイテムが排出される。しかし未鑑定のままだと装備することも売却することもできない。司教は数少ない、鑑定の技能を持つ職業の一つだ。

「どうだ、やっぱり鎧か？」

「ちょっと待ってください。今日は鼻が調子悪いんスよ……」

アーウィアは難しい顔で未鑑定アイテムを抱え、鼻をピスピスいわせている。何をどう鑑定しているのか、技能を持たないニンジャには謎である。

本日のお宝は、板金鎧《プレート・アーマー》＋1であった。

「よし、長居は無用だ。早く地上に戻ろう」

「そっスね。もう魔法の回数も残ってねーっス」

回復魔法が使えない状態で無理はできない。戦利品の板金鎧をアイテム欄に収め、二人連れ立って地上を目指すことにした。

第一層までは昇降機《エレベータ》を使って戻る。鉄格子のでかい籠に乗り込み、レバーを押し上げる。ガラガラとやかましい鉄籠に揺られて上層へ。

籠を降りると、ニンジャの探知スキルが無数の反応を捉えた。

「ふむ、今日も冒険者たちの気配が多いな」

「駆け出しのひよっこ連中でしょう。毎日ご苦労っスな」

かつて『アイテム倉庫』と呼ばれていた役目の冒険者だ。パーティーの仲間から荷物を持たされて、酒場で一日中ぼんやりと呆《ほう》けていた者たちである。

「連日熱心なことだ。まだ迷宮探索にも慣れてなかろう。命が惜しくないのだろうか」

「わたしらが心配するこっちゃねーっスよ。どうせ『アイテム倉庫』の仕事はなくなったんスから。迷宮に潜らねー冒険者なんて飢え死にするしかねーっス」

「それもそうか」

「うっス。迷宮で野垂れ死ぬなら、それが連中の運命ってヤツっスね」

戦棍を肩に担いで不敵に笑うアーウィアである。

我らニンジャと司教も、迷宮を探索する冒険者。魔物を倒して宝を持ち帰るのがお仕事だ。

すっかり熟練気取りの俺たちであるが、迷宮探索を始めたのは最近のこと。何やかんやでレベルこそ上がっているものの、ひよっこ冒険者には違いない。

おまけに、たった二人のパーティーである。安全を考えると、ぴよぴよと迷宮に潜っては、宝を一つ拾ってぴよぴよと帰ってくるのが精一杯だ。それでも狩場が第六層だということを考えれば、じゅうぶんに凄《すご》いことではある。少々調子に乗っても許されるだろう。どうせ乗るだけならタダである。せっかくだから記念に乗っておこうではないか。

「異世界での再就職は上手くいったと見ていいな」

「は？　なんか言ったっスか？」

「いや、何でもない。気にするなアーウィア」

この娘には前世での話は聞かせていない。俺たちは冒険者だ。過去を語るなど野暮であろう。

アーウィアはふすんと鼻息を漏らし、睨《ね》めつけるような視線をこちらに向けてくる。

「そういう思わせぶりな態度はどうかと思うんスけど。構ってほしいなら、ちゃんと言うっス」

「だから気にするなと言っている。ほら、地上だ」

長い通路を抜け、石階段を上る。地下深くに広がる迷宮の地表部分は、小さな祠《ほこら》のような建造物になっている。ここまで戻れば無事生還だ。


地の底から這《は》い出《だ》したニンジャと司教は、深呼吸などしつつ天を仰ぐ。

頭上には青く晴れ渡る空が広がっていた。

まだ日も昇りきらぬ午前仕事である。心地よい疲労感だ。夏休みのプール教室の帰り道を思い出す。これから家に帰って昼食を済ませ、さて何をして遊ぶかというような生活だ。重苦しい迷宮の雰囲気も手伝って、驚くほどの開放感がある。

「なかなかいい生活ではないか」

「うっス。悪くねーっス」

この街の冒険者として、レベル的には中堅以上の存在となった我々である。いくつか懸念がないではないが、今後は楽勝モードといっても過言ではなかろう。

「頑張ってレベルを上げた甲斐《かい》があったというものだ。今後はヌルゲーではないか」

「なんか言ったっスか？」

「いや、独り言だ」

「だーかーらー、構ってほしいなら素直に言うっス！」

戦棍を振り回すアーウィアに追われつつ、きゃっきゃしながら街へと帰還する。

小高い丘の麓に広がるのは、我ら冒険者の拠点となる『オズローの街』だ。

酒場の冒険者

かつてこの世界は、レトロゲー仕様のシステムに支配されていた。

今になって考えると無理のあるシステムだったが、それに気付けたのはアップデート後のこと。すべては『神の欺瞞《ぎまん》』と呼ばれる強制力によって強引に処理され、何となく納得させられていたのだ。まことにいい加減な世界である。

その一つが『冒険者は8個しかアイテムを持てない』という原則だった。なぜか冒険者たちは疑問にさえ思わず、この奇妙なルールを頑《かたく》なに守り通していたのだ。ご苦労なことである。

しかし、そういった理不尽な仕様も、前任の神様が定めたこと。世界は変わりつつある。

ご対応いただいた後任の女神様には感謝せねばなるまい。俺がこうして冒険者暮らしを満喫できているのも、有能な彼女のおかげである。

冒険者たちが集う、いつもの酒場に顔を出す。

入り口の古びた看板には『ガルギモッサの酒場』と荒々しく彫刻されていた。

以前は『冒険者の酒場』と呼ばれていたこの場所も、ちゃんと店名があったのだ。

俺とアーウィアは、ふらりと定食屋に入るサラリーマンみたいなノリで酒場に踏み込む。

店内には幾人かの冒険者がいた。見覚えのある顔だが、名前までは知らない。

「──ふむん、あの連中はいねーっスな」

「ああ、期待はしていなかったが。どこに行ったのだろうな」

揃って小首を傾《かし》げる俺たちである。

しばらく前まで臨時のパーティーメンバーだった四人の冒険者たち。戦士のヘグン、僧侶ボダイ、エルフの魔術師ルーと、聖騎士のユート。短い間だったが、ともに命を預け合う仲間だった。

世界がアップデートされた日を境に、彼らはこの街から姿を消している。色々と語り合いたいこともあるのだが、ここにいないとなると探すあてもない。

「いねーもんは仕方ねーっス。ひとまず一杯やるとしますか」

「まだ昼間だ。先に用事を済ませてくるとしよう」

退店しようと踵《きびす》を返《かえ》したところ、黒装束の袖口が強い力で摑《つか》まれた。振り返ると、頬に返り血を付けたままのアーウィアが悪人みたいな面構えで凄んでいた。この娘の凶相を見慣れている俺ですら恐怖をおぼえる。

「なんスか！　酒場に来といて酒も飲まねーとか意味がわからんス！」

「日が高いうちから酒でもないだろう。まだ昼メシも食っていないんだぞ」

「そんなもん関係ねーっス！　おいガル爺《じい》、酒持ってこいっス！」

たちの悪い荒くれ者みたいな感じのアーウィアである。この酒盛り大好きっ子を酒場に連れてくれば、こうなるのは自明のことであった。

「大声を出すなアーウィア。仕方ない、一杯だけだぞ」

「ふはっ！　さすがニンジャ、話がわかるっスな！」

「俺が酒を取ってくる。お前は顔を洗ってこい」

「うっス！」

顔を洗いに走っていくアーウィアを見送って、一人ため息をつくニンジャである。

どうもあの娘は、迷宮探索と酒盛りがセットだと思っている節がある。ご褒美を与えないと面倒くさい感じになるのだ。俺の教育が悪かったのだろうか。酒を飲ませると仕事を手伝ってくれるタイプの妖怪みたいに育ってしまった。つい甘やかしてしまうことも多いが、本人のためを思うと良くないのかもしれん。難しい年頃である。

「すまん、ガル爺。麦酒《エール》を二杯くれ」

「聞こえておったわ。あまりうるさくするでない」

酒を取りに行った先でガルギモッサ爺に小言を頂戴してしまった。背は低いが筋肉質な老人。白髪交じりの立派な口ヒゲを蓄えている。我ら冒険者のたまり場となる、この店の主人だ。どうやらドワーフという種族らしい。こうして間近にドワーフなる種族がいても驚かなくなってきた俺である。酒飲み妖怪よりは普通だろう。人は環境に慣れるものらしい。

「きっと迷宮でデカい声ばかり出したせいで興奮しているのだろう。酒を飲ませれば大人しくなるはずだ」

けして聞き分けの悪い娘ではない。顔を洗って頭を冷やせば、少しは冷静になるだろう。

「酔ったら馬鹿騒ぎしよるがの」

ガルギモッサ爺は腕組みをしながら厳しい顔で告げる。子育ての悩みを抱えるニンジャに優しくない御仁である。

「――最近はそうでもない。早く酒をくれ。あまり待たせると俺が怒られる」

代金の銅貨を押し付けて急《せ》かす俺に、ガルギモッサ爺はやれやれと首を振ってみせた。

「カナタさーん、顔洗ってきたっスよー。さっさと乾杯するっスー」

店の水瓶《みずがめ》を使ったアーウィアが、顔と両手をびしょ濡《ぬ》れにしたまま小走りにやってきた。洗ったら洗いっぱなしだ。まったく、躾《しつけ》というのは難しいものである。

「アーウィア、顔を拭け」

いちいち言うことでもないのだが、もはや世話を焼くのも俺の仕事と化してきた感がある。

「なんスか、べつに顔が濡れてても死にはせんス」

絶望的な返答だ。法衣の袖で顔を拭う小娘を眺めつつ、ガル爺から木彫りのカップを受け取り、いつもの席へと向かう。

この酒場も雰囲気が変わった。『アイテム倉庫』の連中がいなくなったのだから当然だ。以前はいつ来ても、席の半数ほどを虚《うつ》ろな目の冒険者たちが占拠していた。悪所を通り越して魔窟じみた感じの店だったのだ。

「念のため言っておくが、本当に一杯だけだからな」

「はいはい、わかってるっス」

「それでは皆様、杯をお取りになりまして乾杯のご唱和を――」


いざ乾杯というところで、騒々しい連中が酒場の入り口に姿を現した。

大きな袋を担いだ冒険者たちだ。使い込まれた武具と鍛えられた身体《からだ》、幾度もの死線を乗り越えた者が持つ風格。アップデート前から迷宮探索をしていた、熟練の冒険者パーティーである。

先頭にいた強面《こわもて》の大男が、目を見開いてこちらを見た。

「おい、貴様！　あの男は見つかったかッ⁉」

見知った顔の大男から怒声を浴びる。鉄鎧を着込み肩に毛皮を羽織った荒々しい印象の戦士だ。出会い頭に他人を怒鳴りつけるなど、まことにファンキーな生き方をしている男である。

「ザウラン、大声を出すな。ヘグンなら見ていない」

乾杯を中断し、返事をしてやる。長居をしたせいで厄介な相手に絡まれてしまった。この男はやたら大声ばかり出すので、相手をすると疲れるのだ。

「ぐぬッ！　いつになったら見つかるんだッ！」

ザウランは苛立《いらだ》たしげに舌打ちをする。

それを問いたいのは俺も同じだ。あの連中はどこへ行ったのだろう。

「んだコラァーッ⁉　わたしらは迷宮から戻ったばっかっス！　おめーらこそちゃんと探してんの

かボンクラァーッ‼」

椅子を蹴って立ち上がったアーウィアが相手を威嚇する。毛皮のザウランは鼻白んだような顔で押し黙った。もの凄い勢いで吠《ほ》えかかってくる小型犬に戸惑っている感じの顔だ。

「アーウィア、口が悪いぞ。ほら酒でも飲め」

「うっス。乾杯しましょう！」

アーウィアはうきうきと椅子に腰を下ろし、酒をかっくらう。やはりご褒美を与えておけば素直に言うことを聞くのだ。悪い子ではない。

「俺が知っていることはすべて話した。迷宮第九層の魔神を倒したのはヘグンだ。おかしなことが起こり始めたのはその後。この異変について知る者がいるとしたら、あの男しかいない」

嘘《うそ》だ。魔神の首を刎《は》ね飛《と》ばしたのは俺だし、この異変に心当たりがあるのも俺である。

しかし、『女神様が世界をアップデートした』などと言っても理解はされまい。ただでさえ正体不明の怪しげなニンジャである。最悪の場合、『よくわからんがお前のせいだな』と吊《つ》るし上《あ》げられたりするかもしれない。きっと大勢の人に棒で叩かれたりするのだ。そういうのは遠慮したい。

魔神討伐の手柄と、その他面倒くさい諸々《もろもろ》はヘグンに譲ってやることにした。あの男であれば、きっと名声に変えられるだろう。前人未到の迷宮第九層を制覇した英雄として、大いに喧伝《けんでん》してやったのだ。欠席裁判である。

「まったく、面倒なことをしてくれたものだ……」

ザウランは担いでいた大きな袋を床に下ろす。がらがらと、やかましい金属音が酒場に響いた。

彼らが『アイテム倉庫』に預けていた品であろう。

アップデートによって修正されたのは、アイテム所持数の制限だけではない。迷宮へ入るのに『プレイヤー』の同伴が必須ではなくなったのだ。思えばあの制度も謎であった。

かつての『アイテム倉庫』たちはパーティーを離脱し、自分たちで迷宮探索をするようになった。抜けられたパーティーに残されたのは、彼らに預けていた大量のアイテムだ。この大荷物を何とかしないことには、ザウランたちも身動きがとれないのだ。因果応報である。

「ふむ、いらんなら商店で売ってくればいいではないか」

「それができれば苦労はしておらんッ！」

「だからうるせーっス！　でけー声だすなって言ってんのがわかんねーんスか‼」

アーウィアが椅子を蹴って立ち上がり怒鳴り返す。もう酒を飲み終えたようだ。

「大きな声を出すなアーウィア。俺のぶんも飲め」

「うっス！」

渡してやった酒杯を上機嫌にあおる小型犬《アーウィア》である。ザウランも気が立っているのだろうが、血の気の多さにかけてはうちの司教も負けていない。接近戦をするようになってから、荒っぽさに磨きがかかってきた小娘だ。

「これお主ら、やかましいぞ。喧嘩《けんか》なら外でやるがよかろ」

見かねたガル爺が店の奥から顔を出す。

「喧嘩ではないッ！　こいつがッ！」

「静かにしろって言ってんのが聞こえねーんスか‼　表出るかオラァーッ‼」

もはや何か言うたびに怒鳴り合いが発生している状態だ。ならず者が集まる酒場にふさわしい荒くれようである。


頭に血が上ったアーウィアとザウランが殴り合いの喧嘩を始めた。店の椅子を振り回すアーウィアと素手のザウランによる一騎打ちだ。咄嗟《とっさ》に手近な物を武器にする辺り、妙に喧嘩慣れした司教である。他の冒険者たちも、やいのやいのと囃《はや》し立てる。皆ストレスが溜《た》まっているのだろう。

ニンジャは喧騒《けんそう》から離れ、酒場の隅へと避難する。

「ヘンリク、ウォルターク商店の方は相変わらずか」

同じく避難してきた男から近況などを伺うことにする。

「ああ、どいつも考えることは同じだぜ。とうぶん値の張るアイテムは買い取りできねぇとよ」

頭巾を巻いた小柄な男が、椅子の上で胡座《あぐら》をかいて座っている。鼻の高い、眠そうな目をした革《かわ》鎧《よろい》の男だ。本人に聞いたことはないが、見るからに斥候職。ニンジャと同じ斥候系なので何となく話しやすい相手だ。

「そうか。希少《レア》アイテムを持っているせいで稼ぎに出られないとは皮肉なものだ」

「他人事《ひとごと》みたいに言ってくれるぜ」

鼻高斥候は横目でこちらを見て、面倒くさそうに鼻息を吐いた。

オズローの巨人

壊れた椅子の代金を弁償して酒場を出た。これだけ狼藉《ろうぜき》を働いても出禁にならないのだから、冒険者に寛容な店である。さすが『冒険者の酒場』だ。

「あの大男、いつか痛い目みせてやるっス！」

「ほどほどにしておけよ。あれでも熟練冒険者の中では人望のある男だ」

「なに言ってんスか、カナタさん。舐《な》められっぱなしはよくねーっスよ！」

司教のへなちょこパンチを食らって鼻血を出していたザウランである。アーウィアも脳天に数発いいのを食らっていたが、防具に助けられたようだ。双方ともポイントに結びつくほどの攻撃は出せず、勝負は持ち越しとなった。

ニンジャと司教は大通りをぽてぽて歩く。行き交うのはオズローの住人たち。荷車を引く壮年の男、薪束《まきたば》を担いだご婦人、豚を追う子供。皆、この街に住まう民である。彼らはこの街に根を下ろし、慎《つつ》ましく日々を暮らしている。浮草のような生き方の冒険者とは違う人々だ。

「――今日もヘグンたちはいなかったな」

「もしかしたら他の街へ行ったのかもしれんス」

「そうかもな。一言もないとは薄情な奴《やつ》らだ」

「もう忘れるっスよ。いねーもんは仕方ねーっス」

アーウィアは遠くを眺めつつ唇を尖《とが》らせる。強がっているのだろう。酒盛り大好きっ子な小娘である。気の合う飲み友達を失って、このところ意気消沈気味なのだ。


大通りを進むと開けた場所に出る。街の中央広場だ。

昼時ということもあって人通りも多い。よくわからない露店が開かれ、住人たちがよくわからない品物を交換している。冒険者生活には無縁な場所なので俺もよく知らない。いい加減である。

「カナタさん、今日はこれからどうするんスか?」

アーウィアが傍らのニンジャに問う。心なしか顔付きが穏やかだ。きっと、散歩をしているうちに機嫌が良くなったのだろう。

「商店の方へ行くとしよう。そろそろ例のやつが完成しているかもしれん」

「おっ、例のアレっスか。楽しみっスねぇ」

「意外と難しいからな。覚悟しておけよ」

広場の中心には、今日も変わらず石像が立っている。

物言わぬ男の像だ。真昼の日差しを浴びる相貌は、一人の冒険者を思い起こさせる。

かつてこの街で最強を誇った老サムライ。俺自身と、この世界に関わる謎を秘めた人物。

彼は何を思い、この世界を生きていたのだろう。

もはや知るすべはない。かの御仁は墓の下だ。すべては失われてしまったのだ。

「カナタさーん、さっさと行くっスよー！」

目を離している間に、アーウィアは広場の先に進んでいた。

「はいはい、そんなに走らないの」

お母さんみたいになりながら小娘の後を追う。向かうは冒険者の集う店だ。


広場から目と鼻の先に商店はある。

看板には『ウォルターク商店』の文字。迷宮探索に必要となる武具や諸々のアイテムを扱っている。我ら冒険者にとっての補給基地ともいえる店だ。

開け放たれた両開きの扉《ドア》の向こうは、すっかり常連となった駆け出し冒険者たちで賑《にぎ》わっている。未鑑定アイテムを持ち込んで買い叩かれているパーティー、安物の武具を値切っている戦士風の男など、騒々しくも活気のある店内だ。

「どいつもこいつもシケた買い物っスな」

「そう言うな。駆け出し冒険者にとっては大金だろう」

感じの悪い成金《なりきん》みたいになりつつ店の奥へ。商店の人間に声をかけ、馴染《なじ》みの小僧を呼んでもらう。この店には結構な額を落としているのだ。少しくらいデカい顔をしてもよかろう。

「……すみません旦那、まだ代金は用意できてねぇんです……」

やってきた店の小僧は沈鬱な表情で開口一番、謝罪に入る。まるで借金取りに脅されている好青年みたいな態度だ。こいつも商売人だ、きっと演技だろう。

「そんな顔をするな。今日は催促にきたのではない」

「はぁ、でしたら何用ですか？」

卑屈な愛想笑いを浮かべ、探るような視線を向けてくる。

この小僧は資金繰りに失敗した。立て続けに高額商品ばかり買い付けたせいで捌《さば》き切れていないのだ。俺たちが受け取るはずだった代金も支払われていない。半泣きになった小僧に懇願され、仕方なく代金は掛けにしてやっている。カネが用意できたら払えという形である。

「おい小僧、例のやつは完成したっスか？」

「ディッジです姐《ねえ》さん。例のやつでしたら、今朝職人が持ってきました」

「すぐに持ってくるっス」

「はい、ただいま！」

店員に対して横柄な態度のアーウィアだ。モンスター客である。

あまり褒められた態度ではないが、これはきっとアーウィアの気遣いだろう。少しくらい横柄な態度をとられた方が小僧も安心するようなのだ。冷静に責任を追及されるより気が楽だろう。

第九層から帰還した日、俺たちは多数の希少アイテムを商店に売却した。迷宮で朽ち果てていた者たちの遺品だ。そのときは俺も小僧もほくほく顔であった。

ところが一夜明けて、アップデートがきた。現在、オズローの熟練冒険者たちは荷物の整理に手一杯だ。商店にアイテムを売却したいと思う者は多数いるが、買い手となる者は『アイテム倉庫』から解放されて駆け出し冒険者となった連中ばかり。大したカネなど持ち合わせていない。小僧が俺たちから仕入れたアイテムは、完全に不良在庫と化した。

「事情が変わったとはいえ、哀れなものだ」

「そんなことねーっスよ。カネを払わんヤツが悪いんス」

売れれば無限にカネを吐き出すような買い取り店など存在するはずがないのだ。

ともあれ小僧の名前も判明した。数少ない知人と言っていい相手だが、名前を聞いていなかったのだ。何となく小僧とか若造で済ませてしまっていた。これからは小僧改めディッジ小僧である。


「すみません、お待たせしました！」

ディッジ小僧が二本の長い棒きれを持ってきた。

「種類の違う材木を膠《にかわ》で貼り合わせて楔《くさび》を打ち込みました。職人が言うには、これで折れないだろうって話です」

俺が発注した品である。物干し竿《ざお》と木槌《きづち》を組み合わせたような、いびつで不格好な形状だ。

「ふむ、今度のはいけるか？」

棒を二本、左右の手に握る。

意識を集中、息を鋭く吐く。

棒の中ほどにある踏み板に片足を引っ掛け、軽く跳ねる。

素早くもう一方の足を二本目の踏み板に乗せた。

「おお、立てたぞ」

「すげぇ！　カナタさん巨人みたいっス！」

「ははは、成功だな。これを『ニンジャ式高馬《たかうま》』と名付けよう」

竹馬である。俺たちの遊び道具である。

俺もエンジニアの端くれ、『ものづくり』をお仕事にしていた男。ひとつ文明人の知識をもってして、この世界における移動手段の改善など目論《もくろ》んでみたものの、聞きかじりの知識で何とかできるものではない。妥協に妥協を重ねた結果、俺が作れそうな代物は竹馬くらいであった。夏休みの工作レベルである。

俺は前世ではプログラマを生業としていた男。ハードウェアの製作は専門外なのだ。

「しかし、まだ重いな。素材の限界だ。竹が見つからないから仕方ないが」

「中身が空っぽの木ってやつスな。そんな不思議な木があるんスかね？」

体重を支える下部は太く、持ち手の方は細くした。しかしまだ結構な重量がある。長すぎる棍棒《こんぼう》みたいな代物だから当然である。歩くたびにドスンドスンと、足音まで巨人のごときである。

「よし、ひとまずこれで完成としよう。職人に礼を言っておいてくれ」

改善するとしたら、持ち手の部分に革を巻いて滑り止めにするくらいか。そのくらいなら俺でもできるだろう。

「ありがとうございます。職人への手間賃は、例の代金からということで……」

「ああ、それで構わん」

こうやって少額ずつ返済しているディッジ小僧である。おそらく、手間賃から仲介料を中抜きしていることだろう。それが商売というものだ。

「カナタさん、わたしも乗っていいスか⁉」

「ああ、交代で使うとしよう。慣れるまでは走るなよ」

「うッス、はやく代わってください！」

ニンジャと巨人モドキは、通りを抜けて帰路につく。

迷宮の戦利品を仕舞っておかねばならん。

依然として『迷宮内ではアイテムを8個しか持てない』俺たちである。アイテム欄を空けておく癖を付けておかないと、大事なところでアイテムを拾いそこねる恐れがある。

「見てください、みんなわたしの方を見てるっス」

アーウィアは自慢げにニンジャ式高馬でのし歩く。すれ違う人々は皆、驚愕《きょうがく》の表情を浮かべている。『こんな面白い馬鹿は見たことがない』とでも言いたげだ。

「いずれは商品化していきたい。せいぜい見せつけてやるんだ」

まだ製造コスト的に採算がとれるだけの目処《めど》は立っていない。しかし宣伝は早いうちに打っておいた方がいいだろう。移動手段としては微妙だが、乗ると楽しいのだ。きっと欲しがる者は大勢いるだろう。ちょっとしたサイドビジネスだ。

商店に対する債権はあるが、現金はそこまで持っていない俺たちである。もう少し生活を安定させないと本格的な迷宮探索などできぬのだ。

そうやって愉快な行進《パレード》を繰り広げている俺たちに、猛然と走り寄ってくる奴らがいた。

「見つけたぞッ！　探したぜ兄さんよォ！」

「なにそれ楽しそう！　わたしも乗ってみたいわ！」


麻袋を頭に被《かぶ》った、二人連れの変質者だ！

あらぬことを喚《わめ》きつつ、不気味によろめきながら向かってくる。

「寄るな曲者《くせもの》！　手加減はできんぞ！」

素早く腰のムラサマを抜き放ち、正眼に構える。

片や鉄鎧を着込んだ戦士風の袋男、片や紺の長衣《ローブ》を纏った袋女。

物盗りにしては珍妙な格好だ。きっと頭がどうかしているのだろう。

「俺だ俺ッ！　早まるんじゃねェ！」

怪しげな男女は慌てた様子で、被った麻袋を脱ぎ捨てる。

はて、どこかで見かけたヒゲとエルフだ。

英雄を称《たた》える唄

「あはは！　なにこれ楽しいわ！」

「あぶねーっス！　一回降りるっス！」

ルーとアーウィアが竹馬で遊んでいる。ルーはグラグラとバランスを崩しながらも何とか転ばず立っていた。酔っ払った巨人が千鳥足で歩いている様な姿だ。倒れそうになる寸前に蹴り出された竹馬が大地に突き立ち、ギリギリでその身を支えていた。予測不能な動きをするので周囲にいると危ない。酔拳と巨大トンファーで戦う新手《あらて》の中国拳法キャラみたいなエルフである。

「アーウィアさんが手本を見せてやるっス。よく見とけエルフ」

「さっきのでじゅうぶん面白いわよ？」

「ダメっス。ニンジャ式高馬が壊れるっス」

二人とも竹馬に夢中である。新しい玩具の活躍で子守りの手間が激減した。

「アーウィア、ガチョウを踏み潰すなよ。大家さんに怒られる」

「心配いらんスよ。そんなヘマしねーっス！」

場所を変えて俺とアーウィアの住処《すみか》である。宿屋の裏手にある貧乏長屋だ。

長らく定宿《じょうやど》にしていた馬小屋だが、最近になって大人気の宿泊施設になってしまった。宿代を払わなくても泊まれることを、駆け出しどもに知られてしまったせいだ。

仕方なくここに住んでいる。寝床を失って大騒ぎしている俺たちに、酒場の女給がここの大家を紹介してくれたのだ。あくまで仮の宿である。

「久しぶりだな、ヘグン。まぁ上がれ。今日はどうした、ルーを遊ばせにきたのか？」

扉に鍵などない。長屋の前で飼われているガチョウが番犬代わりである。

「ちげぇよ。冒険者どもに妙なことを吹き込んでくれたな兄さん。おかげで、とんでもねェ騒ぎになってんだぜ」

酷《ひど》く疲れた顔の戦士を連れて長屋に入る。

四畳半くらいの手狭な場所だ。半分は土がむき出しの土間になっていて、壺《つぼ》だの水瓶だのが置かれている。もう半分が板張りの床だ。板間の隅に畳んだ毛布が積まれている。

暗いので窓板を撥《は》ね上げ、つっかえ棒を噛ませる。窓ガラスなどという気の利いたものもない。

「最近、世事には疎くてな。どうなっているんだ?」

自宅で飲むことが増えた俺たちである。壺を持って酒場の裏口に行くと酒を売ってくれるのだ。この辺りの仕組みも女給が教えてくれた。朝は宿屋の裏口に木皿を持っていくと粥《かゆ》を売ってもらえる。こちらは俺が交渉して開拓した購入ルートだ。

アップデートからこちら、何かと所帯じみてきた我々である。

「街中の冒険者が俺を探してンだぜ。駆け出しどもの噂《うわさ》じゃ、すっかり英雄扱いだ。ろくに出歩くこともできやしねェよ」

ヘグンは板間の上がり口に、どっかと腰を下ろす。

なるほど。魔神を倒し、『神の欺瞞』を打ち破ったのはヘグンということになっている。

かつて『アイテム倉庫』だった連中にしてみると、偉大なヒーローであり大恩人であろう。俺がそんな目に遭わずに済んで一安心だ。ヘグンが駄目ならアーウィアを代役に立てる予定だったが、さすがにあんな感じの小娘では説得力がないかと困っていたのだ。

「それで顔を隠していたのか。かえって悪目立ちするだろうに」

「兄さんに言われたかねェよ」

言われてみればそのとおりだ。風呂と寝るとき以外は、たいてい黒頭巾を被っている俺である。

「酒場に行けばヘグンのことを唄ってる詩人もいるのよ。銅像を建てようかって話も持ち上がっているみたいだわ」

「あー、そういえば近頃、酒場の方から楽器の音が聞こえてたっスね」

遊び疲れた女子たちも、戸口に竹馬を立てかけて長屋に入ってきた。

「結構な話ではないか。それだけ名が売れれば斥候も探しやすくなるだろう」

ヘグンたちの相手をしながら床板を引き剝がし、懐から取り出した板金鎧を収納する。

第六層のアイテムはしばらく売らず、折を見て放出する予定である。今は売り時ではない。迷宮デビューしたばかりの連中が多いので、安物装備の方に需要が集中しているのだ。

「……鎧？　今、何か妙なことが……。いや、迷宮どころじゃねェんだよ。ユートとボダイも抜けちまって、斥候どころの話じゃねェ」

「――何？　奴らはパーティーを抜けたのか？」

愉快な連中だったのだが。それは寂しい話ではないか。

パーティーの斥候を喪《うしな》い、迷宮探索ができずにいたヘグンたちだ。そんな彼らを加え、俺たちは第九層の魔神を討伐した。ともに修羅場をくぐり抜け、少なからず仲間意識のような感情もあったのだが。人が離れていくのは、存外あっけないものらしい。

「ユートは家に戻るって言い出した。兄さんたちと別れた次の朝だ。大急ぎで馬を借りて、街を出てったぜ」

「何だか慌ててたわ。『帰らなきゃ』とか『急がなきゃ』とか言ってたの」

ルーが変な動きをしながら思い出すように喋《しゃべ》る。

「何だそれは。あんなに迷宮迷宮と言ってた奴が……」

「お嬢のやつ、急に家が恋しくなったんスかね？」

熱しやすく冷めやすい性格なのだろうか。俺も他人のことは言えない。急に魚釣りを始めたり、ヨーグルト作りに嵌《は》まったりする。どれも長くて三ヵ月ほどしか続かない。ある程度習得したら納得して別のことに興味が出るのだ。我ながら忙《せわ》しない生き方だとは思う。

「まぁ、戻ってくるとは言ってたがな。しばらく迷宮探索は無理ってンで、ボダイの奴も用事を済ませに行ったよ。オッツォの故郷だ」

「誰だそれは」

「……あァ、うちにいた斥候の男だよ。故郷に弟夫婦が住んでるって聞いてたからな。遺髪を届けに行ったのさ。四、五日は戻らねェ」

善の僧侶であるボダイらしい行動である。

聖騎士のユートが出発した翌日、ヘグンらは連れ立って近くの村まで行っていたそうだ。旅立つボダイを見送って、オズローに戻ったのは夕暮れ。その頃には、冒険者たちが英雄ヘグンの行方を血眼になって探し回っていたらしい。黄昏《たそがれ》時の薄闇にまぎれて宿へ駆け込み、以後は日が暮れてから酒場で情報を集める生活をしていたとのこと。もちろん、麻袋を被って、である。

「そうか、入れ違いになっていたようだな。俺とアーウィアは昼間に少し顔を出す程度だ」

「夜はこっちで飲んでるんス。酒場には、うるせー大男がいるっスからねぇ」

「ああ、ザウランの野郎か。あいつはなァ……」

きっと夜の酒場でも、姿を見せぬヘグンを探して大声で息巻いていたのだろう。


世界がアップデートされたことで、この街の冒険者たちは動揺している。

これまで冒険者たちを縛っていた『神の欺瞞』は効力を失った。もはやレトロゲーみたいなシンプルな生き方はできんのだ。熟練どもは迷宮探索に出られず鬱憤を溜めているし、商店は高額アイテムの取り扱いに苦慮している。駆け出しどもは自力で迷宮へ潜って稼がねばならんし、ニンジャと司教は馬小屋を追い出された。我々冒険者は新たな環境への適応を求められている。

「ねえ、見て！　変な虫がいるわ！　大きいわよ！」

土間の隅っこに虫を見つけたエルフが興奮している。こいつは平常運転だ。

「虫くらいどこにでもいるっス。いちいち騒がんでもいいっス」

アーウィアが愛用の戦棍で虫を外に追い払った。

俺は足がいっぱいあるタイプの虫が苦手なので、たいへん助かっている。ガチョウが始末してくれるといいのだが、あまり虫は好まないらしい。

「で、わたしらに何の用っス？　さっさと本題に入るっス」

戦棍で肩を叩きつつアーウィアが言う。厄介事を背負わせたのは俺たちの方だが、まったく悪びれる様子もない小娘である。

「噂の出どころが黒ずくめの男だって話は聞いてらァ。今さら兄さんや姉御《あねご》に文句を言うつもりもねェよ。俺たちだって死ぬ気で魔神と戦ったんだ。俺一人の手柄みたいに扱われるのは面倒くせェが、関係ねェとも言えねぇ」

渋々ではあるが人柱になってくれるようだ。やはり気のいい男である。

「じゃあ問題ねーっスな。愚痴なら聞いてやるっス。昼飯でも食いに行きますか」

「そうだな。何か食べたいものはあるか？」

「何でもいいっス。任せます」

「待ってくれッ！　まだ話は終わってねェんだ。あの連中、俺から話を聞くまで納得しねェだろう。だが、俺もこの異変にゃ心当たりなんてねェぞ？」

ヘグンはこちらの胸中をうかがうような、厳しい視線を投げてくる。それはそうだろう。皆が知りたいのは魔神討伐の話ではない。すべての冒険者に関わる『異変』についての説明だ。

「ふむ、それなら適当な言い訳をこちらで用意してやろう。何とか言いくるめることだ」

「――兄さんは一緒にこねェのか？」

「俺のような新参者が出張っても仕方あるまい。口裏を合わせたと思われるだけだ」

このニンジャは無関係だと言ってしまっている。知らぬ存ぜぬを通させてもらおう。

「まぁいい。で、俺ァ連中になんて言やいいんだ？」

「異変の原因については少々心当たりがある。魔神を倒したことで迷宮の瘴気《しょうき》が薄まったのだろう。『神の欺瞞』が弱まったのはそのせいだ」

「なんだって、そりゃ本当かァ⁉」

「んなわけねーッス。そう言っときゃ誤魔化せるって話っスよ」

身を乗り出したヘグンをアーウィアがバッサリ切って捨てる。言い方というものがあるだろうに。ヘグンがしょんぼりしているではないか。

「よくわからん出来事は、よくわからん物のせいにしてしまおう。どうせ誰も本当のことなど知らん。連中とて苦情を言う相手がほしいだけだ」

「うっス。文句があるなら、わたしらじゃなくて迷宮に言えってことっスな」

もちろん嘘である。ちゃんと情報を整理していくと、真相を知っているのが俺だということを嗅ぎつける奴が出てくるかもしれん。そうなると、このニンジャは吊られて棒で叩かれるのだ。しっかりと誤情報を撒《ま》いておかねばならん。

「結局のところ、異変の原因など気にしても仕方ない。今後どうするかを話し合うべきだろう」

「まぁな、そいつァ兄さんの言うとおりだぜ」

「うまく話題をそちらに持っていくことだ。堂々と話せば疑う者などいないだろう」

ニンジャに策を授けられ、ヘグンたちは意気揚々と酒場へ向かっていった。

こうして対策会議にご出席が決まった英雄殿である。あの男、冒険者の今後について何か具体案でもあるのだろうか。そちらの話し合いが難航するであろうことに気が回っていない様子だ。かわいそうに、炎上案件の匂いに気付いていないのだろう。こんな状況での会議など泥沼と化すに決まっている。俺としては二度と出席したくないものだ。きっと、現場がボーボー燃え盛っているのに、明日までに会議の資料を用意しろとか悠長なことを言われるのだ。そうに違いない。

火中に飛び込んでいくヘグンの背中に向かい、そっと合掌する俺であった。

猛禽獣《もうきんじゅう》

「結局、ヒゲとエルフは帰ってこなかったっスな」

「ああ、きっと話し合いが長引いているのだろう」

翌日。日課の迷宮探索を終え、長屋へと帰宅している俺とアーウィアである。

冒険者たちとの話し合いに赴いたヘグンたちの消息は杳《よう》として知れず。

やはり俺の懸念したとおり、相当に議論が紛糾しているのだろう。当たり前だ。ザウランを中心とした熟練冒険者どもは、行方の知れぬヘグンを探すことで本来の問題から目を背けていただけである。当の本人から『そんなことより、これからどうするんだ』などと言われては、たまったものではあるまい。『だったらお前も考えろ』と反論されるに決まっているではないか。

「ふむん。せっかく酒でも奢《おご》ってやろうと思ったんスけど。今日は戻ってるっスかね」

「さて、どうだろうな」

今日は酒場に顔を出す予定もない。探し人も見つかったことだ。事態が落ち着くまでは、遠くから静観するつもりである。


宿の脇にある細道を抜け、貧乏長屋に向かっていると、物々しい喧騒が耳に飛び込んできた。

鋭い金切り声に混じり、数人の男たちが口汚く悪態をついているようだ。

ニンジャの探知スキルを使うまでもなく、暴力の気配が漂っている。

「カナタさん、誰かガチョウに襲われているみたいっス」

「うむ、来客だろうか」

玩具のラッパをやけくそに吹き鳴らすような奇声はガチョウのものだ。あの鳥は見かけによらず気性が荒い。下手をすると、迷宮第一層の魔物に匹敵するくらいの暴れん坊である。


「ぬうッ！　なんだこの鳥はッ！　あっちへ行けッ！」

「煽《あお》ってんじゃねえ！　退け、いったん出直すぞ！」

「畜生ッ！　俺を置いてくんじゃねェ！　縄《なわ》を解きやがれザウラン！」

「ヘグンあぶないわ！　その子、目をねらってるわよ！」

はて、見覚えのある連中がガチョウに襲われている。ヒゲと鼻高と毛皮の大将だ。耳が長い奴もいる。こんなところでどうしたのだろう。話し合いは終わったのだろうか。

「お前らは何をやっているんだ。ここは迷宮ではないぞ。戦闘なら他所《よそ》でやれ」

ガチョウを追い払って部屋に上がり、用件を伺うことにする。わざわざご足労いただいたのは結構だが、ここは賃貸住宅だ。トラブルなど起こして迷惑を被るのは我々である。

「なんでヒゲは縄で縛られてんスか。そういうので笑いが取れると思ったら大間違いっス」

「馬鹿を言うなッ！　逃がさぬために決まっているだろうが！」

「でけー声出してんじゃねェーッ!!　近所の迷惑になるだろがボケがァーッ!!」

ブチ切れたアーウィアがザウランに怒鳴り返している。

やかましい奴らだ。ガチョウといい勝負である。

「用があるのは、そっちの旦那だぜ。俺たちゃ見張りに付いてきただけだ」

鼻高斥候のヘンリクはヘグンの方へ顎をしゃくってみせる。

罪人のように後ろ手で縛られているヘグンである。左右の足首も縄で繋《つな》がれている。肩幅に開けるほどの長さしかない。歩くことはできても、走って逃げることはできない格好だ。念入りに拘束されたものである。

「ふむ。ヘンリク、ちょっとザウランを連れて席を外してくれ」

「言っとくが、逃がそうなんて思うなよ？」

「戸口のところから見張っていればいい。その男がいると、うちのアーウィアが落ち着かんのだ」

さっきからアーウィアが、もの凄い顔でザウランにガンを飛ばしている。

迷宮の魔物でも、ここまでの凶相はちょっとお目にかかったことがない。反りが合わないのかもしれんが、えらく嫌われたものである。


「待たせたな。それで、うちに何の用だヘグン」

茶など出せればいいのだが、生憎《あいにく》この家にそんな代物はない。構わず本題に入るとする。

「――失敗だぜ、兄さん。途中までは思いどおりに話が運んでたんだがな。俺も話し合いに付き合わされることになっちまった」

「ほう」

「冒険者は俺たちだけじゃねェ。駆け出しどもにも話を通さなきゃならん。だったら、奴らに信頼されてるテメェがいなきゃ話が進まねェってよ」

「何と、そんな流れになったのか……」

まるで『心底意外だ』みたいな感じに目を見開いてみせる俺である。そんなことは想定の範囲内だ。そういう展開が予想できたからこそ、この男を人柱に立てたのだ。

困惑した振りで視線をさまよわせていると、半笑いのアーウィアと目が合った。小娘はひゅっと喉を鳴らし、顔を背けて小刻みに肩を震わせ始める。こいつにはバレバレである。

「気は進まねェが、連中が納得するまで付き合ってくらァ。それで、ちょいと兄さんに頼みたいことがあってよ」

「ああ、俺にできることなら力になろう」

誠実すぎて逆に嘘くさい感じの声音で答えるニンジャである。俺もなかなかに役者ではないか。

アーウィアは土間に丸まって肩を震わせている。さっきのがツボに入ってしまったようだ。

「そういう場所にルーを連れて行くと、その……アレなんだ。昨夜も冒険者を集めて、夜通し話し合いをしてたんだが、ルーがいたせいで、その……わかるだろ？　だから、しばらくの間、数日でいい、そっちで相手してやっててくれ」

　問題のエルフを見る。さっきから大人しいと思ったら、土間に置かれた水瓶の裏に首を突っ込んでいた。虫でも探しているらしい。

　おそらく話し合いの邪魔にしかならないのだろう。厄介払いである。

　こちらが引っかぶせた厄介事が、形を変えて戻ってきたわけだ。旅行のお土産を渡したら、お礼に田舎から送られてきた柿をもらった感じである。無限に繋がっていくご近所付き合いの輪であろう。そんないいものではない。むしろ呪いの連鎖だ。

「……仕方ない、隣が空いているから住まわせよう。大家さんに話をしてくるか」

「悪《わ》りィな、俺もちょくちょく顔を出すようにするぜ」

　ほっとしたような顔のヘグンである。ルーはどれだけ会議を妨害していたのだろうか。総会屋みたいなエルフである。

「朝のうちは迷宮に行っているから留守にする。ルーも連れて行って構わんな？」

「おぅ、好きに使ってくれ」

「何か食べさせたらマズい物はあるか？」

「いや、何でも食う」

しばらくはルーを臨時メンバーとして扱《こ》き使うことにしよう。きっと数日してボダイが帰ってくれば面倒をみてくれることだろう。

そろそろ俺たちも、今後の身の振り方を考える時期に差し掛かっているのかもしれない。

アーウィアに話をしてみよう。先延ばしにしてきたが、これはいい契機なのかもしれない。

「いたわ！　そっちに走っていったわよ！」

「だから虫くらいいるっス」


会議に連行されていくヘグンと別れ、俺たちは飯屋にやってきた。

何度か利用して勝手知ったる『陽気な蛙《かえる》亭』である。三人だと伝えて銀貨を支払うと、愛想のいい看板娘がパンを三つと大皿をテーブルに運んできた。

「パンをそのままテーブルに置かれるのは、まだちょっと抵抗があるな」

自分で言ってて気付いたが、手摑《てづか》みで持ってこられる方はあまり気にならなくなっている俺である。人は環境に慣れていくものだ。

「いちいち皿にでも載せるんスか？　絵面《えづら》としては面白いですけど皿を使う意味がねーっスよ」

「カナタって、ときどき変なことを言うわよねぇ」

アーウィアはテーブルに転がったパンをむしりつつ、ルーは皿に手を突っ込みながら言う。

残念ながら、この世界においては二人の方が正しいテーブルマナーである。赤ん坊か無精者かと聞かれると、混じりっけなしの蛮族《バーバリアン》である。食える食えないの線引きが荒々しいのだ。

「きょうの料理は何だろう」

「魚よ」

「ニシンか何かっスな。塩漬けしたやつをリーキと一緒に炊いてるっス」

大皿には三尾のお魚さんと、ぶつ切りにしたネギみたいな物が同居して湯気を上げている。美味《うま》そうだ。この店のメニューは日替わりのみ。どうやら本日の献立は当たりの日であったらしい。

指でほじったニシンの身と、リーキとやらを一緒に食べてみる。塩辛い魚とネットリとした甘みのあるリーキであった。あっさりした味付けだが、まことに相性がいい組み合わせだ。海の幸と山の幸が奏でるハーモニーである。

取り皿代わりにしているパンをむしって口に運ぶ。こちらの方はあまり美味くない。座椅子を破って中身のウレタンを食っているような感じである。やたらデカいので食うのが大変だ。

アップデートが来るまで、メシを食うことすら忘れていた俺である。こちらの食文化に馴染めず苦労するのではないかと思っていたが、やはり案外慣れるものだ。

「いちいち指が汚れてしまうな。それに熱い。やはりマイ箸を持ってくるべきだろうか」

潔癖性のOLみたいな感じのニンジャである。しかし俺たちにはアイテム欄の問題があるので、迂闊《うかつ》に所持品を増やすことはできないのだ。迷宮内で箸を捨てれば済む話ではあるが、いかに悪のニンジャといえどポイ捨てには抵抗がある。

むしろこの街の人間に箸の普及活動をするべきだろうか。しかしいきなり『手で食うな、箸で食え』などと言っても無駄だろう。人気者のヘグン辺りに箸の使い方を仕込んで広告塔になってもらうか？　いや、あの男は不器用そうだから、きっと箸を握ったまま逆の手で食うだろう。食事中に握る謎の棒として流行されても困るのだ。きっと派手な装飾が付いたり巨大化したりして、謎の文化として発展するに決まっている。いずれ『はは、食事中に英雄棒《ヘグン》を持たぬとは、とんだ田舎者だな』みたいな感じになってしまうのだ。

形骸化した慣習というのはプログラマの敵である。ちゃんと仕様書どおりに作っているのに、後になって不思議な業界ルールを持ち出して変更を迫ってくるのだ。そのたびに例外的な処理が追加され、無用となった後もシステム内に残り続ける。買ったはいいが二回くらいしか使わずに台所で何年も放置されているバルサミコ酢みたいなものである。捨ててしまえそんな物。

「この後はどうするの？　今日はもう迷宮には行かないの？」

ニシンの頭をバリバリ食いながらルーが言う。

「もう魔法の回数が残ってねーっス。回復が使えないから危ないことはできねーっスよ」

アーウィアも魚の頭をボリボリ噛み砕きつつ答える。

「それなんだがな、『修練場』に行ってみようと思う」

お上品にパンをむしりつつ発言するニンジャである。

戦士ギドー

「そろそろ探索メンバーを増やそうかと思っている。今は酒場に行っても、まともに勧誘などできんだろう。駆け出しどもは賑やかにしているが、どうせ同じひよっこなら『修練場』で使えそうな新人を探そうではないか」

ニシンの大皿から、俺のぶんの頭をアーウィアのパンに載せてやる。栄養の足りない育ち盛りの小娘である。しっかり食わせてやらないといかん。

我らがパーティーの構成員はニンジャと司教の二人のみ。明らかに人員不足だ。

俺もアーウィアも口には出さなかったが、ヘグンたちを当てにしていたところはあったのだ。気心の知れた仲であるし、腕っぷしの方も申し分ない。おそらく彼らも同じことを考えているのではないか。そう思っていたから、あえて二人だけで迷宮探索を続けていたのである。

ところが、ユートのやつは帰省中だし、ボダイも出かけている。ちょっと都合が合いそうにない感じだ。方針を改める必要があるだろう。

「――そっスか。まぁ暇ですし、期待せずに見に行くだけ行ってみますか」

アーウィアは魚の頭を口に放り込みつつ、気のない返事を寄越してきた。

「そうね、話を聞いてなかったけど、それでいいと思うわ」

ルーが羨ましそうに見ているので、骨の方をくれてやった。

嬉《うれ》しそうにバリバリ食っている。本当に、エルフというのは何でも食うらしい。


昼食を平らげて水瓶で手を洗い、一同は『修練場』へとやってきた。

だだっ広い敷地《しきち》に建つ、木造二階の建造物。

中に入ると、数人の職員たちがカウンターの向こうで何やら書き仕事をしていた。ここに来るのは久しぶりだ。あまり馴染みのある場所ではない。

「新人を探しに来た。前衛職で募集をしたい」

何となく見覚えのある職員の男に声をかける。

「それでしたら向こうの壁ですね。修練を終えた者について、来歴と教官の評価が書かれています。文字が読めなければ代読しますが」

相手の方はおぼえていないらしい。もしかしたら別人だったかもしれん。

「いや、不要だ。では拝見させてもらう」

職員に礼を言い、指示された方へと足を運ぶ。

俺たちの他に冒険者の姿はない。ここの職員たちは暇ではないのだろうか。

「ふむ、結構いるっスね。命知らずの馬鹿野郎どもっス」

アーウィアは壁を見上げて鼻息を漏らす。黒く塗られた壁一面が、細かい文字で埋まっていた。

新人たちの情報が白墨で記されているのだ。

「紙に書いてくれれば読むのもラクなんだがな」

下の方に書かれた奴は気の毒である。もっとも、そんなところに書かれる奴は教官の評価も低いようだ。逆に、目線より高い位置に書かれている奴も何かしら問題がありそうな印象である。

「羊皮紙だってタダじゃねーっス。稼ぎのない新人の扱いなんてこんなもんスよ。あ、カナタさん、コイツなんてどうっスか？」

「どれどれ」

アーウィアが推薦する新人の情報を見る。

なかなか能力値が高いようだ。しかし問題がある。

「冒険者名の登録が『えういあ』か……。やめておこうアーウィア。この手の名前は、何か不吉な予感がする」

「贅沢《ぜいたく》っスな。名前なんて後で変更すればいいっス」

ふんすと鼻息を吐き出して、アーウィアは別の書き込みに目を向ける。

アップデート以降、色々と思うところがあるのだ。こういう適当な名前の人物を呼び出すことで、何か良からぬ事態に発展しそうな気がしてならない。

そして、アーウィアに対しても気になっていることがある。

「――名前か。そういえばアーウィア、お前はどのように登録したんだ？」

壁の文字を目で追う振りをしながら、心臓バクバクで聞いてみる。

「あー、アレっスか。わたし、読む方はイケるんスけど、書く方はそこまで得意じゃねーんスよ。故郷じゃ文字を読めるヤツは少なかったんで。ちょっと緊張もしてたんで登録のとき代筆を頼んだら間違えられたんス」

よかった。本当によかった。

こいつは身元の確かな、天然物のアーウィアだ。

俺のような出自のわからぬ不審人物ではない。『後で変更すればいい』という理由で、適当に名前を決められたわけではないのだ。いや待て、俺は何を考えている。

頭を振って、おかしな妄想を追い払う。

何か妙なことを考えていた気がするが、今はやるべきことがある。しかし心の底に溜まっていた疑念が払拭された気分だ。また一つ憂い事が消えてほっとする。

「ねぇ、まだなの？　そろそろ退屈だわ」

床板をみしみしと軋《きし》ませながら、ニンジャ式高馬に乗ったルーがやってきた。新たに増えた方の憂い事である。

「こら、床が抜ける。外で遊んでいろと言っただろう」

「わたしらは忙しいんス。暇なら手伝え。上の方のやつを読んでるっス」

落ち着きのないエルフである。同じヘッポコでも会話が成立する方のヘッポコであるアーウィアの方が遥《はる》かに優秀だ。今もこうして手伝ってくれている。

「あら、この人すごいわ。とても新人とは思えない評価よ。戦士希望ですって」

竹馬に乗っているルーが天井近くに書かれた一人の新人に目をつけた。

「……ちょっと代わってくれ。俺も見てみたい」

たまに神がかったところのあるルーだ。俺の直感にも訴えかけるものがある。

竹馬を借りて最上段の書き込みを読む。

ふむ、確かに凄い。評価だけなら他の新人どもを圧倒している。

「名前は『ギドー』か……。よし、こいつを呼んでみよう」


場所をガルギモッサの酒場へ移し、安酒を飲む俺たちである。

薄い麦酒《エール》だ。発泡もしていなければ冷えてもいない。パンのような香りはするが、麦茶で日本酒を割って酢味噌《すみそ》の付いた箸でかき混ぜたような微妙な味である。若干濁りがあるし、得体の知れない変な物もぷかぷか浮いているが気にしない。今さらである。

「戦士ギドーか。なかなかの掘り出し物かもしれんな」

「どんなヤツっスかねぇ。使えるヤツならいいんスけど」

職員に頼んで新人を呼んでもらったのだが、酒場で落ち合う規則だという。仕方がないので酒を飲みつつ待っている。この店が冒険者の酒場などと呼ばれていたのも、また別の理由があったようだ。背後に何か不正なカネが動いていそうな繋がりを感じさせる。

「ねぇ、頭がいたいわ。どうしたのかしら？」

「気にすんなっス。酒でも飲んでれば治るっスよ」

「そうかしら」

ルーは竹馬に乗ったまま酒場に入ろうとして看板に頭をぶつけた。前後の記憶が抜けているようだ。もともと半分くらい壊れているエルフなので、とりあえず動いているから問題なかろうと判断している。まだ買い換えるほどではない。


少々待ちくたびれた頃、酒場に大きな声が響き渡った。酒場の主人、ガルギモッサ爺の声だ。

「冒険者アーウィア！　冒険者アーウィアはいるか！」

呼ばれたアーウィアが酒を噴いた。

「な、なんスか⁉　わたし何もやってねーっスよ⁉」

「ああ、新人が来たのだろう。お前の名前で手続きをしておいた」

ちょっとしたサプライズである。日常に彩りを加える小粋な演出である。

「なにやってんスか。勝手に人の名前を使わんでください」

「まあ、面白かったから構わんじゃないか」

「そこは評価するっス」

鼻から麦酒の雫《しずく》を垂らしているアーウィアの手を取って、ガル爺に向けて振ってやる。

さて、ギドーとやらはどんな男だろう。


「お前がギドーか……」

「……はい」

姿を現したのは、ちょっと予想外な感じの人物であった。

「ちっちぇーっスな。なんスかこの砂利餓鬼《ジャリガキ》は」

「……ギドーです」

陰気な子供だ。痩せこけた小さな身体に汚い襤褸《ぼろ》布を纏っている。

黒いざんばら髪は蔦《つた》のように乱れ、血走った目でぎょろぎょろと俺たちを見ていた。

ちょっとヤバい感じだ。森の奥に住む邪悪な妖精みたいな感じである。道に迷った旅人を襲って腸《はらわた》とかを食らう系の奴だ。

犬のにおい

「アーウィア、ちょっとこっちに来い」

「うっス」

酒場の隅にアーウィアを引っ張って小声で緊急会議である。

「ヤバいのを引いてしまった。ちょっと面倒を見切れそうにない。森に帰そう」

「なんスか。なにも知らない冒険者を軽い気持ちで弄ぶようなマネは感心せんス。そういう身勝手な行いが『アイテム倉庫』みたいな可哀想《かわいそう》な連中を作るんスよ。ちゃんと面倒見るっス」

こういうときばかり正論を吐く司教様である。おそらく他人事だと思っているのだろう。利害関係になければ、いくらでも正論を吐けるのが人間というものである。言うのは簡単なのだ。

「アレは大丈夫だ。きっと一人でも生きていける。人里離れた場所で暮らせば、誰にも迷惑をかけることはないはずだ」

「適当なこと言ってんじゃないっスよ。とりあえず話だけでも聞いてみましょう」

駄目だ、説得に失敗してしまった。危機感のない小娘である。このままでは俺たち二人とも、明日の朝には腹を食い破られた悲惨な骸と成り果てるであろう。何とかしなくてはならん。

「……両親は流行病《はやりやまい》で死にました。隣村の叔母を頼ったのですが財産を騙《だま》し取《と》られ、人買いに売られそうになったのです。納屋に火をつけて村を逃げ出しました。もう戻る場所はありません……」

「――聞くのではなかった……」

こういう重い話は苦手なのだ。ソフトクリームを落とした子供を見ただけで泣きそうになる俺である。もともと涙腺が弱い方なのだ。最近はニンジャ要素が薄くなってきたので心に応える。

「よくある話っスよ。仕方ねーっス、しばらく面倒を見ましょう。レベルが上がれば一人でも生きていけるっス」

ちょっと前までは似たような境遇だったアーウィアである。しばらく成金生活をしている間に、妙に姉御肌な人格が形成された。新入部員が入ってきて先輩としての自覚が芽生えてきた二年生みたいな感じである。『一年生、準備遅いよ！』とか言っているイメージだ。吹奏楽部とかでよくある光景である。

「たいへんねぇ。どうやって生活していたの？」

「……木の根とか、虫とか蛇を捕まえて食べていました。畑で捨てられていた、腐った瓜《うり》を拾ったり……」

余計なことを聞くなルー。

そこまで開封してしまったら、もう返却は無理ではないか。

もはや諦めの境地にあるニンジャである。

「ギドーというのは本名か？」

「……いえ、曾祖父の名です。高名な戦士だったらしいので名前を借りました。登録のとき、私の名は長すぎると断られたので……」

「そうか」

納得である。

ギドーなどと言われると、どう考えても筋骨隆々の男がやってくると思うではないか。文字数制限など、余計なことをしてくれるシステムである。

俺たちは再び『修練場』へと戻ってきた。

「冒険者名の変更をしたい。そこのちっこい奴だ」

またしても例の職員に声を掛ける。いちいち酒場を通すせいで、本日二度目の来訪だ。無駄足ではないか。改善していただきたいものである。

「では申請書の記入を。文字が書けなければ代筆もしますが」

「……いえ、文字は書けます」

これから『ギドー』ではなくなる小動物が流暢《りゅうちょう》に筆を滑らせる。ガチョウの羽根を削った羽根ペンだ。もしかしたら長屋で飼われている奴の羽根かもしれん。

「カナタさん、こいつ意外と教養があるっスな。見てくれに騙されたっス」

「ああ、やはり能力値は高いようだな」

「綺麗《きれい》な字を書くわねぇ。きっと育ちはいいのよ」

「ルー、ニンジャ式高馬から降りろ。向こうの職員が怖い顔をしている」


申請を終えて『ギドー』改め『ニコ』がパーティーに加わった。

「ふむ、ずいぶん印象が変わったな」

メニュー画面を開き、パーティーメンバーの一覧を眺める。

最下段にニコの名が追加されていた。

「……ドワーフの名前は長いので。幼い頃の愛称です。曾祖父は人間でしたから」

「思ったより年齢も高い」

「……ドワーフには、背が高い者は少ないので」

「あと、女だったのか」

「……ええ、まあ」

名前：ニコ。種族：ドワーフ、18歳。職業：戦士、Lv.《レベル》1。

新しいメンバーである。ちなみに属性《アライメント》は悪であった。納屋を焼いたりしていれば、とうぜん悪にもなるであろう。

「とりあえずニコを洗うっス。さっきから犬みたいな匂いが鼻から取れんス」

「それはお前の左手だ。黒牙狼《バーゲスト》の口に手を突っ込むのをやめろ。ちゃんと法衣も洗っとけよ」

「……マジっスか？」

アーウィアが自分の左手を嗅ぎながら首を傾げている。

もっとも、ニコが犬くさいのも事実ではある。さっさと洗いたいところではあるが、まだ用事は終わっていない。むしろここからが本題だ。

「あと、転職《クラス・チェンジ》も頼みたい。そこのちっこい奴だ」

「構いませんが、レベル１で転職ですか？」

なに、能力値はじゅうぶんに高いのだ。可能であれば早めに転職させた方がいいだろう。

「こいつをニンジャにしてくれ。能力値は足りているだろう」

「ちょ、ずるいっスよカナタさん！　ニコは司教にするんス！　わたしが育てるんス！」

寝耳に水のアーウィアがわーわー騒いでいるが手遅れだ。酒場からの道すがら、このちっこい奴にはニンジャへの勧誘をしておいた。すでに本人からは同意を得ている。こいつはニンジャ二号として育てるのだ。

「えー、それならエルフにしましょうよ！　エルフは楽しいわよ？」

それは職業ではなくて種族である。

もしかしたら、エルフに噛まれるとエルフになったりするのであろうか。ゾッとする話である。

守護神

新たにニンジャ二号が仲間となった。

欠食児童のドワーフ、レベル１のニコである。

「ニコ、腹は減っているか？」

「……もの凄く」

聞くまでもないことであった。この女児っぽい奴が食っていたのは、虫だの木の根だの腐った瓜《うり》である。そんなものを腹一杯食っているわけがない。

しかし、すでに飯時を過ぎてしまった。開いている飯屋も見当たらない。

「露店で何か食い物を買おう。長屋には買い置きがないからな」

冷蔵庫やらインスタント食品みたいな代物は存在しない。売っている保存食にしても塩漬けだの干物だのである。調理しないと食べられないのだ。

俺たちは壺くらいなら持っているが鍋など持っていない。長屋には一応、共同のかまどはある。煮炊きができる土鍋みたいなやつも売っているが、薪を買ってくるのが面倒くさい。食事はすべて飯屋などで済ませている我々である。

「カナタさん、そこの婆《ばあ》さんが乾物を売ってるっス。何か食えるものを探しましょう」

アーウィアが指差した先、道端に座り込んだ老婆が籠を並べて出店を開いている。確かに乾物らしきものが売られているようだ。乾燥したしわしわの何かが籠の中にあるが正体は不明である。売っている老婆もしわしわだが、さすがにこちらは商品ではなかろう。

「干した杏子《アプリコット》があるわね。あれだったら、そのまま食べられるわよ」

「そっスな。アレにしましょう」

干し柿に似た物体である。食えと言ったら籠ですら食いそうなエルフの言うことだが、とりあえず買ってみるとしよう。木の根なんかを食っていたニコならば大抵のものは食べられるであろう。もし駄目だったらルーに食べさせればよい。


「すまん、そこの杏子を売ってくれ」

「……いくらだい」

老婆がつまらなそうな顔でこちらを見上げて問うてくる。どこかのドワーフみたいな陰気な喋り方だ。もしかして流行《はや》っているのだろうか。

いくら、とは。どう言葉を返したものか悩む。値札も何も出ていない。最近までレトロゲーシステムの上に生きていた俺だ。こういう買い物には不慣れである。

「……いくらだい」

「では、銀貨一枚分で頼む」

懐から取り出した銀貨を手渡す。老婆は籠の干し杏子を両手で掴み、こちらに差し出してきた。いくらも何もない。驚くほど適当である。しかも当然レジ袋などといった洒落《しゃれ》たものもない。黙って両手で受け取る俺である。


買った干し杏子を噛《かじ》りながら長屋に戻る。

俺の後ろでは、ニコとルーが杏子を奪い合いながら食っている。邪妖精《ドワーフ》とエルフの生存をかけた戦いである。『エルフとドワーフは仲が悪い』みたいな話をどこかで聞いた覚えがある。なるほど、こういう感じか。

「なかなか美味いな。歯にくっつくが」

「いい干し具合っスな。酒《さけ》の肴《さかな》に持ってこいっス」

俺とアーウィアも一個ずつモチモチと食らいながら歩く。果実の甘みが凝縮されているのだろう。甘露である。さっきの露店のリピーターになってもいいかもしれん。長期保存もできそうだし、機会があればまとめ買いをしてみようか。

そうやって帰ってきたが、何だか長屋の方が騒がしい。

「うおッ！　この野郎ォ！　あっちへ行きやがれッ！」

長屋の前でヘグンがガチョウに襲われていた。猛攻を仕掛けるガチョウに対し、ヘグンの方は手を出しあぐねている。盾まで持ち出して防戦一方だ。

「何をやっているんだ」

ガチョウを追い払ってヘグンを救出する。この鳥は縄張り意識が強いのだ。不審な相手には猛然と戦いを挑んでいく。長屋の守護神である。

「すまねェ助かった。ルーの着替えと差し入れを持ってきた。肉の方は店で炙《あぶ》ってもらってくれ」

ズタ袋と肉の塊を渡された。相変わらず食品の包装に気を使わない世界である。

「気が利くっスな、ヒゲ。兎肉《うさぎにく》の燻製《くんせい》っスかね」

肉はアーウィアに、ズタ袋はエルフに渡してやる。

アップデート以降、服や身体が汚れることに気が付いた俺たちである。目から鱗《うろこ》というやつだ。

身につけている最低限の衣服はアイテムにカウントされないので助かっている。鎧などの防具や、別に持ち歩いている着替えはアイテム扱いだ。この辺の仕様はアップデート前から同じ様子である。不思議な話だが、当然といえば当然だろう。アイテム欄を空けるために服まで剝ぎ取られては、酒場が地獄絵図になっていたことだろう。全裸の男たちが8個のアイテムを抱えて呆然《ぼうぜん》と座ることになるのだ。『神の欺瞞』といえど、さすがに色々と問題が出てしまうはずだ。

「なんだァ、ちいせェのが増えたな」

杏子で口の中をぱんぱんに膨らませたニコを見てヘグンが言った。乾物は一度にたくさん食おうとすると水分を吸って恐ろしく膨張するのだ。詰め込みすぎである。

「うちの新入りっス。ニコ、挨拶するっス」

「……もげげげげ」

「おゥ、頑張れよッ」

アーウィアが先輩風を吹かせている。

そういえば、ニコは転職したことで能力値が下がってしまったはずだ。俺と同じニンジャだが、レベル1という事情を差し引いても相当にへなちょこだろう。迷宮に連れていく前に、どのくらいの実力か知っておくべきか。

「ヘグン、頼みがある。ちょっとニコに稽古を付けてやってくれないか」

「あァ？　別にいいぜ？」

ヘグンは余裕綽々《よゆうしゃくしゃく》に片眉を上げてみせる。ガチョウ相手に苦戦した男だ。

「……もが」

お前はさっさと飲み込め。


へなちょこニンジャと英雄ヘグンの模擬戦である。

ニコが握るのはアーウィアの木匙《さじ》だ。粥を食うときに使っているやつである。そこら辺に棒きれでも落ちてないか探したのだが見つからなかった。

ヘグンは素手だ。堂々たる構えで邪妖精と対峙する。

「いいぜ、どこからでもか」

「う、うわァァァ――――ッ!!」

ヘグンが言い終える前に、木匙を腰だめに構えたニコが体当たりするようにぶつかっていく。

アレは知っている。本気で相手の命《タマ》を狙いに行くときのやつだ。柄頭《つかがしら》を左手で支えて腰に当て、刃物を自分の身体で押し込んで確実に致命傷を与えるのだ。任侠《ヤクザ》映画でよく見かけるアレである。

「なんだコイツ！　あぶねェな！」

ひらりと回避したヘグンが、突進してきたニコを軽く地面に叩き伏せる。

「……あァァァ――ッ!!」

跳ね起きたニコが木匙を逆手に飛びかかる。狙いは首か。

もうホラー映画の怪人か何かだ。ニンジャの戦い方ではない。

これがドワーフという種族か。少々侮っていた。

「やめろォッ！　兄さん止めてくれ！　コイツ頭がどうかしてるぜッ！」

「うあァァァ――ッ!!　あァァ――ッ！」

もはや綺麗な言葉では表現できない感じになったニコを放り投げながら、英雄が悲鳴を上げた。

くのいち

英雄は帰還する。

死闘の果てに、ガチョウと邪妖精《ドワーフ》を退けたヘグンである。彼の戦いはまだ続く。冒険者たちの今後を話し合う会議に呼ばれているのだ。

「俺ァこの後も用事だ。大人しくしてろよルー」

「はい」

「いいか、兄さんたちに迷惑かけんじゃねェぞ」

「はい」

こいつ絶対に話を聞いていないだろうと思わせる会話である。お手本のような生返事だ。ここまで何も考えてない顔など他所では見たことがない。

「じゃあな、兄さん」

去っていくヘグンをガチョウが見つめている。あの曲者が良からぬことを仕出かせば、すぐにでも成敗してやろうと考えているのだ。どこかのエルフより、よほど物を考えている鳥である。


「カナタさん、風呂に行く前にニコの髪を切りたいんス。水がもったいねーっスから」

「……すみません」

アーウィアは長屋の床板を剝がし、自分の着替えを取り出して愛用のズタ袋に詰めている。家具もなければ作り付けのクローゼットなどもない。何でもかんでも床下収納である。勝手に床板を剝いだので、大家さんにバレないよう気を付けねばならん。

「髪ごときにカネを払いたくねーっス。ムラサマで切っちゃいましょう」

「……お願いします」

生前の世界では『髪は女の命』などという言葉があったが、この世界では知ったことではないらしい。キャベツの外っかわのデカい葉っぱみたいな扱いだ。邪魔だから最初にむしっておけみたいな発想である。デリカシーなどという軟弱な概念とは無縁の世界だ。

「ニコ、髪を切っても構わんのだな？」

「……はい、覚悟はできています」

ドワーフ娘は思い詰めたような顔で返事をする。これはこれで考えが読めん。いいのか悪いのかはっきりしろ。まるで自分が悪人にでもなったような気分になる。

懐から愛刀の村沙摩をぞろりと取り出す。剃刀《かみそり》にも劣らぬ切れ味だ。散髪にはちょうどいい。

「嫌なら別にいいんだぞ？」

「……いえ、ひと思いに頼みます」

ニコは土間に跪《ひざまず》き、神妙な顔でうなだれている。これから首を切られる罪人のような姿だ。隣にいるのは抜き身のカタナを持ったニンジャである。山奥の村に落ち延びた武家の娘が追手に討ち取られるシーンのごときである。この先は間違ってもお茶の間には流せない。

完全に俺が悪役だ。何かにつけ、相手の心を削ってくる邪妖精である。

「あまり難しい髪型などできんぞ」

「構わんス。適当にばっさりやりゃいいんスよ」

「ええ、髪くらい勝手に伸びるわ」

二人とも自分は長く伸ばしている癖に、無遠慮な物言いをする奴らだ。

女子の髪など切ったことがない俺である。散髪に行くのが面倒なときにセルフカットをする程度の腕前だ。慣れれば後ろ髪も余裕である。若干長めにしておけば何となく誤魔化しがきくのだ。

とにかく、やってみるしかあるまい。失敗したら帽子でも被らせよう。

「……どうぞ」

「――むんッ！」

ばっさりといった。

「成功だな。なかなかの出来だ」

無事に呪いの日本人形が完成した。おかっぱだか姫カットだか前下がりボブだか知らんが、そんな感じの何かだ。公立中学校の入学式とかでいっぱい見かけそうな感じの髪型である。

「悪くねーッスな。それじゃ風呂に行ってきます」

「……ありがとうございました」

土間に散らばった髪の毛を掃除するのは当然のように俺である。

「変な頭ね。子供らしくていいいと思うわ」

率直なご意見である。二名のニンジャは揃って小さく舌打ちをした。

女性陣は三人連れ立って風呂に行った。

この世界の風呂は蒸気風呂だ。湯船ではなくサウナである。

とはいえ、風呂がサウナとして稼働するのはパン屋が窯《かま》に火を入れている間だけである。風呂とパン屋を併設し、窯の排熱を利用しているらしい。薪だってタダではないのだ。

この時間だとパンを焼いていないので水浴びしかできない。小さな瓶《かめ》に一杯の水を買い、それを使って身体を洗うだけである。

「今のうちに使えそうな装備でも探しておくか」

床板を剝がして溜め込んだお宝を漁《あさ》る。確か＋1の鎖帷子《チェイン》があったはずだが。前に俺が使っていた『きりさき丸』も貸してやろう。結構な値段がした＋2の短剣《ダガー》だ。ただ眠らせておくのも、もったいない。

準備が終わったら大家さんのところへ行かねばならん。ルーだけでなく、ニコの寝床も確保する必要がある。ここは狭いので寝かせるとしたら土間しかない。それは駄目だ。ニコは犬猫ではないし、俺は童話に出てくる意地悪な継母《ままはは》でもない。ちゃんと床の上で寝させてやらねばならん。

ルーと同室というのも考えたが、一緒に飼うと共食いをするかもしれん。もう一室、長屋を借りるのがベストだろう。空きがあればいいのだが。

ここの家賃は十日で小金貨一枚、1，000Gpである。1Gpで日本円にして10円から20円程度だろうと思っている。もっとも、物価が違うので何とも言えないところだ。衣類にしろ家具にしろ、新品を買おうと思ったら基本的に一品物《オーダーメイド》になってくる。うまく中古品を探してやり繰りしないとお財布に厳しい。出来合いで安く買えるのは、木皿とか壺みたいな日用品が主である。それだって売っている店を探すのに苦労した。

ウォルタータク商店は冒険者向けの店である。日用品などはあまり取り扱っていない。店のディッジ小僧や酒場の女給といった地元民《ジモティー》に教えてもらって何とかしているのだ。

最近、異世界での生活能力が上がってきたと実感するニンジャである。実家を出て都会で社会人生活を始めた田舎娘みたいな気分だ。未《ま》だ生活はラクではない。たまには実家から米でも送られてこないだろうかと思う日々である。

長屋はルーの分で埋まっていた。大家さんに頼み込んで、物置に使っているという一室を使わせてもらえることになった。粘り勝ちである。それでも家賃はきっちり持っていかれるのだから辛勝といったところか。

ニンジャが忙しく用事を済ませている間に、空は茜色《あかねいろ》へと変わっていた。

迷宮と酒場を往復していただけの頃が懐かしい。あの頃は馬小屋も使い放題だった。しかし、今の生活も割と気に入っている俺である。

「戻ったっスよー」

「さむいわー」

三体の風呂上がりが帰ってきた。

風呂上がりと言っても行水である。ほかほかした感じではなく、川に落ちたところを救助された人みたいな感じでガタガタ震えている濡れ髪の生物だ。アーウィアもルーも粗末な長衣《ローブ》に着替えている。防具としての価値がない、普段着にしているやつである。

「おかえり。ニコの服も見付かったか」

「夏物の子供が着るやつしか見当たらんかったっスけどね」

仕方ない。子供服とはいえ衣類は高いのだ。古着屋で聞いた話では、貧乏人は寒くなると夏服を売って冬服を買い、暖かくなると冬服を売って夏服を買うという。

極まった自転車操業である。貧乏長屋などに住んでいる奴らがそういう生活をしているそうだ。

まさに俺たちである。

「……私には贅沢なくらいです」

竹馬に乗ったニコが言う。

半袖半ズボンである。コントに出てくる密林《ジャングル》の探検隊みたいな服だ。ガールスカウトか何かにも見える。ニンジャも斥候《スカウト》系の職業だから、方向性としては間違ってはいないのかもしれない。いまいち女忍者《くのいち》っぽくないな。せめて黒く染めてもらうべきだろうか。要検討だ。

しかし、おかっぱのガールスカウトが竹馬に乗って、やれニンジャだ異世界だと言われても、はなはだ説得力のない光景である。

「酒場で明日の打ち合わせでもするか。ヘグンの土産も持っていこう」

「いいっスな！　ニコの加入祝いっス、久々に高い酒でも飲みましょうか！」

みすぼらしい格好になったアーウィアが肉を引っ摑んできた。もうどこをどう見ても司教ではない。肉を摑んだ娘である。

「……私は骨だけでいいです」

「贅沢をおぼえるのも良くないが、せめて普通の生活はしろ。骨などエルフにくれてやれ」

「えっ、もらっても困るわ……？」

長い一日だった。

しかし、これで明日からは四人で迷宮探索ができる。その半数はニンジャで、片方はレベル１である。恐ろしくバランスの悪いパーティーであった。

初陣

新たな探索メンバーと借り物のエルフをパーティーに加えた翌日。

オズローの街を一望に見渡せる丘の上、迷宮入り口前の広場で朝礼を行う。

本日から未経験者がパーティーに加わる。より一層、気を引き締めていかねばならん。

「まずは俺とアーウィァが前衛だ。ルーとニコは周囲を警戒して付いてこい」

「うっス」

「敵は俺たちが引き受ける。ニコは俺の動きを見て戦闘をおぼえろ。後衛が狙われそうになったらアーウィァは下がって対応に当たれ。低層の魔物なら、俺一人でも支えきれる」

「うっス」

「魔法は各自の判断で使ってよろしい。地図係《マッパー》はルーに任せる。適当なところで、ニコにも実戦を経験させよう。何か質問は？」

「ねっス」

「それでは一同、ご安全に」

「「ご安全に」」

向かい合って礼。頭を上げると、戸惑った様子のおかっぱが慌てて頭を下げるところだった。

ニンジャたるもの、常在戦場の心得を忘れてはいかん。一から十まで教えてやれるわけではないのだ。ここからは空気を読んで行動していただこう。


迷宮第一層の大動脈たる、大十字路と呼ばれる通路を進んでいく。

先輩ニンジャにとっては散歩道のようなものだが、今日は新人を連れている。気は抜けない。

「ここをまっすぐ行くと昇降機《エレベータ》があるんス。わたしらは金賞牌《ゴールド・メダル》ってアイテムを持ってるから、第九層まで行けるんスよ。そのうち連れてってやるっス」

ここでもアーウィアは先輩風を吹かせている。面倒見のいい娘だ。

新人のニンジャ二号の方は、初めての迷宮に少々緊張しているらしい。胸元で『きりさき丸』を握りしめ、怨霊のような顔で周囲を警戒している。祟《たた》りとかでなく、物理的に襲ってくるタイプの悪霊だろうか。退治するのが大変そうである。

「第一層にいる敵は、でけー蟻《あり》とか蝙蝠《こうもり》っス。そんな強くねーっスな。ニコならすぐ倒せるようになるっスよ」

アーウィアは入社三年目みたいな感じで新入社員のおかっぱにレクチャーをしている。

かつてはこの娘も、迷宮の闇に怯《おび》え、青白い顔で俺の後を付いて歩いていた。まだ牙も生え揃わず、俺が近くにいないと悲しげにキューキュー鳴いたものだ。それが今や、一端《いっぱし》の冒険者だ。へなちょこだった小娘が、頼もしくなったものである。

「カナタ、もしかして泣いてるの？」

「泣いてない」

上を向き、鼻をすんすんいわせるニンジャである。ありもしない思い出に浸ってしまった。

「それにしても人が多いわねぇ。これじゃ魔物が見つからないわ」

「そうだな、ちょっと場所を変えるか」

探知スキルに引っかかるのも、駆け出し冒険者どものパーティーばかりだ。

思えばアップデート前は、なぜか他のパーティーと迷宮で遭遇しなかった。出会ったのは、顔見知りとなった後のヘグンたちだけだ。その辺りも『神の欺瞞』のせいだったのだろうか。

ともあれ、このままでは効率が悪い。敵がいる場所へ向かうとしよう。俺たちは迷宮に関しては一日の長がある。駆け出しどもが知らない、とっておきの狩場を使わせてもらおうではないか。

「――というわけで、ここが第三層だ」

「ひさしぶりっスね。そういや、こんな感じでしたっけ」

分厚い闇に包まれた空間は、厳粛なまでに静まり返っている。

天井の高い、伽藍《がらん》のような大広間だ。辺りに冒険者たちの気配はない。

「第二層はちょっと狭いからな。ここなら自由に戦える」

「ねえ、カナタ。さっきからこの子、ちょっと様子がおかしいわ」

お前ほどではあるまい、という言葉を飲み込んでニコを見る。

「……ぉぉぉぉ……ぉぉぉ……」

ふむ、緊張が限界に達したのだろう。怨霊度が上がりすぎて邪神像みたいな顔になっている。

「そう気を張るな、と言っても無駄か」

やはり場数を踏ませるしかない。さいわい、敵の方から足を運んでくれたようだ。

ひたひたと床を這い回る、気味の悪い足音がこちらに近付いてきている。

「食屍鬼《グール》だな。俺が前に出る。爪に気をつけろよ、アーウィア」

「うっス、蹴散らしてやりましょう！」

戦棍を片手に、生え揃った牙を見せ、獰猛な笑みを浮かべる司教である。


死人のような肌、人体を模造しそこねたような醜悪な魔物の群れが現れた。

爪に麻痺《まひ》毒を持つ食屍鬼だ。敵は四体。徒手のままニンジャは敵前に躍り出る。この戦いは新弟子の見取り稽古、ムラサマを持ち出すまでもない。

赤黒い牙をむき出しに、大口を開けた食屍鬼が迫る。身を低く相手の脇をくぐり抜け、がら空きの後首に手刀を叩き込む。生木をへし折るような音がして、首の折れた食屍鬼が迷宮の床に転がった。ニンジャの肉体は、それ自身が剣にも劣らぬ武器だ。致命の一撃《クリティカル・ヒット》こそ出なかったが、この程度の相手なら大差ない。どのみち一撃だ。

「うらーっ！　死ぬ気でかかってこいやーッ！」

アーウィアは真正面から敵に挑みかかっていく。気をつけろと言ったのだが。

ニンジャはため息を吐きつつ、仰《の》け反《ぞ》って麻痺爪を回避。体勢を崩した相手に反撃。側頭を狙った蹴り足が、食屍鬼の首を一撃で刎ね飛ばした。


この辺りの敵が相手では負けろと言う方が難しい。俺とアーウィアは、二人だけで第六層の魔物と渡り合っているのだ。

続く第二戦、大盾を構えた骸骨護衛《スケルトン・ガーダー》の群れにアーウィアが突っ込んでいく。

「おらぁーっ！　盾がなんぼのもんじゃーッ！」

助走をつけた司教の攻撃。砲弾がタンスに撃ち込まれたような爆音が第三層に轟《とどろ》く。大振りの戦棍による一撃は、敵の盾を腕骨ごと叩き飛ばしていた。武装した骸骨どもの隊列に穴が空く。

「確か、魔法を使うやつがいたはずだが……あいつか」

即座に敵陣へ飛び込んだニンジャは、無防備な後衛に強襲をかける。ぼろぼろの長衣を纏った骸骨魔術師《スケルトン・メイジ》が三体。魔法を使われる前に手刀と蹴りで粉砕しておく。

「カナタさん、このまま挟み撃ちにしましょう！」

骸骨護衛の振るう大鉈《おおなた》を鬱陶しげに腕で払《はら》い除《の》けつつ、アーウィアが吼《ほ》える。

まったく、無茶な戦い方をする司教だ。

幾度かの戦闘を終え、第二層へと引き返してきた。

「あんな感じだ。無理をしろとは言わん。自分なりにやってみろ」

「……はい、先生」

「ニコもニンジャなんスから。あのくらい、すぐできるようになるっス」

「……はい」

「心配しなくてもいいのよ。魔法の回数はいっぱい残ってるわ」

「……ええ」

怨霊から座敷《ざしき》わらしくらいに回復してきたニンジャ二号だ。きっと俺たちの戦闘を見て、緊張が解《ほぐ》れてきたのだろう。


探知スキルを使いつつ、しばし第二層を徘徊《はいかい》。

敵の反応を感知し、曲がり角をそっと覗き込む。いた。骸骨戦士《スケルトン・ウォリアー》だ。

錆《さ》びた剣、朽ちた革鎧で武装した、やつれた姿の一団が暇そうに立っている。まだ気付かれてはいない。一度パーティーを下がらせよう。

「第三層の骨よりは戦いやすい相手だ。あれなら楽勝だろう、さくっと片付けてこい」

「……はい」

「うっし、『兎足《ラビッツ・フット》』ッ！　さあニコ、ひと暴れしてくるっスよ！」

「……はっ！」

へっぽこ司教から兎足の加護を受け、おかっぱニンジャが駆けてゆく。

アーウィアが使ったのは、ちいさな幸運をもたらす初歩の魔法。思えばこの俺も、初めての迷宮探索では、あの魔法に助けられたものだ。新米ニンジャの武運を祈るにはふさわしい。

なに、少しくらい手こずるかもしれんが、勝利は確実だろう。俺とアーウィアもレベル1のときから第二層で戦っていたのだ。装備が充実しているぶん、ラクに戦えるだろう。

「カナタさん！　ニコが骨どもにボコ殴りされてるっス！」

戦場に目を向けると、おかっぱ娘が骸骨どもから袋《ふくろ》叩《だた》きにされていた。地獄で責め苦を受ける罪人のような姿だ。きっと生前に悪いことをしたのだろう。

「いかん。ルー、魔法だ！」

「ダメよ、あの子に当たっちゃうわ！」

「なんでもいいっス、わたしらが行くまでどうにかしろエルフ！」

「えーっと……んにーっ、『恐　嚇《コーズ・フィア》』！」

ルーの機転で、対象に恐怖を与える魔法が放たれた。

ニコをボコっていた骸骨どもは一瞬動きを止める。が、そのまま攻撃を再開した。いや、少しだけ落ち着きを欠いているだろうか。きっと不死者《アンデッド》には効果が薄いのだろう。ちょっと外野から野次を飛ばされたくらいの反応だ。

「まてこらぁーッ！　おまえらの相手はわたしじゃーッ！」

戦棍を掲げたアーウィアがすっ飛んでいく。レフェリーストップだ。

骨を蹴散らし、ニコを救助する。

やはりレベル1で第二層の敵と戦わせるのは性急すぎたか。俺とアーウィアがこの階層で狩りをしたときとは色々と事情も違う。無理難題を申し付けてしまったようだ。

「おかしいっスね、骸骨くらいなら余裕だと思ったんスけど……」

「いや、俺たちの感覚が間違っていたようだ」

人間、得てして過去の自分というものを過大評価してしまいがちである。つい、『俺の若い頃は、こんなものではなかった』などと考えてしまう。違うのだ。過去の自分が苦労したのは、未熟だったからに他ならない。熟練者の思い込みで、若者に余計な苦労を背負わせてはいかん。

「……すみません。死ぬ気で挑んだのですが」

「ほんとうに死にそうだったわねぇ。あぶないところだったわ」

ボロ雑巾のような格好で転がっていたニコである。アーウィアの回復魔法で持ち直し、今は神妙な顔で正座などしている。冷静かと思われたニンジャ二号であったが、死を覚悟して腹を括《くく》っただけだったらしい。そこまで思い詰めなくてもいいのだが。

「今回は数が多かった。次は頭数を減らして、一対一で戦わせよう」

罠解除をしつつ作戦会議を行う。さっきの骸骨が落とした宝箱である。

「……アー姐さん、先生は何をしているのですか？」

「ああやって宝箱の罠を外すんスよ。ニコもニンジャッスから、そのうち任せるっス」

「……はあ」

おかっぱは不思議そうな顔で、小首をかしげている。

そういえば、こいつには言っていなかったか。ニンジャに勧誘する際、戦闘については色々とあることないこと吹き込んだが、罠解除の説明はしていなかった。地味な役目なので端折《はしょ》ったのだ。

その辺りも追々仕込んでいくか。しばらくは、ニコのレベル上げに付き合うとしよう。

異変

異変が発覚したのは三日後。ニコがレベル7になった日のことであった。

「……はっ！　『忍法・煙玉《ニンポ・スモークボール》』！」

くノ一の手から謎の球体が放たれ、小悪魔《インプ》の群れが白煙に包まれる。

「何だ、あれは……」

「知らねーっス」

少々動揺しつつも、アーウィアと一緒に小悪魔どもを始末していく。

空飛ぶ厄介者たちは、謎の煙に幻惑されている。滅茶苦茶《めちゃくちゃ》に飛び回る奴らへ向けて刀を一振り。翼をもがれて転がる相手を、続く太刀で唐竹割りに真っ二つに切り裂く。炎の魔法さえ使ってこなければ大した相手ではない。

「うらァー！　やっちまえーッ！」

「……死ィねェェェ――ッ‼」

アーウィアとニコも敵の群れに襲いかかっていく。司教の戦棍に叩き落とされた奴を、ニンジャ二号が短剣でめった刺しにしている。余計な世話かもしれんが、もう少し健全に戦えないのだろうか。ちょっと心がざわざわする戦闘風景である。

「まぁ、すごいわねぇ」

ルーは見たままの感想を述べるだけである。


「……先生、やっとニンジャの戦い方が理解できました」

戦闘を終えたニコがおかしなことを言ってきた。先輩ニンジャとしては、さっぱり心当たりがない。

「ああ、さっきのは何だったんだ。

「ああ、今の感覚を忘れるな」

「……はい！」

適当なことを言っておこう。何それ知らないなどと言ってはお互いに立場を失ってしまう。正直に話をすればいいというものではないのだ。

「ニコ、さっきの煙はなんスか？」

「わたしも見たことがないわ。魔法かしら？」

いい質問だ。ぜひとも俺の代わりに掘り下げていただきたい。

女子の会話に聞き耳を立てるニンジャ一号である。

二人の問いに、ニンジャ二号のドワーフ娘は不敵な笑みを浮かべた。

「……ご存じないのですか？　初歩の『忍術《ニンジャ・アーツ》』です。ようやく習得できました」

ほう、そうなのか。

話を聞きながら、こっそりメニュー画面で確認してみる。俺のスキルには、そんな得体の知れない代物はない。知らぬ間にアップデートがきて追加されたとかいう話ではなさそうだ。

いや待て、そういえばニンジャという職業を説明するにあたり、調子に乗って色々とありもしないホラ話をしたような気がする。ただの冗談だったのだが、真に受けてしまったのだろうか。

「よくわからんスけど、強くなったのは喜ばしいことっスな！」

「……はい。これで私も一人前のニンジャです。まだまだ先生には及びませんが、これからは戦闘でもお役に立てることでしょう」

アーウィアは怪しげな術を使う女子中学生みたいな奴の肩をバンバン叩いている。

せっかくニンジャ仲間を増やしたのに、何だか妙な成長をし始めた。これでは、俺の持っているノウハウが活《い》かせんではないか。

「すごいのねぇニンジャって。カナタも使えるの？」

「凄いだろう。これがニンジャというものだ」

論点のずれた返事をしておく。余計な知ったかぶりをしたせいで、退路を失っていく俺である。

「そろそろ昼だな。引き上げるとしようか」

「うッス。今日はパン屋が窯に火を入れてるはずッスな。メシの前にひとっ風呂いきますか」

パンを焼いてくれれば隣の風呂屋で蒸し風呂に入れるのだ。長屋暮らしの身の上では内風呂など望めない。パン屋の都合に合わせるしかないのである。

「長衣《ローブ》も洗濯したいわ。さっきから犬みたいな匂いがするの」

「……それはアー姐さんの法衣です。嚙まれまくってたので」

ガランゴロンと鐘のように喧《やかま》しい昇降機《エレベータ》に揺られ、迷宮を脱出する一同である。


「大司教アーウィアとパン焼き窯に、乾杯！」

「「乾杯！」」

朝から身体を動かしてサウナに入り、真っ昼間から宴会である。

会社の慰安旅行か何かのような生活だ。我ながらふざけた連中である。迷宮探索の代わりにゴルフとかをすれば両者は限りなく同一に近付くであろう。

「第六層での探索は順調だったな。明日からは昇降機を使おう」

「そッスな。深いところで仕事したほうが手間が少ねーッス」

今日はニコの第六層デビュー戦であった。

低レベルのまま いきなり連れていくと、小悪魔の魔法に焼かれてしまう。レベル1のへなちょこ冒険者など、さぞかしよく燃えることだろう。いろいろ手間を掛けたのだ。そう簡単に燃えてもらっては困る。

ひとまず様子見のつもりで行ったのだが、問題はなさそうである。

今まで第二層や三層で淡々と骨やら何やらを大量に狩っていたのだ。アイテムもたくさん拾ったので長屋の床下がパンクしそうになっている。こっそり穴を掘って収納限界を拡張しようか検討中だ。まるで古いサンダルやテニスボールなんかのお気に入りを小屋に隠している犬みたいな連中である。

「ねぇ、ヘグンの持ってきたお肉はもうないの？　何か食べたいわ」

「……とっくにないです。骨も煮込んでスープにしました。虫でも捕まえてきましょう。何匹くらい食べますか？」

雑煮に餅を何個入れるかみたいな感覚である。正月のお母さんである。

「いらんス。今度なんか買っとくから、今は指でも舐めてろっス」

ヘグンは相変わらず忙しそうにしている。冒険者間の話し合いは遅々として進んでいないようだ。無理もない。指先一つでメッセージを送り合えるような世界ではない。電話どころか郵便システムだって整備されていないのだ。話をする前に相手を探すところから始めないといけない。しかもお互いに住所不定だ。何かと絶望的である。

「あの男も大変だな。この世界には冒険者ギルドとかいう組織はないのか？」

異世界だとかファンタジー世界ではお約束だろうに。それっぽいのは『修練場』なのだが、どうも迷宮へ立ち入る者に対して口を出すだけで、後は勝手にやれという感じらしい。

「なんスかそれは。冒険者なんてしょせん流れのチンピラっスよ。集まったところで山賊くらいにしかならんス」

自分を棚に上げて正論を振るうのに特化した小娘である。しかしこの面子《メンツ》を見ると他に表現がないのも事実だ。飢えたならず者の集まりである。得意なことは暴力くらいで、虫を食うほど切羽詰まっているような輩《やから》どもだ。

「だからこそ、冒険者を規則で管理統率して仕事の斡旋《あっせん》などを行う組織が必要なのではないか」

確かそういう建前で存在しているのではなかったか。聞こえはいいが、よく考えると反社会集団と紙一重である。いや、こういうご時世であれば必要悪というやつかもしれん。

「そんなこと言われてもねーもんはねーっス。駄々をこねないでください」

まるで聞き分けのない子供のような扱いである。

「そんなに欲しければ作ればいいんじゃないの？」

安酒をがぶがぶ飲みながらエルフが言う。ＤＩＹ発言である。自分でやれの精神だ。

「……火を通せば悪くないですよ。私は生で食べていましたが」

今はその話を聞きたくない。


しかし、ルーの言うことももっともだ。必要なら自分で作ればよかろう。

俺もエンジニアの端くれだ。俺たちのような仕事は『自分で作れ』が合言葉のようなもの。責任を負うのは御免だが、作れそうなものがあったら作ってみたくなるタイプの人間である。作ってはいけない物まで作ってしまってお縄になるような奴らも多い。興味本位で行動する生き物なのだ。

冒険者ギルドか。できるかはわからんが、ここは試しにやってみるとしよう。俺が作れるのは竹馬だけではないと、こいつらに教えてやろうではないか。

「ヘグンを見かけたら話をしてみるか」

例によって責任を被るのはあの男である。人望のないニンジャは裏で暗躍するのみだ。他に使えそうな手駒はあるだろうか。

そんなことを考えていると、酒場の入り口に見覚えのあるヒゲがいた。

干し肉を抱えた我らが英雄ヘグンである。

冒険者ギルド企画書

「冒険者のための組合なァ……。無理じゃねェか？　ただでさえ何も決まんねぇんだぜ？」

さっそく冒険者ギルド設立に向け、暗躍を始めた俺である。

場所を長屋前に移し、ヘグン相手の企画プレゼンだ。まずは実行役を確保しなくてはならん。

「いいかヘグン、逆なんだ。大勢で話し合っても時間の無駄だ。お前の顔を見ればわかる。相当に揉《も》めたのだろう？」

心の弱みにも積極的につけ込んでいこう。俺は悪のニンジャである。

「まァな、どいつもこいつも好き勝手なことばっか言いやがる。一度決まったことも、後になって何度も蒸し返しやがってよォ……」

まずはこの男を落とさねばならない。

俺もベンチャー業界に身を置いていた人間である。いかがわしい詐欺師まがいの人間も多くいる界隈《かいわい》だ。悪の成金たちの手口にも多少は通じている。

都合のいいことに、ヘグンは連日の会議で精神をやられ判断力が鈍っている。良からぬことを吹き込むにはベストのタイミングだろう。

「これは人数の問題なんだ。どんな人間だろうが、十人も集まれば半分はルーみたいになると思え。最終的な決定は少数で行うべきだ。三人くらいに絞り込みたい」

会議にもコストがかかるのだ。それは参加人数が増えると指数関数的に増大する。余計な奴が一人増えると、各人がそいつと意見をすり合わせ、その結果を更に各人で調整し、いつまで経《た》っても話が前に進まない。関係ない話を持ち出す奴など混ざっていた日には地獄である。

そんな状態で、総論各論取り混ぜて話をしても決まるわけがない。全員が最大の利益を得られる道などないのだ。いかに雑多な意見を黙殺できるかが鍵である。

「そいつァもっともな話だ。そこまではいいとしよう。だが、どうやって人数を減らすンだ？」

ヘグンは酒杯を傾ける。俺が酒場で買ってきた高い酒だ。

器が空になる前にガンガン壺から注いでやる。いい気分にさせてやれば説得も容易になるだろう。これは必要経費である。

「冒険者ギルドでは、三つの派閥に分けて代表者を出させる。細かい話し合いはそれぞれで済ませて、持ち寄った意見で最終的な決を採る仕組みだ」

一人で決められれば話は早い。だが独裁は駄目だ。頭だけ取り替えられる仕組みにしてしまうとクーデターを起こされる危険がある。せっかく作った組織を乗っ取られてしまうではないか。

「それで連中が納得するかァ？」

お疲れ顔のヘグンである。しかし他の奴らも疲れているはずだ。攻め落とすなら今であろう。

「策は用意してある。俺の言うとおりにしてみてくれ」

ガチョウが寄ってきたので追い払う。今は大事な話をしているのだ。


「いいか、ここが重要だ。とにかくヘグンは『とりあえず』と『試しに』を連呼しろ。詳しい話は後で詰めていけばいいし、問題があったら後で見直していこうと言っておけ。とにかく、一度この仕組みを認めさせてしまうんだ。何をするにも、まずは話はそこからだ」

「そうだなァ……、このまま何も決まんねェよりはマシか。とりあえず言ってみるかァ」

まさに俺が今ヘグン相手にやっている感じだ。

疑問も疑念も何もかも保留させ、自分の意見だけを押し通すための邪悪な論法である。

問題の先送りは悪手だ。ならば逆に考えればいい。相手に問題を先送りさせることは、こちらにとっては都合がいいのだ。

「ニンジャが悪い顔になってるっス」

アーウィアは長屋の共同かまどで大釜《おおがま》を煮込んでいる。

大家さんから借りてきた洗濯用の釜だ。持ち手の取れた中華鍋みたいな代物である。煮込まれているのは俺たちの衣類だ。灰を混ぜた水の上澄みを汲《く》んだやつが洗剤代わりである。アルカリ性の何かだ。アルカリ性の物質は衣類の汚れである脂質とかタンパク質とかを、いい感じにどうにかするのだ。理解が曖昧である。残念ながら俺は化学は不得意だ。エンジニアだからといって理系全般が得意なわけがない。理系科目は物理一点突破であった。

「三つの派閥は、職業で分けるのがいいだろう。まずは前衛と斥候で一組だ」

パーティーのリーダーは前衛が務めることが多い。こいつらは一纏《ひとまと》めにする。小賢《こざか》しい斥候系を牽制《けんせい》する役目もある。おそらく烏合《うごう》の衆になることだろう。団結される恐れは少ない。

「みんな、干し肉が焼けたわよー」

「……さっきからずっと焼けてます。貴方《あなた》が全部食べてるんですよ。ちゃんと配ってください」

ニコが短剣で干し肉を削《そ》ぎ、ルーが炙る係だ。洗濯をするにも薪代がかかる。せっかく火をおこしているのだ、無駄にはできん。

「二つ目は魔法職だ。聖職者系と魔術師の連中から代表を出させる。前衛と後衛から、それぞれの代表が出る形だな。これは幅広い意見を募るためだと言っておけ」

声のでかいパーティーに対する分断工作だ。一見すると前衛と後衛で二枠あるから都合よく見えるだろう。どうせこちらも烏合の衆だ。冒険者たちを納得させるための体裁である。

「三つ目の派閥は冒険者と繋がりの深い商人たちだ。宿や商店との意見調整で便宜を図ってもらうためだと伝えろ。女将《おかみ》と商店の人間には俺から話をしておく」

ウォルターク商店で高額商品の買い取り拒否が続いている現状だ。熟練冒険者のパーティーにとっても悩みの種である。商人を取り込むことに疑問を持つ者はいないだろう。この派閥は、事務方による根回しで味方に付ける。どうせ冒険者などという連中だ。派閥の代表には目を向けても、実際にギルドを運営するのが誰かなどには気が回るまい。

俺が目指すのは合議制に見せかけた官僚政治である。代表など、ただの飾りだ。

「宿屋の大部屋に冒険者どもを集めて提案しろ。昼間は人がいないから使わせてもらえるだろう。酒場から酒の差し入れを持っていく。各派閥の初代の代表はその場で決めろ。どうせ最初のうちは無難な議題しか扱わん。誰でもいいから形だけ成立させろ。ここでも『とりあえず』と『試しに』を連呼だ」

焼けた干し肉もヘグンにガンガン食わせる。相手の口が塞がっているので、こちらが一方的に喋れて楽だ。いい発見をした。差し入れに干し肉も追加しよう。

「もうヘグンは悩まなくていいんだ。冒険者たちを集める準備と、発表の練習だけしよう。後のことは俺に任せろ」

「……そうだな、俺ァもう疲れた。兄さんの考えに乗ってみるとするぜ」

精神的な疲労を酒と甘言で攻め立てられ、英雄は膝を屈した。

「そんなうまく事が運ぶんスかねぇ」

「冒険者など、酔わせて難しい話をすれば頭が追いつかんだろう。そこで『試しに』と連呼してやれば一旦は同意するはずだ」

大釜の湯が冷めてきたので洗濯物を絞っている俺たちである。防具が布地の魔法職は大変だ。さっさと干さねば明日の探索は生乾きである。ニンジャ二名は鎖帷子《チェイン》なので洗濯を急ぐ必要はない。俺の黒装束とニコの子供服はちゃんと替えがある。

俺の着ている黒装束は特注品だ。前に普通の服を普段着に使っていたのだが、アーウィアが知らない人を見るような顔をするので仕方ない。大家さんに相談したら、宿の女将の従姉妹《いとこ》の娘が針子をしているというので紹介してもらった。急ぎで一着縫ってもらい、もう一着が完成待ちである。

「ねえ、干し肉が見当たらないわ。どこにいったのかしら？」

「……もう全部食べましたよ。残っていません」

嘘である。エルフが際限なく食うので半分はニコの部屋に隠してある。

「カナタさん、試しにとか一旦とか言ってますけど大丈夫なんスか？　できねーことを引き受けると後で面倒っスよ」

それを理解しておきながら、自分はデカい口を叩くのをやめないアーウィアである。尖った生き方をしている娘だ。

「組織の立ち上げに必要なのは、活動を実体化させることだ。動いていなければ組織とは見做《みな》されん。一度転がりだせば周囲を巻き込んで勝手に大きくなる」

「そんなもんスか。んじゃ、わたしが干しとくんで釜を洗っといてください」

悪の成金社長たちが口を揃えて言っていることである。まず最初に必要なのは、資金や事務所の用意などではなく活動を開始することだそうな。この順番を間違えるのは目的と手段を混同しているのと同じだとか。よく知らんが参考にさせていただこう。

作戦のメインは冒険者どもを酒で酔い潰し、勢いでギルドを立ち上げることだ。

神話でよくある怪物退治みたいなやり口である。

商人派閥

「アンタこれ洗濯用の釜じゃないの。食べ物作るんだろ？」

「まぁ気にするな女将。食うのは俺たちじゃない」

ヘグンへのプレゼンに成功した翌日。冒険者ギルド設立に向け、根回しをしておくことにした。

宿の女将を相手に新商品の売り込みだ。俺はただのニンジャではない。前世では文明人だったのだ。文明人の知識を使ってみせよう。用意するのは釜と砂、いくばくかの麦と薪である。

「ねぇカナタ、砂なんか焼いてどうするの？」

「……先生が食べろと言われるなら食べますが」

「そういうとこで無理せんでいいっスよ、ニコ」

場所は宿屋の裏手、昨日と同じく長屋の共同かまど前である。火にかけた釜には砂が入れられ、先ほどから念入りに炙られている。そろそろ焼けただろうか。

「砂は調理器具だ。食うのは麦の方だ」

いちいち説明が必要な辺り面倒である。何でもかんでも食おうとする連中だ。

これから作るのは麦パフだ。いわゆるポン菓子である。

圧力釜で加熱した後に一気に開放することで減圧し、食品内の水分を急激に膨張させる。そうやって膨れ上がるのがポン菓子だ。なかなか面白い調理法である。

しかし生憎、そんな高度な真似《まね》はできん。

別にただの鍋でも似たようなことは可能だ。素揚げすればいい。ちょっといい料亭なんかだと、稲穂の素揚げが飾りに付いていたりする。油で揚げると稲粒が弾《はじ》け、白い花が咲いたような姿になるのだ。しかし、この世界においては食用の油もお高い。残念ながら、こちらも却下だ。

そこで砂である。焼いた砂に食材を突っ込むと一気に加熱することができる。油を使わずに揚げ物みたいな感じになるのだ。調理後はザルで砂をふるい落として完成である。油も使っていないし水分も飛んでいるので砂は簡単に離れる。

文明人の知識を駆使した結果がこれである。俺にできるのは、異国に伝わる珍しい調理法の再現くらいであった。仕方あるまい、前職はただのプログラマだったのだ。

「麦を入れるぞ。アーウィア、盾を構えろ。ニコは短剣《ダガー》で砂をかき混ぜるんだ」

「うっス、用意はできてます。どんとこい」

「……はい、やってください」

焼いた砂に麦粒を投入する。くノ一の突き込んだ短剣が、麦と砂とを一緒くたに攪拌《かくはん》、一呼吸置いて麦が白く膨らんで爆《は》ぜる。やったか⁉

「うおっ！　結構飛んでいくっス！」

「焦るな、盾で抑え込め！」

「ねえ、麦が飛んでくるの。痛いわ。熱いわ」

「危ないぞ、離れていろルー！」

ぽすぽすと釜から弾け飛ぶ麦を司教の円盾《バックラー》で跳ね返す。この前第二層で拾ったやつだ。いくつかの麦粒が隙間を狙って逃げていく。不用意に釜に近寄りすぎたルーが被弾した。

「そろそろいいだろう。アーウィア、ニコ、今度は鎖帷子《チェイン》を広げてくれ」

粗方《あらかた》の麦が弾けた。砂をふるい落とすのだが、今はザルがないので鎖帷子で代用する。

「うっス、いくぞニコ！」

「……はい、アー姐さん！」

第三層で拾った鉄兜《ヘルム》で砂をすくい、二人が広げた鎖帷子の上にぶちまける。しばらくわさわさ振るったら、白く膨れた麦粒が残った。

「完成、だな……」

「えらく忙《せわ》しいねぇ。だいぶ飛んでったけど、いいのかい？」

「仕方ない、道具が間に合わせだからな。よし、これを『ニンジャ式膨れ麦』と名付けよう」

砂の中に若干数、不発弾が残った。弾けることのなかった麦粒である。乾燥しすぎか何かだろうか。今後改善していくとしよう。

長屋前にさくさくという小気味よい音が鳴り響く。

「まぁ食いやすいっスな。口当たりは悪くねーっス」

「でも喉が渇くねぇ。スープでも付けないと、あまりたくさんは食べられないよ」

「このまま食うとどうしてもな。いっそ他の料理に混ぜてしまってもいい」

釜に文句を付けていた癖に結局全員で食っている。

目の前に食い物があれば食ってしまうのだ。人間そんなものである。

「朝食で出すなら牛乳をかけるといいのだが。干した果実を刻んで混ぜてもよく合うのだ」

「山羊《やぎ》の乳とかでいいのかい？　でも、それだと高くなっちまうねぇ」

「……空気を食べてるみたいです。お腹《なか》が膨れません」

「あら、いっぱい食べられてお得じゃない」

ニコとルーは地面に落ちたやつまで拾いながら食っている。寄ってきたガチョウと一緒になって奪い合いだ。早いもの勝ちである。

「味気ねーのは確かっスな」

「塩でも振ってみるかねぇ」

女将の反応はいまいちだ。相手は玄人《くろうと》、もっと商品をアピールしないと買い叩かれてしまう。

「どうだ女将、粥と違って冷めても食える。勝手に弾けるので脱穀も不要だ。手軽にパンが作れると思えば悪くなかろう」

「まぁ考えとくよ。これはうちで扱っていいんだね？」

「ああ、代わりに例の件は頼めるか？」

「アンタらの寄り合いだろ？　好きにすればいいさ。あと、馬小屋に寝泊まりしてる連中に、うちの宿を使えって言っときな」

根回し完了である。女将にはギルド設立について、冒険者の町内会みたいな感じで説明してある。面倒くさいから勝手にやれと言ってもらうためだ。思惑どおりである。

「せいぜい上手くやんなよ。こいつは貸しにしとくからね！」

ニンジャの背中に張り手を一発くれて、女将は宿へ帰っていった。

さすが、ああ見えて商売人だ。こちらの企《たくら》みに薄《う》っすら勘付いている様子である。


「女将の方は何とか言いくるめるのに成功した。後は商店の方だな」

「あっちにはカネを貸してるっス。わたしらの言いなりっスよ」

大家さんに釜を返し、残った薪で干し肉を炙りながらの悪だくみだ。俺がムラサマで肉を削ぎ、アーウィアが炙る係である。

「ねえ、もう麦が落ちていないの。お肉は焼けたかしら？　焼けてなくてもいいから一個食べたいわ」

間違えて麦粒によく似た白い砂利を拾ったルーが悲しそうに言う。すべてガチョウに食べられてしまったらしい。

「もうちょっと待っとくっス。そろそろニコが酒を買って戻ってくるっスから」

かまどの縁に並べた干し肉の切れ端をひっくり返しながらアーウィアが答える。

洗濯用の釜を使ったから何だと言わんばかりの連中である。やはり冒険者に食わせる物に気を使う必要などないではないか。


「……戻りました。お酒とお客です」

壺を頭に載せたニコが、ヒゲを連れて戻ってきた。

「よォ兄さん、また肉を持ってきたぜ！」

今までに見たことがないほど晴れやかな笑顔のヘグンである。何かの動物の後ろ足を干したやつを肩に担いでご機嫌な登場だ。

「その様子だと順調みたいだな、ヘグン」

「あァ、もう面倒くせェ話し合いはねェからな！　大事な話があるから集まれって言って回るだけだ。ラクなもんだぜ」

会議のストレスから解放された英雄は陽気に酒を飲む。夏休み前の小学生みたいなテンションである。朝顔の鉢植えとかを持って帰ってきそうな感じだ。計画性がないと終業式の日に大荷物になる。少しずつ持って帰れと言われているのに聞きもしない。

しかし、最後に一仕事残っているのだが、ちゃんと覚えているのだろうか。冒険者たちにギルド設立の提案をするのは、ヘグンの役目なのだが。

「あふいわ。あふいわ」

「そりゃそうっス。ちゃんとふーふーしてから食うっス」

「……私は焼けてないのでいいです」

「遠慮する意味がねーっス。そっちの焼けたの食っていいっスよ」

やかましい連中である。食い物が出てくるたびに大騒ぎだ。

「アーウィア、お前も酒ばかりじゃなくて肉も食え。俺が炙る人になる」

「うっス。残ってる薪はそんだけっス」

「ヘグン、干し肉を削ぐ人になれ」

「あァ、何でもやるぜ！」

肉と酒の多い食生活だ。野菜も食わさんといかんな。

何はともあれ、ギルド設立に向けて着々と準備は整っていく。

聖者の帰還

「商人の代表って話でしたか旦那。俺が務めることになりました。うちのガンドゥーもそれでいいって言ってます」

宿の女将に続き、ウォルターク商店での根回しである。相手は例によってディッジ小僧だ。

「ガン……誰だそれは」

「うちの店の番頭ですよ。旦那も顔を合わせたじゃないですか」

「ああ、あの男か」

アップデート前、最初にこの商店で大口取引をしたときの番頭の男だ。印象が薄いので気にしていなかったが、そんな名前だったか。

「うちは今んとこ、新人の冒険者相手で稼いでますから。安物の装備を買い取って別の新人に売るだけの楽な仕事です。取引の大部分がそんな感じですよ。そこに差し障りがなけりゃ構わないそうです」

「そうか。消耗品の在庫も変わらずか？」

「ええ、ほとんど品切れですよ」

かつて俺とアーウィアが赤字狩りで使った消耗品のことだ。当時はカネさえ払えばいくらでも買えたのだが、事情が変わってしまった。

巻物《スクロール》は一日当たりの販売数量に上限が設けられた。数量限定販売である。お洒落な和菓子屋の人気メニューみたいな感じだ。俺たちが買い漁ったせいで在庫がいくらも残ってないそうだ。補充の目処《めど》も立っていないらしい。治癒薬《ポーション》に至っては店頭から姿を消してしまった。

「せめて容器があればいいんですけど。旦那、残ってなかったですか？」

「ああ、探してみたが見当たらんな」

「どこいったんスかね。まさかビンごと飲んだわけじゃねーと思うんスけど」

治癒薬は容器があればまだ何とかなるらしい。そもそも、値段の半分くらいはその硝子《ガラス》の小壜《こびん》の代金なのだそうだ。その容器がなくなったせいで追加生産ができないという話である。

俺たちは治癒薬を使った後、容器をどうしていたのだろう。さっぱり思い出せない。まさかアーウィアが言うように、飲んでしまったわけではあるまい。無意識にポイ捨てしてしまったのだろうか。悪人である。

釈然としない話ではあるが、今は関係ない。現在の俺の目標は冒険者ギルドを設立することだ。


要件を済ませ、ニンジャと司教は帰路につく。

「カナタさん、なんか長屋の方が騒がしいっスな」

「ガチョウの鳴き声だ。またヘグンの奴が襲われてるのか？」

「そりゃないっス。ニコとエルフを留守番に残してるっスから」

ニンジャ二号のドワーフ娘はともかく、ルーの奴を留守番に残しても意味がないと思うが。留守番をしろと言ったら留守番以外のことしかしない相手である。

「やっぱり誰かガチョウに襲われてるな」

「うっス、どこかで見覚えのある頭っスねぇ」

荒ぶる長屋の守り手に禿頭《とくとう》の男が襲われている。観戦するのは二人、わたわたと慌てるエルフと無関心に見守る子供服のちびっ子である。

「だれか助けてー！　ボダイがガチョウに食べられちゃうわ！」

「ルー！　この鳥を追い払ってください！」

あの連中は何をやっているのだろう。相手は鳥だぞ。

「楽しそうっスな。しばらく様子を見ましょうか」

「そうもいかんだろう。奴らがガチョウに反撃すると、俺たちが大家さんに怒られる」

手を振りながら近寄っていき、ガチョウを追い払う。

僧侶ボダイ、帰還である。


「わたしがいない間に、そんなことになっていたのですか」

旅支度を解いたボダイを連れて一同は酒場へと繰り出した。何かあると、とりあえず酒場に向かうのが冒険者というものである。

旅の無事を祝し、安酒で乾杯をする。

「とはいっても、大きな出来事はその二つだけだ。ヘグンの厄介事に片が付きそうなのと、うちのパーティーに新入りが加わっただけだな」

アップデートからこっち、大したことはしていない俺たちである。

「ニコ、こいつは坊主っス。挨拶するっス」

「……どうも坊主さん、ニコです」

「ルーです。エルフです」

「ボダイといいます。よろしくお願いしますニコ殿」

さすがに頭のおかしいエルフで鍛えられているだけあって、少々変わった奴が相手でもまったく動じないボダイだ。自分をガチョウから見殺しにした女児みたいな奴とも、笑顔でご挨拶である。

この男もある意味変わっている。

「お前が帰ってきたのなら、ルーはそちらに返そうか？」

迷宮探索では役に立っているのだが、このエルフは預かり物だ。正当な持ち主が現れたなら返却するのが筋だろう。

「——ユートはどうしているのです？　ヘグンと一緒ですか？」

ボダイはきょろきょろと周囲を見回す。返事をしたくなくてとぼけているのかと思ったが、どうやら素の反応らしい。

「お嬢ならまだ帰ってきてねーっスよ。うちで預かってるのはエルフだけっス」

「はい、エルフです。魔法とかが得意です」

「街に戻ってから、ユートを見かけたのですが……？」

ボダイは不思議そうに首をひねる。

「そうなのか？」

「なんスか、お嬢のやつは戻っても挨拶なしっスか。カナタさん、わたしら舐められたもんスよ」

アーウィアが険しい顔で安酒をかっ食らう。いちいち小悪党みたいな小娘だ。しかし、戻っているなら顔くらい出しそうなものではある。

「ボダイ、どこでユートを見かけたんだ？　話はしたのか？」

「いえ、話はしていませんね。『修練場』の辺りで遠目に見かけただけです」

ふむ、あいつのお綺麗な顔は特徴的だ。遠目でもよくわかることだろう。

「そうか、戻ったばかりかもしれんな。見間違いでなければ、そのうち顔を見せるだろう。もしかしたら、もうヘグンとは合流しているのかもしれん」

ここで話し合ったところで本当のところはわからん。ひとまず棚上げである。


「ユート？　俺ァ見てねぇぞ。本当にユートだったのか？」

夕方になって酒場にやってきたヘグンを交えて酒宴は続く。

「やっぱ見間違いだったんじゃねースか？」

「――そう、かもしれませんね」

言いはするが納得はしていない様子のボダイだ。共に命を預け合い、迷宮で戦っていた仲間だ。そう見間違えるものではないのだろう。俺だって頭にズタ袋を被せた娘を並べても、どれがアーウィアだか見分ける自信がある。『見ればわかるだろう』としか言いようがない。

「……また知らない人の話です」

ニコが会話に参加できず、へんにょりしている。友達の友達とかが苦手なタイプなのだろう。俺は初対面でも気にせず話をする方の人間である。馴《な》れ馴《な》れしいのだ。

「こいつらとパーティーを組んでた聖騎士っス。お嬢っス」

「顔が綺麗で声が可愛《かわい》くて偉そうな喋り方をするのよ」

そういう紹介はどうなのだろう。あまり他所で俺の話をしてほしくない感じである。興味本位で聞くと後悔しそうだ。

「どうせ冒険者など酒場くらいしか行くあてがない。そのうち顔を合わせるだろう。可愛らしい声で『なのだ』とか言ってるからすぐわかる。悪い奴ではないから心配しなくていい」

「……わかりました」


もしユートが戻っているなら合流してから決めよう、ということで引き続きルーは長屋で預かることにした。しばらく現状維持である。

ヘグンとボダイは宿に引き上げていった。それぞれ一等室《スイート》に泊まるのだろう。

「仲間を貧乏長屋に預けて自分たちは一等室とか、人間として少しは気が引けないのだろうか」

「長屋だって悪くねーっスよ。馬小屋と同じくらい快適っス」

「わたしは屋根があればどこでもいいわ。さすがに馬小屋はどうかと思うけど」

気にするだけ損だった。以前あれだけ宿代がないと大騒ぎしていた癖に、今さら根底を覆す発言をするエルフだ。こんな奴を一等室に泊めるのは、カネの無駄であり部屋の無駄である。しかし最大の問題は、ヘグンとボダイも聞けば同じことを言いそうな予感がする辺りである。

「まぁいい、俺たちも寝るとしよう。明日は迷宮を早めに切り上げて街でユートを探してみるか」

ボダイもそうすると言っていた。やはり、見間違いだとは思っていないのだろう。

「……すみません、私はお役に立てません」

人見知り体質のニコがいじけ虫になっている。

「心配いらんス。お嬢っぽいヤツを探せば間違いねーっス」

「そうね、わたしもお嬢っぽいヤツを探してみるわ」

「お前はユートを探せ。他所のお嬢を連れてくるなよ」

さてはて、ユートはどうしているのだろう。

System.Info
◆システムの更新を開始します
・私信：
お久しぶりです、オージロ・カナタさん。

生きていますか？　女神は生きています。

お待たせいたしました、神アプデです。

そろそろいい感じになってきたのではないでしょうか。

もちろん、まだ行き届かない部分もあります。

そこは今後にご期待ください。鋭意製作中です。

鋭意製作中、便利な言葉ですね。

それでは引き続き、この世界をお楽しみください。
◆システムの更新が完了しました

第二章

長い名前

その日は朝から小雨《こさめ》が降っていた。

温かな毛布を払って寝床を這い出し、革足袋に足を通して土間に降りる。

革の感触が素足にひやりと冷たい。

建て付けの悪い扉を開き、天を見上げた。

薄墨を流したような暗い空から、疎《まば》らな雨粒が降っている。

「——雨、か。そういえば天候など気にしていなかったな」

藁葺《わらぶ》きの屋根から滴る雫がしとしとと地面を打つ音に、しばし耳を傾ける。

「さみーっス。なにやってんですか、まだ夜明け前じゃねーっスか」

板間に置かれている簀《す》巻《ま》きが文句を言ってきた。

寝るときに巻き癖が付いてしまったアーウィアだ。

「いや、もう朝だぞ。暗いのは天気が悪いだけだ」

「……んぎゅぅ。マジっスか……。雨とか久々ですねぇ」

雨音に気付いていなかったらしい。板間を転がってアーウィアが脱皮する。

「この分だとニコとルーもまだ寝ているだろう。アーウィアは二人を起こしに行ってくれ。俺は宿で粥をもらってくる」

「うっス。泥で滑らんよう気を付けてください」

地面は泥濘《ぬかる》んでいる。舗装などされていないから当然だ。

木皿を抱え、宿の裏口へと向かう。迷宮までの坂道を考えると今から憂鬱である。

「遅いよアンタ、もう鍋を洗っちまおうかと思ってたよ！」

「すまん女将、どうやら日の出に気付かず寝過ごしてしまったようだ」

朝っぱらから怒られてしまった。わざわざ俺たちの朝食を気遣い待っていてくれたようだ。ありがたい話である。

麦粥の注がれた木皿を手に長屋へ戻る。雨景色の向こう、アーウィアを背負ったニコが、竹馬でこちらにやってくるのが見えた。長靴と雨合羽の代わりだろうか。こんな感じの妖怪がいたような気もする。身体を張った芸だ、転ばなければよいのだが。

やはりニコとルーも寝過ごしてしまっていたらしい。ガチョウも小屋で大人しくしている。

「雨漏りなどしなければいいのだが」

「心配してもしょうがねーっスよ。なるようにしかならんス」

薄暗い部屋に集まり四人で粥を啜《すす》っていると、ふいに扉を蹴破る勢いで来客が転がり込んできた。見慣れたヒゲと、見覚えのある鼻である。ただでさえ建て付けが悪いのだから乱暴に扱わないでいただきたい。

「おい兄さん、大変だッ!!」

「慌ただしいな、どうしたヘグン」

長屋でこんな会話をしていると落語のようだ。ご隠居役のニンジャである。落語にしてはエルフだのドワーフだの意味不明な登場人物が多すぎるのが難点だ。もう少し設定をシンプルに纏めるべきだろう。

「あら、ボダイ……？　なんだか顔が変わった気がするわ？」

「……どう見ても違う人です」

「放っておくっス。粥が冷めるっスよ」

用件は知らんが原因はわかっている。

俺が記憶している限り、雨など三ヵ月以上降っていなかった。アップデートが来たのだろう。

「――ウォルターク商店の番頭が捕まった。ガンドゥーって男だ。今朝早くに衛兵どもが踏み込んできて、有無を言わさず縄を打って連れてったんだとよ」

鼻高斥候のヘンリクによると、そういうことらしい。あちこち駆け回って情報を集めてきたのだろう、革鎧の下はずぶ濡れで、膝から先が泥まみれだ。

「ふむ、『衛兵』か。それは大変だが、そこまで騒ぐほどのことか？」

「無理に朝っぱらから聞きたい話じゃねーっスな」

あの印象の薄い番頭がどうしたというのだ。衛兵なる者たちの登場には驚いたが、悪いことをして捕まったのなら自業自得ではないか。

「それだけじゃねえ、迷宮入り口も衛兵に押さえられた。番頭の件が片付くまで、冒険者は立ち入るなってお達しがあったそうだ。相当大きな話になっているらしいぜ。何か心当たりのある奴がいたら名乗り出ろとさ」

それは困る。冒険者など迷宮に潜る以外に使い道はない連中だ。

「横暴っスな！　冒険者を集めて衛兵どもを血祭りに上げましょう！」

「……お供します、アー姐さん」

血気盛んな小娘たちである。暴走する十代だ。

「やめろ、洒落にならん。お上に逆らってもいいことなどないぞ」

冒険者など後ろ盾のない流れ者だ。体制に楯突《たてつ》いたところで晒《さら》し首《くび》が並ぶだけだろう。きっと、一族郎党皆殺しである。

「そンとおりだぜ姉御。だが兄さん、また異変だ。今度という今度は俺ァ何もやってねェぞ？　こりゃどういうこった」

訝《いぶか》しむヘグンの隣では、眠そうな目をしたヘンリクが聞き耳を立てている。迂闊なことは言えない。俺はあくまで無関係を貫かねばならんのだ。

「――迷宮の瘴気がとうとう枯れたのかもしれん。前の異変の続きだろう」

「何もやってねェ以上、そう思うしかねェか……」

それっぽい嘘をついてみると簡単に納得してしまった。

流されやすい男だ。排水口が詰まる心配もない。


水瓶を貸してヘンリクの足を洗わせる。気遣いのできる男アピールである。この斥候も有能そうだ。形だけでも恩を売っておいて損はないだろう。

しかし、これがアップデートか。何が起こっているのか、いまいちわからん。

悪い予感がする。俺の与《あずか》り知らぬところで、何かが動いているのは間違いない。今からでも手を打っておくべきか。

「――ヘグン、例の話を進めよう。今は冒険者を一つに纏める必要がある。前倒しになるが、組織を立ち上げるぞ」

このどさくさに紛れてギルドを立ち上げてしまおう。これは好機だ。いやむしろ、最後のチャンスかもしれない。

「おい待ってくれ！　この状況でかァ!?」

ヘグンは驚いた顔をする。カツ丼大盛りを食い終わった客からトンカツ定食の追加注文を受けた店員のような顔だ。たまにいて俺も驚く。

「だからこそだ。このままでは、食い詰めた冒険者どもが何をするかわからん。俺が時間を稼ぐ。

冒険者を集めて話をしてくれ」

「――仕方ねェ、やるだけやってみるか。何とかなるアテはあンだろうな？」

「もちろんだ。ニコを貸してやるから使ってくれ」

「……役には立ちませんよ？」

あまり期待はしていないが、今は少しでも人手が必要なのだ。遊ばせておくわけにはいかん。

「ねぇカナタ、わたしは何をすればいいの？」

「そうだな、皿を洗っておいてくれ」

エルフの手は人手に含まれない。遊ばせておこう。

「まだ話は終わってねぇよ。その様子だと気付いてねぇみたいだな」

「――何だ、ヘンリク。忙しいから手短に頼む」

粥を掻《か》き込《こ》みつつ話を促す。寝坊などしたせいで、肝心なところで出遅れてしまった。俺たちも早く行動を開始しなくてはならん。

「なあ、どうして俺たちゃ『迷宮内ではアイテムを8個しか持てない』なんて思い込んでたんだ？そんなわけねぇよな？」

ヘンリクにも冒険者の召集を頼み、俺は参考人として出頭することにした。

出向いた先は、俺たちが修練場と呼んでいた施設だ。

「そこの怪しい輩、動くな！」

門を潜《くぐ》ろうとしたら、雨の中を駆け寄ってきた男たちに呼び止められた。

革鎧を着込んで手には槍《やり》を持っている。こいつらが衛兵だろう。何やら気が立っている様子である。そういえば槍など見たのは初めてだ。冒険者の中にも使い手はいなかった。

「そりゃ止められるっス。どう見ても怪しいっスから」

アーウィアを背負って竹馬で歩いてきただけのニンジャだ。雨具など持っていないのだから仕方がないではないか。こいつの法衣は上等なだけあって少しは水も弾くのだ。

「ウォルターク商店の件で話がある。冒険者アーウィアが来たと伝えてくれ！」

堂々と言い放ってやると、衛兵は気圧《けお》されたように後ずさった。

「だからなんで他人の名前を使うんスか……。おい衛兵、屋根のある場所で待たせろっス」

衛兵は更にもう一歩後ずさった。


アーウィアの要求は聞き入れられず、しばし雨の中で待たされた俺たちは通門を許された。

両脇を衛兵に挟まれて敷地の奥へと連行される。行く手に見えるのは小綺麗な邸宅だ。

「こんな建物があったのか」

「成金趣味っスな。どんなお偉いさんが住んでるんスかね」

どうせコイツのことだから想像はついているだろうに。

「ご無礼！　冒険者アーウィアを連れてまいりましたッ！」

衛兵の発した台詞《せりふ》に、背中から変な声が聞こえた。不意打ちでウケたようだ。

「むぅ……ご苦労。やはりお前だったか、カナタ」

わざわざ玄関先までお出迎えいただいたようだ。予想どおりの萌《も》えボイスだ。

「それはこっちの台詞だ。やはりお前だったか、ユート」

「ひさしぶりっスな、お嬢」

一段高いところから失礼します、というべきだろうか。

衛兵には降りろと言われたが、これはデカい靴だと言い張って竹馬に乗ってきた甲斐があった。

若干面食らっている様子のユートだ。

「貴様、何と心得る！　こちらにおわすは我らがオズローの街を治めるジェベール子爵家のご令嬢、ユートリヴェッラ・ジェベール様にあるぞッ！」

両サイドの衛兵が顔を真っ赤にして槍を構える。

「長い名前だな」

「お嬢でじゅうぶんス」

我ら冒険者、権威などというものにはまるで頓着しない人種である。

無駄飯食らい

「アーウィアよく見ておけ。これがお貴族様だ」

「うっス、偉そうな格好っスな」

ユートは濃い藍色の上下に、首元に毛皮の付いた丈の短い外套《がいとう》を羽織っている。華美なところはないが、見るからに仕立てが良《い》い。貴族というより軍の将校とでもいった印象の服だ。男装の麗人である。舞台にでも上げれば婦女子から大きな歓声が飛び交うことだろう。

「貴様ら、いい加減にしろ！」

「冒険者風情が何という口の利き方だ！」

両脇から槍を突きつけている衛兵が憤怒《ふんぬ》の形相で怒鳴る。怖い顔だ、超怒っている。しかし相手がユートならともかく、衛兵程度ならニンジャの敵ではなかろう。それをいいことに、調子に乗っている俺たちである。

「構わんのだ。お前たちは下がっていろ」

お綺麗な顔に可愛い声で命じられ、槍の二人が渋々離れる。もう少し威厳のある声が出せないのだろうか。やりにくい上司である。

「全身黒ずくめの怪しい男が来たと言われたからな。きっとカナタだろうと思っていたのだ。そんな怪しい相手は他に心当たりがない」

せっかくアーウィアの名を出したのに衛兵は伝えてくれなかったようだ。黒くて怪しい奴呼ばわりだ。ボケ潰しではないか。

お貴族様の邸宅に招かれた俺たちである。さすがに竹馬で乗り込むのは自重して玄関先に立てかけておいた。通された客間で円卓を囲み、冷えた身体で温かい茶を啜りながらご歓談だ。

無遠慮にならぬ程度に、調度品などを観察する。木彫りではない焼き物のカップである。椅子も背もたれと肘掛けが付いている。残念ながらカップに取っ手は付いていないし椅子にもクッションはないが、この世界にしては上等な部類だろう。

「いい家《とこ》のお嬢だとは聞いていたが、何をやっているんだお前は」

相手は貴族とはいえ、無法者の冒険者仲間だ。今さら丁寧な言葉など不要だろう。趣味のサークルで知り合った友人のようなものだ。学生だろうが大企業の重役だろうが関係ない。野鳥の写真を撮っている間は、ただの鳥が好きな人である。

「むぅ、前にもちゃんと名乗ったはずなのだが。まあいい、改めてユートリヴェッラ・ジェベールだ。この度、ここオズローの街に代官として赴任した」

こんな顔して支配者層である。面倒くさいので名前は覚えなくていいだろう。

「そりゃさっき聞いたっス。んなことはどうでもいいんス。さっさと迷宮に入らせろお嬢。商店のおっさんなんか知ったこっちゃねーっスよ」

さすがにどうかと思う口の利き方である。完全に飲み友達としてしか相手を認識していない。

「そうはいかんさ。商店の男には、領主への反乱を企てた疑いがかかっているのだ。もし本当ならば、関わった者は皆、極刑なのだぞ」

首を刎《は》ねられたりするのだろうか。恐ろしいことをする奴だ。

「ユート、詳しい話を聞かせてくれ」

どうも相当に面倒くさい話になっているようだ。きちんと事情を理解しておく必要がある。

「うむ、まずは事の起こりから話そう」

「手短に頼むっス。服が濡れてて気持ちわるいんス」

俺が雨具にしてしまったせいだ。風邪をひかないといいが。

「ここ数年というもの領内では不作が続いているのだ。もうじき麦の刈り入れだが、今年も駄目だろう。元より土地が痩せていることもあるのだがね」

ずいぶん遠いところから語り始めたな。長くなりそうだ。

「カナタさん、こいつ貧乏貴族っス。言うほどのもんじゃねーっスな」

「ああ、貧乏貴族だな。それで不作というのはどの程度だ？」

「今年の冬を越えるだけの蓄えが足りそうにないのだ。このままでは飢《う》え死《じ》にする領民も出るかもしれない」

それは大変だ。俺たちの食糧事情にも直結する問題ではないか。

「そんな中、最近になって大量の武器が出回り始めたのだ。行商人によると、オズローにあるウォルターク商店が安く武器を売りに出したという」

アイテム倉庫から解放された新人冒険者たちのせいだろう。第一層から持ち帰られたガラクタのようなアイテムだ。商店の経営事情も変わって、余剰品を他所に売ることにしたのだろう。

「しかも行商人たちは、食糧を買い付けてオズローへ売りに行くと言う」

そちらも心当たりがある。今までメシも食わずに生活していた冒険者たちのせいだろう。当然、街の食糧消費も増えたはずだ。

「安く武器をばら撒いて、ただでさえ少ない食糧を買い漁っているのだ。武器を持った領民たちが飢え始めてみろ。何が起こるか子供でもわかることだ」

話だけ聞くと完全に内乱工作だ。よくできた国家転覆計画である。


あの日急いで実家に戻り、あれこれ事情を聞かれている間に今回の騒動が持ち上がったそうだ。ユートがこちらに戻ったのは昨日のことだという。

「以前より、オズローから武具を持ち帰る者がいるのは知られていたのだ。だが、どうやって手に入れたのか聞いても要領を得ない。調査に向かわせた者たちは帰ってこなかった」

茶を啜りながら相槌《あいづち》を打つ。茶菓子なんかは出してくれないのだろうか。

「領内でも腫れ物のような扱いだったのだよ、この街は。ちゃんと税は納めに来るので放っておけとね。しかし不作続きでいよいよ余裕がなくなってきた。よくわからんから放っておけとも言えなくなってね、調査のために私が代官として派遣されたのだが、どうなったかは知ってのとおりだ。いつの間にやら聖騎士として冒険者になってしまっていたのだ。調査をしなければならんという思いだけで行動していたようだ」

ただの迷宮大好きっ子にしては筋金入りだとは思っていたが、そういう事情があったわけか。

こんな屋敷《やしき》があるのに宿代でひーひー言っていたのだから間の抜けた話である。

「私も、今ならわかる。この街を訪れた者は、神の欺瞞に飲まれるのだ。特に迷宮に関わった者は例外なくね」

そして、その欺瞞は打ち破られた。


「調査に来たならちゃんと最後まで調べろ。お前が半端な調査結果を持ち帰ったせいで、大勢が迷惑しているではないか」

「むぅ、仕方ないではないか。一年も代官の役目を放り出していたのだぞ」

「もう一日くらい増えても変わらんス。言い訳になってねーっス」

「……むぅ」

俺はユートに事情を説明した。こいつはアップデート直後に街を飛び出したので色々と情報に抜けがあったのだ。もちろん今回の異変はヘグン原因説で押し通すことにした。

「しかし問題は解決していないぞ。冒険者などという無駄飯食らいを養う余裕などないのだ。他所に武器を売られても困る」

むぅむぅ星人が正論で反撃してきた。確かにそこは問題だ。


「――お前がいない間に冒険者を取り纏める組織ができた。ウォルターク商店も押さえている。街から武器を持ち出すのを止めるよう、こちらでも働きかけよう。そのかわりに迷宮は開放しろ。このままでは領民の前に、冒険者どもが反乱を起こすぞ」

まだ組織はできていないが構うまい。ハッタリである。物事の順番が前後することなど社会ではよくあることだ。

「しかし、それでは解決にならないではないか。食糧はどうするのだ」

「――何とかする考えはある。いまヘグンが冒険者たちを集めて、そのための話し合いをしているところだ」

もちろん嘘だ。まだ設立に向けてようやく動き出した段階である。

「とにかく迷宮の封鎖を解いてもらおう。冒険者たちを足止めしたところで食糧事情が改善するわけではない。お互い、足の引っ張りあいをしている場合ではないだろう」

「むぅ、話の内容を聞かないことには判断できないのだ」

しつこいむぅむぅ星人だ。さっさと倒されろ。

「――組織の代表はボダイが務めることになった。良からぬことなど考えていない。俺たちは独自に問題に取り組みたいだけだ」

口先だけで勝負を仕掛ける。目的のためなら手段は選ばない。俺は悪のニンジャである。

「むぅ……仕方ない、迷宮の立ち入りは許可する。そのかわり、定期的に報告をするのだ。野放しというわけにはいかん」

「よかろう」

ようやくお綺麗な顔を縦に振らせることができた。

迂闊な奴だ。出された名前を信用する前に言っている相手を確認しろ。黒ずくめの怪しい男が言っていることなど口から出任せに決まっているだろう。

「いいんスか、そうやって適当なことばっか言って」

問題ない。どうせ俺たちは有り物で何とかするしかないのだ。

ギルド会議

悪代官から迷宮封鎖の解除を勝ち取り凱旋《がいせん》する。

我らがオズローの街を根城とする冒険者たちの勝利である。しかし代償もあった。この街から武器等を持ち出すことを禁止する旨の布告である。武器輸出禁止法だ。


その晩、第一回ギルド会議が開催された。場所は俺たちの借りている貧乏長屋だ。

「で、お前ら。ぶっちゃけ、どこまでなら食える？」

「蟻ンコは無理っスな。骨も食うところがねーっス」

当然そういう話になる。冒険者にできるのは迷宮に潜ることだけだ。

「ぎりぎり大蝙蝠《ジャイアント・バット》はイケそうじゃないか？」

「そもそも迷宮にゃ骨が多すぎるんス。人のかたちしてるのも気持ちわりーっス。そうなると後は黒牙狼《バーゲスト》くらいになるっスから、狩りに行ける連中がほとんどいませんよ」

「……冗談ってわけじゃァねぇんだな、兄さん」

狭い長屋に押し込められ、光明《ライト》の魔法に照らされて悪だくみする一同である。

最初の議題は『討伐魔物《モンスター》の部位買い取り』についてだ。

非常に冒険者ギルドらしい案件ではないか。

「旦那、そもそも魔物なんか食って大丈夫なんですかね？」

商人派閥代表はウォルタークク商店のディッジ小僧だ。こいつは前もって根回し済みである。番頭不在の今がチャンスだ。スポンサーとして商店を上手く使わねばならない。

「ぬぅ、魔物を食うなど聞いたことがない。いや、竜《ドラゴン》の生き血を飲んだ英雄の伝説などはあるが、あくまでおとぎ話の中だけだ」

前衛派閥の代表は毛皮の大将、ザウラン。他の冒険者からの後押しもあり、この場に現れた。声がでかいだけではなく、なかなか人望の厚い男である。

「食べてみないとわからないわ。ねえ、味見をしてみない？　ちょっと食べにいきましょうよ」

魔法職派閥の代表は頭のおかしいエルフだ。マジか。

「――本当にこいつで大丈夫なのか？　魔法職の連中は何を考えているんだ」

ルーだけではなく、魔法など使う奴らは全員、頭がどうかしているのだろうか。悪ふざけとしか思えない人選だ。いや、魔法などという非常識な力を持つ連中である。頭の方からは常識が吸い取られてしまうのかもしれない。

「魔法職というのは、実力がものを言う世界ですからね。何を言ったところで、行使できる魔法の強さには敵《かな》わないのです。そうなると、ルー以上の者などそうはいません」

いまだ自分がギルド代表だとは知らされていない哀れなボダイだ。何となく付き合いでここにいるつもりなのだろう。

魔法職というのは思った以上にシンプルな思考の集団らしい。絵が上手ければ問答無用で偉いという絵描きに似た精神である。


「いいかお前ら、ギルドとしては倒した魔物に対して報酬を出すだけだ。その証明に部位を持ってこさせる。その部位がその後どうなるかなど関係ない」

「そっスか。思いっきり食う食わないの話をしてるっスけど」

「建前というのはきちんと守れ。討伐対象の魔物を選定している中で、たまたま食えるかどうかの世間話をしているだけだ」

「……食べようと思えば何でもいけます。経験済みです」

大事な会議中につい無駄話をしてしまっているだけである。本題より雑談の方が盛り上がってしまうなどよくあることだ。どこにも不自然なところなどない。

「面倒くせェな、白々しい話だぜ」

「旦那に言われて、猟師やら開拓村の出身者に声をかけていますけどね。商店としても、もう後には引けねえんですよ」

今後、得体の知れない肉が大量に手に入る予定だ。そういった食材を加工するノウハウを持った人材も手配中である。できるだけ原形がわからない状態で保存食にする必要があるのだ。なぜかは不明である。ここでは関係ない話だ。

「ひとまず大蝙蝠と黒牙狼は全身を買取対象としよう。価格は暫定で決める。ディッジは食肉加工班と打ち合わせて妥当な金額をはじき出せ」

「蝙蝠の方は相当安くなっちまいそうですけど」

「ちゃんとした肉を扱おうなどと思うな。とにかく量だ。食えそうなら骨や皮も使え。どうせ食うのは俺たちではない」

これは輸出用の商品である。食毒不明な蝙蝠の肉など食っていると、どんな害があるかわかったものではない。全国各地にばら撒き、大勢のお客様に少しずつ口にしてもらうのだ。これを売ったカネで、各地から安全な食品を輸入する流れである。その際に、他所から買ったという触れ込みで冒険者どもにも蝙蝠を食わせる予定ではあるが。

「それでは肉以外の話をしよう。武器の販売についてだ」

「街の外には売れないという話だな。俺たち冒険者で使うしかないだろう」

毛皮の大将がおかしなことを言っている。ウケ狙いだろうか。

「何を言っているザウラン。俺たちは他所から食糧を買うしかないのだ。そのためのカネは外から集めねばならん。武器は街の外に売るぞ」

外貨を獲得せねばいずれ冒険者たちも干上がってしまう。謎の加工肉販売業だけでは、この街の冒険者どもを食わせるには足りんのだ。

「待ってください、うちの番頭が捕まったばかりですよ!? さすがにそれはマズいですよ旦那」

「そうですね、ユートとの約束があるのでしょう？ この街だけの問題では済みません。下手なことをすると、領主の討伐部隊がやってきますよ」

なんでこいつらは物事を素直に考えるのだ。何にでも裏口というものがあるだろうに。

「武器ではなく鉄の塊だと考えろ。剣の先を切り落として鉈だと言い張れば済むだろう。戦斧《せんぷ》の柄も短くして普通の斧《おの》として売るぞ。武器でなくなれば売っても問題ないはずだ」

この街の主要産業は迷宮探索だ。迷宮を活用せずしてどうするのだ。

そもそもこの街は経済が成り立っているかどうかも怪しい。迷宮から出るものは武器だの防具だのがほとんどだ。使うのは冒険者、自家消費でしかない。

今になって思えば商店にも疑問がある。街の中で冒険者と武器を売り買いするだけでどれほどの利益があったというのだ。気にはなるが詳しい帳簿など付けてなかろう。

今までは冒険者たちがメシを食わずに済んだから何とかやってこれたのだ。

「カナタさん、鉈と言えば第三層の骨がそんなの持ってたっスね。あれも拾わせて買い取り対象にしましょう」

「骸骨護衛《スケルトン・ガーダー》が持っていた、あの柄の長いやつか。そうだな。しかし鉈が被ってしまった」

そんなに鉈ばっかり売れるのだろうか。

「いや待てッ、そもそも鉄の塊というだけで価値がある。打ち直せば農具にもなりそうだ。鍛冶屋にも話をするべきだろう！」

毛皮の大将もだいぶこちらに染まってきた。

「そっちは俺から話を通しておきます。そもそも今までが安すぎたんですよ。出来の悪い剣だって全身鉄なら結構な価値です。うちの番頭は安売りしすぎたせいであんな目に遭ったんでしょう」

事が事なので、未《いま》だに釈放はされていない番頭である。おかげで遠慮なく商店を利用できるというものだ。

「しかしそうなると、今度は薪や炭が足りなくなりますね」

「どうして？　寒いのボダイ？」

「……鉄を打つためには、まず鉄を焼く必要があるからです」

「薪くらい、そこら辺の木を切り倒せばいいではないか」

斧と鉈なら使い放題だ。暇な連中の小遣い稼ぎにちょうどよかろう。

「簡単に言いますけど、結構な重労働っスよ。でけぇ木を何度も輪切りにした上に、それを全部細切れに割るんス。運ぶのだって大仕事っスよ」

「そもそも生木じゃ燃えねェよ。薪にするにも材木にするにも、一年くらい寝かせるもんだぜ」

食糧問題と金銭問題に加え、エネルギー問題まで登場した。

「薪がないのでは鉄を打つにも限度があるな。鉈を売ればいい。どうせ冬に備えて薪は作る」

自分で言いだした癖に自分で却下して納得しているザウランである。

「——魔法で何とかならんか？　炎の魔法があるだろう」

駄目元で聞いてみる。

「大きなことはできるけど、細かいことは無理ねぇ。むずかしいわ」

「うっス、山が燃えるか鍛冶場がふっ飛ぶのがオチっスな」

駄目であった。

「とにかく、使えそうなものをかき集めるしかないか。いろいろ集めれば使い道が見えてくることだろう。各自でも考えてみてくれ」

こうして冒険者ギルドは活動を開始した。結局、行き当たりばったりである。

交易所

冒険者ギルド設立から三日経った。

滑り出しは上々だ。今のところ大きな問題もなく機能している。

これを継続するためには、きちんと利益を出していかなくてはならない。投下した資金を回収《リクープ》できなければ、どれだけ優良なサービスでも終了しなくてはならんのだ。何でもかんでも広告収益だけでやっていけるわけではない。

「カナタさん、さっさと朝メシを食べましょう。今日は迷宮探索に行く日っスよ」

アーウィアは黒っぽい粘土みたいな物を手摑みで食っている。ショッキングな絵面だ。目を離すと幼児は何でも口に入れてしまう。ちゃんと面倒を見ていなかった俺の責任だ。

「――これは何だ？」

「蕎麦粉《そばこ》をお湯で練ったやつっス。粥はやめたらしいっスよ」

「――美味いか？」

「うまくはねーっスな。こんなもんスよ」

街の食糧事情は急速に悪化している。どこかの悪代官が経済を停滞させたせいだ。

これ以上酷くなる前に、どうにかギルドの方で手を打っていきたいものだ。

冒険者ギルドの設立は、駆け出しどもにも好評である。

入会特典として、まずは迷宮第一層と第二層の地図を公開することにした。今回のアップデートが来るまで、俺たちには『地図を描き写す』という考えすらなかったのだ。

アーウィアとルーが描いていた地図を元に、足りない部分を他の熟練パーティーの地図係《マッパー》たちが持ち寄った地図で完成させた。魔物《モンスター》との戦い方についても簡単に書き添えてある。勧誘のための撒き餌《まえ》である。今は少しでも多くの人手が必要なのだ。

この世界をレトロゲー仕様に改造した白ひげ神の考えは理解できる。きっと『初回プレイは自力でやってみろ』という方針だ。

おせっかいなレトロゲー趣味者《フリーク》が他人に勧めるなら、間違いなくそう言うだろう。ネタバレやら裏技やらチートやら楽々プレイなど許すはずがない。『この鬼畜度がいいんだ』などと被虐的なことを平気で言うタイプだ。理解はできるが、他人の命がかかっている状況でそれをやるのは勘弁していただきたい。

「みんなで迷宮に行くのは久しぶりねぇ。楽しみだわ」

「……口元に蕎麦粉が付いてますよ。みっともないです」

「ニコも付いてるっスよ。二人とも顔を洗ってくるっス」

長屋で飼っている一匹のエルフと一人の欠食児童と一体のアーウィアを連れて酒場へ行く。

今日はヒゲと坊主とも待ち合わせをしているのだ。

「よォ待ってたぜ兄さん。久々の迷宮だ、せいぜい暴れてやらァ」

慣れない内勤続きで鬱憤の溜まっていた戦士がワクワク顔で待っていた。

浮足立っている。携帯ショップで機種変をするときのようなテンションだ。

「ヘグン、ヒゲに蕎麦粉が付いているぞ。迷宮の前に顔を洗ってこい。ボダイもだ」

「すみません、見苦しいところを。食べ慣れないものでして……」

水瓶へと向かう二人を見送るニンジャの隣で、アーウィアがこそこそと自分の顔を触っていた。

お前は付いてないから心配するな。

街の大通りを抜けて丘を目指す。今日はいつもの第六層ではない。久々に第九層へ潜るのだ。

本当ならユートも連れてきたかったのだが、奴は代官としての仕事が忙しいようだ。昨日誘いに行ったら、衛兵にすげなく追い返されてしまった。

あいつのようなお嬢が頑張ったところで大した成果は出せんだろうに。人には向き不向きというものがある。ユートの特技は迷宮で硬いものを切ることだ。

「露店もすっかり数が減ってしまったな。前に食った干し杏子《アプリコット》は美味かったのだが。たくさん買っておけば良かった」

「……エルフの腹を裂いてでも取り戻すべきでした。もう二度と後悔はしません」

「今度見かけたら、ちゃんと買っとくっス。エルフには内緒で多めに食わせてやるから、そろそろ忘れるっスよ」

食い物の恨みは恐ろしい。アーウィアによると、たまに寝言でも言っているそうだ。専門医によるカウンセリングが必要である。

「ニコ、気を抜くな。深層の魔物はこれまでとは別格だ。油断をすれば命取りになる」

「……は。心得ました」

「まぁ、わたしらの手にかかりゃ雑魚っスよ！　動かなくなるまでぶん殴りゃいいだけっス！」

「そンとおりだぜ姉御！　腕ずくで黙らせりゃいいんだ、ラクなもんだぜ！」

アーウィアはともかく、ヘグンまで蛮族度が上がっている。無理をさせすぎたのかもしれない。

いくら人のいい男とはいえ、根っこのところでは冒険者などという無法者だ。


ガラの悪い一団を引き連れて、街外れへとやってきた。

迷宮へ向かう丘の麓に天幕《テント》が建ち並んでいる。ギルドの臨時交易所だ。朝も早くから冒険者たちで賑わっている。ここでは魔物《モンスター》の部位買い取りだけでなく、迷宮から産出される低品質の武具も売買されている。ギルドの施設と銘打っているが、実際のところはウォルターク商店に派出所を出してもらい、ギルドから部位買い取りを業務委託している形だ。雑多な品が売り買いされる様子は、さながら地域物産展でも催しているかのごとき光景である。

「繁盛しているようだな。やはり迷宮の近場に設営しておいて正解だった」

「ディッジの小僧もいるなァ。寄ってくか？」

「やめておきましょう、忙しそうです。帰りに寄ればいいでしょう」

アイテムの買い取り時にドロップ場所も報告させている。どこに行けば何が手に入るのかも把握しておかないといけない。俺たちは狩場が偏っているので、その辺はよく知らんのだ。こうして、迷宮の攻略情報も着々と集まってきている。

交易所の裏手には、木組みに筵《むしろ》を吊った不自然な一角がある。通行人に目隠しをした裏で大蝙蝠《ジャイアント・バット》を干しているのだ。食品を扱うというのに冷蔵庫も冷凍庫もない。とりあえず干すしかなかろう。まずは干し肉と燻製からスタートである。塩漬けは開発中だ。しばらく漬け込んでみないと結果がわからん。

なんだか冒険者の街というより、漁師町か何かみたいな雰囲気になってきた。そこら辺で普通に魚を開いたやつとかタコとかを干しているような光景だ。

交易所を通り過ぎ、迷宮へ続く坂道を登る。

いくつかの冒険者パーティーが、たわいのない会話を交わしながら一つの道を進んでいく。探索に向かう冒険者といえど道中は和やかなものだ。休日の登山道みたいな感じである。

「もう少し道を整備して馬車でも通らせたいな」

「無理ですよ、馬は高けーっス。二頭もいれば蔵が建つっスから」

「ふむ、そういうものか」

かつての同居人だったので気安く感じていたが、なかなかの贅沢品だったようだ。

「そンだけじゃねェ。餌も食わせなきゃならねェし水だって飲む。糞《くそ》もするしブラシをかけてやらねェと機嫌を悪くする。手間がかかんだよ」

もちろん馬小屋も必要だろう。まだまだ我らがギルドは小規模な組織、買っても維持費が大変そうである。社用車に欲しいなど、軽い気持ちで高望みをしてしまったようだ。ご年配のお金持ちくらいにならないと外車など買うべきではないのだろう。

「一度借りるだけならいいですが、毎日使うなら買わねばなりません。しばらくは人力ですね」

ボダイの視線の先には、背負子《しょいこ》を担いだ駆け出し冒険者の姿がある。昔話で柴刈《しばか》りに行くお爺《じい》さんみたいな格好だ。他のパーティーが倒した魔物の買い取り部位を交易所まで運ぶ役である。

せっかくアイテム倉庫から解放されたというのに、彼らはそれでいいのだろうか。

「馬を買うより人を雇ったほうが安いわ。人ならそこら辺にたくさんいるもの」

アップデートにより、アイテムの所持数に制限はなくなった。しかし持てる量には現実的な限界がある。むしろ物によっては8個も持てない。ちょっと事情の違うニンジャもいるが、それが当たり前である。

一人のエンジニアとしては歯がゆいところだ。何でもかんでも人力で片付けようとするのは技術発展の妨げである。電卓で合計を出しながら『人間がやったほうが早くて正確だから』などと本気で言ってきた人もいた。意味不明すぎて足が震えたものである。


そんなこんなで迷宮入り口に到着だ。

「まずは昇降機《エレベータ》で第九層へ降りる。そこから逆走して第八層へ上がろう。目標は二番機の方の昇降機だ。アレが下に動くかもしれん」

「うっス」

おそらく迷宮は第九層が底ではない。

謎の魔神を倒して生還したときに流れた意味深なメッセージ。たぶん続きがあるのだ。隠しダンジョンか何かだろう。クリア後のおまけ要素である。

「そりゃ兄さんの勘か？」

「ああ、そうだ」

俺が製作者なら、きっとその辺りに仕込むだろう。

「それでは一同、ご安全に」

「「「「ご安全に」」」」

飛び蹴り

今日も第一層は盛況だ。

大蝙蝠《ジャイアント・バット》を追い回す新米冒険者たちを尻目に、俺たちは昇降機《エレベータ》を目指す。

大十字路をまっすぐ進んでいると、巨大蟻《ヒュージ・アント》と戦っているパーティーを見かけた。邪魔にならぬよう、戦闘が終わるまで離れて待機する。

「蟻じゃカネにならねぇ、さっさと倒しちまえ！」

「気を付けろ前衛、槍で突くぞ！」

盾を構えた戦士の後ろから、魔術師が槍を突き出している。手先だけで繰り出された重みのない刺突だ。一応蟻に刺さってはいるが大して効いていないようだ。２ダメージくらいだろうか。

「いまだに見慣れねー光景っス。時代は変わったっスねぇ」

「後衛が攻撃をしてはならんという決まりはないからな」

なぜか、敵を直接攻撃できるのは三人までだと思い込んでいた俺たちである。

衛兵たちの装備を参考に槍を導入するパーティーが増えた。魔法職の連中も武器を持って戦闘に参加するのが最近の流行だ。とはいっても、ちゃんとした槍など売っていない。杖《つえ》に短刀《ナイフ》を括り付けただけの危なっかしい代物である。

「わたしも槍がほしいわ。この手で魔物《モンスター》を刺してみたいの。きっと上手く刺せるわよ」

たまにサイコな発言をするエルフである。

「駄目だルー、お前にゃ槍は使えねェよ」

「ルーは魔法に集中しろ。あれはろくに魔法が使えない駆け出し連中のやり方だ」

しょせん後衛は後衛だ。勢い余って前衛の尻を刺してしまう事故が多発している。

戦闘中に仲間から不意打ちを食らってはたまったものではない。誰もやらなかったことには理由があるのだ。奇策を弄したせいで余計な危険を背負いたくない。ルーが刺すのは間違いなく戦士かニンジャの尻である。

「うちにゃ前衛は足りてるっス。エルフの槍なんか出番がねーっスよ」

「といいますか、ルー以外は全員前衛の経験がありますからね」

「……余計なことをすると耳を引っこ抜きますよ。袖に隠している石も捨てなさい」

「はい」


大十字路の突き当り。鉄籠に乗り込み、迷宮の深み、第九層へと下っていく。

この昇降機はいったいどういう原理で動いているのだろうか。

魔石で動く便利な家電みたいなタイプの魔道具《マジックアイテム》など、この世界には存在しない。魔法にしても瞬間的な破壊をもたらすばかりで、生活に利用できそうなのは光明《ライト》か回復魔法くらいである。

「今のうちに職業を確認しておこうか。経験値を無駄にしたくない」

「またっスか。ニンジャがわけわからんこと言ってるっス」

アーウィアに変な目で見られながらメニュー画面を開く。

名前：カナタ。種族：人間、21歳。職業：プログラマ、Lv.《レベル》8。

「――また変わっている。いちいち直すのが面倒くさいな」

しばらく気付かなかったのだが、アップデート以降、ちょくちょく俺の職業が変わってしまうのだ。不具合でも出ているのだろうか。おかげでニンジャとしてのレベルを上げ損ねた。アーウィアには追い抜かれ、うっかりするとニコにも追い付かれそうである。

職業の部分を指で突付きながら自己暗示をかける。俺はニンジャだ。俺はニンジャだ。

名前：ニンジャ。種族：人間、21歳。職業：プログラマ、Lv.《レベル》8。

「――そうではない。俺の名はカナタ、職業ニンジャ……ニンジャ……」

「なぁ姉御！　兄さんは何やってんだァ!?」

「知らんス！　最近よくあるけど気にせんでいいっス！」

昇降機がガラガラうるさいので、自然と声がでかくなる一同である。

名前：カナタ。種族：人間、21歳。職業：ニンジャ、Lv.《レベル》14。

「ようやく戻ったか」

鉄籠が第九層へ到着したのと同時であった。俺の独り言に全員が注目する。変な空気になってしまったではないか。

「ヘッ、ようやく第九層に戻ってこれたってか？」

「ここまで来られるのは我々だけですからね。気持ちはわかりますよ」

男連中は何やらいい感じに解釈してくれたようだ。助かった。

「なに浸ってんスか。さっさと行きますよ」

「……私は第九層は初めてです」

「ねぇ、そこの扉を開けてみて。面白いものがあるわよ」

エルフがタチの悪いドッキリ企画を仕掛けている。魔神の部屋だ。

やめろ、そのニンジャ二号は驚くより先に飛び出すタイプだ。軽い悪戯心《いたずらごころ》が大惨事を招くパターンである。お蔵入り映像は確実だ。


扉をノックしているルーを引きずって第八層への階段を上る。

俺たちが第九層へ向かう際、一度だけ通った一本道。今日はここを逆に進む。

「なげー通路っスな。走っていきますか」

「そうもいかんだろう。敵はいないだろうが治癒薬《ポーション》もない。万が一の事があれば危険だ」

こういう道でスピードを出しすぎると大事故に繋がるのだ。どこから歩行者だの野生動物だのが現れるかわかったものではない。だろう運転は厳禁である。

幅広の一本道をてくてく歩き、突き当りを右に折れて第二の昇降機まで到着。

前回は第七層からここへ降りてきた。先があるとしたら、この下だ。

「ここから隠しフロアに行けるだろうか。もし違ったら第七層でも探索するか」

「第八層の半分も未探索っス。先にそっちでも構わんス」

懐から金賞牌《ゴールド・メダル》を取り出して昇降機に掲げる。第九層の魔神が持っていたアイテムだ。もしこの次があるとしたら白金賞牌《プラチナ・メダル》であろうか。売り飛ばせば結構な額になりそうだが、この手の重要アイテムはすでに持っているとドロップされない仕様のようだ。

思えば第六層の門番《ゲート・キーパー》を倒したときも銅賞牌《ブロンズ・メダル》を落とさなかった。それどころか、第九層でかつての仲間だった骨を回収した際にも、遺品の中にこれらの重要アイテムは見当たらなかったのだ。きっと、重要アイテムは重複しないよう管理されているのだろう。


鉄格子の扉を開いて籠に乗り込む。

はたして俺の思惑どおりに、第九層の別区画へと降りることができるのだろうか。

「ヘグン、頼む」

もしハズレだった場合のことを考えておかねばならん。皆から残念な目を向けられるのは、レバーを動かした奴だろう。ただでさえ知った風な大言をかましてしまった俺である。少しくらい責任を分散しないと、あまりにもニンジャが惨めではないか。

「おぅ、いくぜッ」

心配は無用であった。レバーが押し下げられると同時に、騒々しい金属音を奏でながら俺たちの乗った鉄籠は降下していく。

「――本当に動きましたね。疑ったわけではないのですが……」

「おォ、兄さんの言ったとおりだな！」

「なに、少し考えればわかることだ」

背中に変な汗をかいている俺である。根拠のない思い付きで皆を連れてきたのだ。恥をかかずに済んで一安心といったところか。

縦穴をしばし下っていき、最後にがらり、と小さな音を立てて鉄籠は停止した。


「で、この状況はどうするんスか？」

「どうしようかな」

鉄格子の向こうに何かすげぇのがいる。山羊みたいな頭をした奴とか蝙蝠みたいな羽を生やした牙の長い奴とかである。アーウィア二人分くらいの背丈。体重はアーウィア十人分くらいはあるだろう。そんなのがいっぱいいる。

見たままの表現で言うなら、悪魔の大群だ。

「……襲ってはきませんね」

悪魔たちは俺たちに無関心な様子で、昇降機前をうろついたり座り込んだりしている。

コンビニ前で屯《たむろ》している輩のような感じである。おそらく遊びに行くカネがないのであろう。家にいてもすることがないのだ。

「ここから出たら襲ってくるんじゃないかしら。ちょっと開けてみるわね」

「やめろエルフ！　引っこ抜くぞッ！」

ブチ切れ司教の飛び蹴りで、ルーが鉄籠に叩きつけられた。そのまま全員でエルフを抑え込む。

あわや大惨事である。

「――これだけ大騒ぎしているのに見逃されているな。やはりここを出た瞬間に気付いて襲ってくるのだろう」

悪魔たちは花見の場所取りをしている人みたいな感じでぼんやりと過ごしている。出待ちをされているような状態だ。

「どうする兄さん、一旦引き上げるか？」

「敵の力量がわかりません。無茶はしない方がいいです」

ここまで準備してきたのに今さら中止になどできん。やるしかなかろう。

「痛いわ。重いわ」

「うるせーっス。あのデカブツどもに食われなかっただけマシっス」

「……アー姐さん、もう引っこ抜いてしまいましょう」

戦う相手はエルフではない。まずはこの悪魔どもを何とかするのが先だ。

エルフの耳を引っこ抜くのは後でいい。

昇降機の中は安全地帯であるらしい。きっとゲーム的な都合だろう。

檻《おり》の中から第九層の悪魔たちを観察する。どうやら悪魔には二種類いるようだ。山羊頭のやつと、牙の長い肉食獣みたいな顔のやつだ。後者の方がやや身体も大きい。

「なんか牙面の方が偉そうだな。態度に透けて出ている」

元請け会社の社員みたいな感じである。自分ではそんなつもりはないのだろうが、内心が隠し切れていないのだ。そういうのは黙っていても伝わるから気を付けねばならない。

「山羊なんてしょせん草を食ってるような動物っスから。舐められても文句は言えねーっスよ」

ひとまず、牙の方を上級悪魔《グレーター・デーモン》、山羊の方を下級悪魔《レッサー・デーモン》と呼称することにした。さらに上の悪魔やら中途半端な強さの別種が登場したときに困るタイプの命名である。発見者が昆虫とか雑草の名前を適当に決めたせいで後世の分類学者に迷惑をかける類のやつだ。

上級が三体に、下級が六体いる。合わせて九体の悪魔たちだ。

「……いっぱいいます。刺し違えても一人一殺では足りませんね」

いちいち鉄砲玉みたいなドワーフ娘だ。もう少し命を大事にしろ。

「まともに当たりゃ押し負けるぜ。どうやって仕掛けンだ？」

「ねぇみんな、そろそろわたしの上からどいてくれないかしら？　エルフは敷物《しきもの》じゃないのよ？」

こういう場合に採るべき戦術を俺は知っている。各個撃破だ。

戦闘において数の差というのは、ぱっと見の数字以上に大きいのだ。

有名な話である。仮に赤い帽子を被った三人のアーウィアと白い帽子のアーウィア二人が戦ったとする。赤白一組のアーウィアがタイマン勝負をしている間に、二人の赤アーウィアは一人の白アーウィアを囲んでボコることが可能になる。そうやって白アーウィアを一人倒せば、次は残る白アーウィアを三人の赤アーウィアで囲んでボコれるのだ。

もっと数が増えても基本は同じだ。敵数が多いというのはそれだけで脅威である。確か、何とかという偉いおっさんが名付けた何とかの法則というやつだ。

数の上では俺たちが不利だ。一方的にボコられる白アーウィアの側である。ならば戦闘に参加できる敵の数を減らすしかない。その上で戦力の集中的な運用である。


「……いきます！　『忍法《ニンポ》・煙玉《スモークボール》』！」

ニコの放った球体が爆散し、辺りを白煙が包み込む。

「あいつだ、狙うぞ！」

煙玉から逃れた山羊頭二体へ、全員で一斉に襲いかかる。

「へあーっ！　『雷球弾《ライトニング・スフィア》』！」

先んじてルーの魔法が発動、青白い稲妻が山羊頭を撃つ。

まばゆい光が目に飛び込み、ばりばりと薄氷を踏み砕くような音が鳴り響く。辺りを漂う生臭い匂い。しかし悪魔は倒れていない、魔法への抵抗力を持っているタイプだ。

続いてニンジャの一太刀。庇《かば》おうとした腕ごと、胸板までをばさりと切り裂く。手応えありだ。

「おっしゃ任せろー！　いくぞ坊主！」

「応ッ、悪魔よ滅せよ！」

司教と僧侶が揃って飛び出し、血を吐く山羊頭へ鈍器を振り下ろす。後は相手が動かなくなるまで殴るだけだ。まことに暴力的である。

「こっちゃァ任せろ、兄さんは次のを狩れッ！」

ヘグンはもう一体の山羊頭へと剣を振るい、そこへニコが静かに接近、不意打ちを狙って敵の背後に回り込んでいく。

「ほあっ、『対魔防殻《アンチ・マジック・シェル》』！」

攻撃魔法は効かないと判断したルーが防御魔法を使う。いい判断だ。なぜ日頃からそれを活かせないのか。そんなだから敷物にされるのだ。

白煙の中から牙面の上級悪魔が歩み出る。次はお前だ。

「ごきげんよう、さらばだ」

無防備にのし歩くデカブツなど敵ではない。振り抜いたムラサマが、上級悪魔の首をすぱんと刎ねた。致命の一撃《クリティカル・ヒット》である。

「……煙が、晴れます！」

白煙の奥から歩み出る巨体。地鳴りのような雄叫《おたけ》びが上がる。

雹《ひょう》と冷気が嵐となって吹き荒れた。上級悪魔の攻撃魔法だ、こちらのＨＰがガンガン削られる。

「知るかーッ！　うらァー、くたばれーッ‼」

勇ましいへなちょこアーウィアが戦線を押し上げている。強力な魔法が封じられた大賢者の護符《アミュレット・オブ・ワイズマン》に呪われている司教様だ。やたら硬いので上級悪魔とも真正面から殴り合っている。自分が魔法職だという自覚がまったくない。

「姉御、無理すんじゃねェ！」

ヘグンが悪魔の足首を渾身《こんしん》の力で斬り付ける。禍々《まがまが》しい巨体が大きく揺らいだ。

「ボダイ、アーウィアの支援を！」

「はッ！『中傷治癒《キュア・ミドル・ウーンズ》』ッ！」

「がんばってー、もうちょっとよー」

戦士と司教が敵を足止めし、僧侶がそれを支える。エルフは籠の中でわーわー騒ぎ、闇に溶け込んだニンジャ二号が姿を現す。

「……お覚悟ッ！」

水平に構えた短剣《ダガー》を悪魔のうなじに突き込んで、ニコが止めを刺した。

「よし、これで最後だ」

ムラサマの三連撃で山羊頭を切り刻み、俺たちは悪魔の群れを退けた。

悪魔の軀《からだ》が横たわる中、司教と僧侶は傷ついた仲間たちへ回復魔法を使っていく。

「なかなか洒落にならんスよ。こんなのばっかだと命がいくらあっても足らんス」

「普通ならさっきので全滅しています。アーウィア殿、もう少し慎重に行きましょう」

「……アー姐さんより先に死ぬのが私たちの仕事ですよ。覚悟を決めておいてください坊主さん」

「――お前ら、静かにしてくれ。集中できない」

ニンジャが罠解除をしているのだ。ここで失敗すると大変なことになる。

宝箱を叩いたりひっくり返したりしながら悪戦苦闘する俺である。

さっきから手応えがよろしくないのだ。箸で掴んだのがイカではなくキャベツの芯だったときのような違和感がある。焼きそばを食っているときに時々あるやつだ。

「ねえ。もしかして、さっき倒したのは悪魔じゃないかしら？」

「しらねーっス。見た感じ悪魔っぽいから悪魔ってことにしときゃいいっス」

「あっち行ってろルー。兄さんに怒られンぞ」

「――だから、静かにしろと」


宝箱は爆発した。

毒針かと思って解除していたのだが見立て違いだったのだ。

「皆、大丈夫か？　回復は済んだか？」

「あァ問題ねェ。だが魔法は使い切っちまったな」

「わたしはまだ残っているわよ？」

敷物が何か言っているが無視しよう。回復魔法が尽きた以上、今日の探索はこれで終了だ。

気合いを入れてきた割りに一戦だけで終わってしまった。カラオケの一曲目で大声を出して喉を壊した感じである。ここで無理をしてもいい歌はうたえない。マラカスを振る係に専念しよう。

「で、お宝っスけど」

「何だろう、鍋みたいな感じだな。兜《かぶと》だろうか」

「鑑定してみるっス。今日は鼻の調子がいいっスから期待しといてください」

自信満々のアーウィアが鑑定を始めた。

手探りで形を確かめたり匂いを嗅いだりしている。しばらく眺めていると、ぼやけた鍋が形を変えた。どうやら鑑定に成功したらしい。

「――うっス、みすりるの兜っス。みすりるって何スかね？」

白銀色に輝く、上等そうな兜だ。おそらく、なかなかの逸品だろう。

「ほう、ミスリルか」

ファンタジーでは定番の金属である。魔法銀《ミスリル》とかそんな感じのやつだ。

元素周期表のどこに位置するのか不明である。現代人の知識が通用しない謎の元素だ。一応、未知の合金である可能性も残されているが。リサイクルに出すとき困るタイプの素材だ。

「ちょっとレベルも装備も足りていないな。出直して作戦を練り直すとしよう」

「なんか物足りねーっス。上の方で少し狩って帰りますか？」

「いや、荷物が多い。ひとまず地上に戻るとしよう」

魔法銀の兜を懐に仕舞い、宝箱という名の木箱を小脇に抱える。後は悪魔どもの死骸を引きずって昇降機に押し込んでいく。角が引っかかって上手く入らないな。

「昇降機の近くで倒せてよかったと考えるべきなのでしょうか」

「まぁ、運ぶ手間は省けたっスな」

「おい兄さん、籠に乗り切らねぇぞ。少し捨てて帰ろうぜ」

何かと物入りな俺たちだ。迷宮で拾えるものは何でも拾うしかない。それが悪魔の死骸であろうともだ。

「少し下処理をするか。丸々持って帰るのは一体ずつにしよう。肉は食うのに勇気がいる。ヘグンは角と牙を集めろ。俺は皮を剝ぐ」

「……お手伝いします、先生」

「わたしは何をすればいいの？」

「何もせんでいいっス。歌でもうたってろっス」

ルーの調子外れな歌を聞きながら手分けして悪魔を解体する。

エルフが口ずさむのは、英雄ヘグンを称える唄であった。流行歌である。

行進

「ヘグンとボダイは、そのデカいのを持っていってくれ。ルーはそっちにある皮だ。残りは俺たちで何とかする」

昇降機《エレベータ》を乗り継いで第一層まで戻り、仕留めた悪魔を引きずって地上を目指す。

一戦しかしていない割りに大荷物である。初めての獲物なので利用できる部位が不明なのだ。とりあえず色々と持ち帰って調べてみるしかない。

「おォよ、しかしルーはいつまで歌ってんだァ？」

「少し目立ちすぎではないでしょうか。見世物のようになっていますが」

エルフの歌声を聞きつけて、大十字路の脇道から駆け出しどもが顔を覗かせている。

「放っておけ。害はないからいいではないか」

「どうせ歌をやめても変なことしか言わんス。楽しそうだから構わんスよ」

「……気の抜ける歌声です。もう少し練習させましょう」

嘘である。これは宣伝活動の一環だ。

英雄ヘグンと、ギルド代表ボダイの実力を広く知らしめるための祝勝パレードだ。我らがギルドには事務所もなければ公式サイトもない。こうやって地道にアピールしていかないと冒険者たちの支持を得ることなどできないのだ。

今夜の酒場ではこの話題で盛り上がるであろう。禍々しい悪魔の巨体を引きずって、英雄たちが迷宮深層から帰還したのだ。見た目のインパクトもじゅうぶんある。

「ららら〜、英雄の剣に〜切り裂かれた魔神が〜なんとか〜」

悪魔の生皮を抱えて歌い歩くエルフである。

事情さえ知らなければ、どことなく花魁《おいらん》道中みたいな雰囲気がないでもない。傘とか提灯《ちょうちん》とかを持って後ろを歩いてやればだいたい同じ感じになるだろう。木箱を持ってエルフの後を歩くおかっぱドワーフもお稚児さんみたいだ。箱の中身は悪魔の角や牙である。

そんな風に思えばこの奇妙な歌声も、歌舞伎の口上か何かみたいで味がある。

「歌詞がうろ覚えなのに、よくもまあ自信満々で歌えるものだな」

「歌っているとこも、ちょくちょく間違えてるっス」

地上への階段が大変であった。ただでさえ持って上がるのが重労働なことに加え、下手に手伝おうとすると自分が持ってきた方の魔物《モンスター》が消えてしまう。迷宮内に置いた荷物は、離れていると勝手に消滅してしまうのだ。

荷物番にニコを残し、全員で力を合わせ一体ずつ搬出していく。地上に持ち出してしまえば放置しても消えることはない。勝手に持っていく奴はいるかもしれんが、この巨体を抱えて逃げ切れる奴はいないだろう。もしいたらギルドで運搬要員として雇いたいくらいだ。


「おゥ悪りぃ！　すまねェ、通してくれ！」

冒険者たちの注目を集めつつ、血なまぐさいエルフ道中は丘を下る。

大きな悪魔を二体も引きずって歩けば嫌でも目立つ。おまけに歌までうたっているのだ。

駆け出しも熟練パーティーも皆、初めて目にする魔物に興味津々である。

面白がって俺たちの後をついてくる奴もいる。だんだん人数が増えて本格的なパレードになってきた。一緒になって歌っているお調子者まで出てくる始末だ。

「ディッジ、どこだ！　こいつを頼む！」

「あ、どうも旦……凄いのを持ってきましたね……」

交易所へ着いた頃にはお祭り騒ぎである。マグロ漁船の水揚げに集まった見物客みたいな有様《ありさま》だ。街は不景気だというのに暇な連中である。

物見客がうるさいので表に悪魔の骸を二つ並べて見世物にする。俺たちは皮と木箱を持って交易所の裏手、筵《むしろ》を吊って目隠しをした場所へと隠れることにした。

そこら中に大蝙蝠《ジャイアント・バット》が干してある。杭《くい》の間に縄を渡し、蝙蝠をぶら下げているのだ。趣味の悪い万国旗みたいな感じである。

「とりあえず皮は剝いできた。丈夫だから何かに使えるだろう」

「ええ、そっちは革職人の工房に持っていきます」

「毒があるかもしれんから気を付けろよ。角と牙の使い道は何かあるか？」

「すぐには思い付きませんね。大して邪魔にはならねぇんで、しばらく預からせてください」

いきなり角など渡されても、すぐには用途など思い当たらんだろう。俺だって考えつくのは角笛とか印鑑くらいである。そんなものに高いカネを払うような富裕層はこの近辺にはいないだろう。ここは貧乏子爵領である。日々の食い物にすら困っているのだ。

「ありゃ結構硬てーっス。細工するなら修正値の付いた武器とかじゃないと駄目っスな」

「だなァ、下手に手を出しても道具の方が駄目になっちまうぜ」

「頑丈すぎる素材というのも、考えものですね……」

やはりそんなものだ。目処がつくまで角と牙は放っておこう。

「……で、肉はどうします？」


答える声はない。

筵の向こうから聞こえるエルフの歌声と、冒険者たちの喧騒。

風に揺られる木々のざわめき。どこかで小鳥が鳴いている。

「……私が食べてみましょうか？」

やはり虫だの木の根だの食ってきただけあって肝が据わっている。何も考えず食うエルフとは違い、こいつは考えた上で食う方のタイプである。

「ニコ、やめといた方がいいっス。毒くらいなら構わんスけど、頭に角でも生えてきたら取り返しが付かんスよ」

「俺は似合うと思うが」

小鬼娘だ。デザインとしては鉄板の部類だろう。

「そこは否定せんス。でも変な角だったらどうします？」

ふむ、カブトムシみたいな角でも生えてきたら以前と同じように接してやれる自信がないな。

俺が知る限り、ゲームでも神話でも、変な肉を食ったやつはだいたい変なことになるものだ。アーウィアの言うとおり、ここは見送るべきか。

「ひとまず干し肉と塩漬けにでもしときます。最初は豚かガチョウにでも食わせてみましょう」

ディッジの意見を採用することにした。妥当な落とし所である。

「くれぐれも他の肉と混ざらんようにしろよ。調理場も分けろ。何かあったときに真っ先に疑われるのはきっと俺たちだ」

「わかりました、俺の見てるとこで作業させます」

頭に変な角が生えただの騒ぎになれば、こちらも英雄ヘグンに角を生やして、お揃いだと納得させるしかあるまい。そうなるとヘグンは兜を被れなくなって困るだろう。この男にばかり迷惑をかけるわけにはいかない。

「俺ァ食いたかねェな。よっぽど腹が減りゃ別だがよ」

「そうですね。悪魔の肉など、食べたという人の話は聞いたことがありません」

食わず嫌いな連中である。毎日同じ定食屋で三品くらいの定番メニューをローテーションで食っているタイプだろう。冒険者の癖に冒険心が足りないのだ。たまには変な物を食うのも人生の勉強であろう。俺はご遠慮させていただくが。

「では、悪魔については任せる。他に何かあるか？」

こういった話はギルドの商人派閥内で勝手に進めている。とはいっても、俺の指示でディッジ小僧が動いているだけだ。見事な傀儡《かいらい》政権である。

「北の連中が旦那を探してましたよ。ちょっと意見がもらいたいとか」

「わかった、顔を出してくる」

せっかく身軽になったのに、新たに木箱を持たされて街の北に向かう。

ついでにお使いを頼まれた。我らがギルドは小規模な組織である。フットワークが軽いのはいいが、雑用も自分たちでやらなければならん。

「結構ガラが多いっスね。やっぱ肉が少ねーっス」

「丸干しだと言い訳が利かんからな。加工済みの方を主力商品にしたいのだ」

箱の中身は蝙蝠の骨である。肉を削いだ後の残滓《ざんし》だ。

「ねえ、もう歌わなくていいの？　わたし歌には自信があるの」

「もういいですよルー。じゅうぶんに堪能《たんのう》しました」

街の北には川が流れている。ここオズローの街を支える偉大な取水源だ。

ちんけな小川である。水量も少なく流れも緩やかな、オタマジャクシとかが棲《す》んでいそうな感じの環境だ。そんなのでも水源には違いない。水を多く必要とするような施設は街の北に集中して建っている。この骨を運ぶ先もその一つである。

「いつ見ても雄大な景色だな」

小川のはるか向こうに森が広がり、その更に向こうには切り立った山々が連なっている。山頂の方が白くなっているのは雪だろう。

「ただの山っス。べつに面白くもねーっスよ。オズロー山脈っス」

この街は、山脈の麓にあることからその名が付いたのだろうか。

山の向こうに同じ名前の街ができたらどうする気だろう。条件は同じではないか。後先を考えていない命名である。

ノームとゴブリン

最近営業頻度の減ってしまったパン屋兼風呂屋の前を通り過ぎ、北門から街を出る。

街の境界には形ばかりの壁が設けられていた。城壁のような立派なものではない。適当に石を積んでみたり丸太が立てかけられていたり、真似だけしてみましたといった風情である。

門の方もただの木枠だ。扉すらない。高すぎる物干し台みたいな感じだ。

北門から川を挟んで向こうに、なだらかな丘陵が続く。

いくつかの工房がぽつりぽつりと建ち並んでいた。

水だけでなく火を扱う施設が多いのだ。万が一の出火に備えて隔離されている。街は木造家屋ばかりなので、火の手が上がればあっという間に燃え広がってしまうことだろう。大きな火の扱いは街の外でやれという方針らしい。

丸太を三本渡しただけの橋を通って坂道を登り、目的の工房へたどり着く。

ノームの爺さんたちがやっている窯元だ。

「御免、爺さんはいるか？」

「おっスー、ギルドから来たっスよー。骨っスー」

粘土をこねたり足で踏んだりしている連中に声をかける。どいつも白いナマズのようなヒゲを生やし、頭に手拭いを巻いている。ここの職人たちだ。

「ほぅ、来おったか。ちょっと待っておれ、仕上げてしまうでの」

白ナマズの一体から返事が戻ってきた。粘土を踏んでいた小さい爺さんだ。

ノームという種族である。土いじりが大好きな種族らしい。どいつも見た目がほぼ一緒なのでいまいち判別がつかん。髪型から靴まで丸被りした女子大生みたいな感じである。流行に敏感すぎるのも考えものだ。お互いに気まずそうな表情をしていない辺り、特に気にしてはいないのだろう。

この街に出回っている壺だの瓶だのは、だいたいこの窯で焼いたやつらしい。

ギルドが新しい企画を持ちかけている取引先である。

「すげェ匂いだな。アンタら何ともねェのかよ？」

ヘグンが木箱を置いて鼻をこする。そのまま豪快にくしゃみをした。

「もう慣れたでの。鼻が馬鹿になったわい」

濃厚な豚骨スープの香りである。豚ではなく大蝙蝠《ジャイアント・バット》だが。

ここの火をお借りして蝙蝠の骨を煮込んでいるのだ。

「肉の匂いもですが、大蒜《ニンニク》の方も結構なものですね」

「ねぇ、くさいわ。耳がもげそうよ」

「……どこから吸ってるんですか」

ひとしきり粘土をこね終えたノームの爺さんが裸足《はだし》でぺたぺた寄ってくる。骨と皮ばかりの小柄な老人だが、見たところ結構な力仕事だ。きっと能力値は高いのだろう。

「そこの鍋は仕上がっとるだろう。持って帰ってくれ」

窯で焼く前の壺が並ぶ中、大鍋が火にかけられている。覗き込むと、脂だの屑肉《くず》だのが浮かんだスープがふつふつと煮立っていた。これを限界まで煮詰めると膠《にかわ》になるはずだ。竹馬を作るときに使った接着剤である。

「見た目はひでーっスな。腐ってるようにしか見えんス」

「……大丈夫です。このくらいなら死にません」

前から気になっていたのだが、この街の栄養事情は炭水化物に偏りすぎているのだ。

俺たちだって酒と干し肉ばかり食っていたわけではない。食事のメインはあくまで、泥のような粥や木屑のようなパンだったのだ。この街は農村ではない。輸送と保管の手間を考えると、どうしても穀物主体になってしまうのだろう。米とパスタばかり食っている貧乏学生みたいなものである。スーパーが近いならうどん玉でもいい。ただし、たまに一玉も売り場に残っていなくて愕然とすることがある。

そんなオズローの食糧事情であるが、都合のいいことに我らがギルドでは栄養満点なスープをご提供できる用意がある。動物性のタンパク質と脂質が豊富であろう。コラーゲンもたっぷりだ。栄養不足な地元の方々に、いいものを食べていただきたいという純粋な親切心である。

原材料について聞かれたら『いろいろ』としかお答えできないが。


「用はそれだけか？　別に急がんでもいいだろう」

「いや、匂いにつられてゴブリンどもが集まっておる。火を止めると鍋に入られるぞ」

「そうなのか。それは困るな」

工房を見回す。床は一面が土間になっている。火を使うので壁も土壁だ。

壁の低いところを這い回る小さな黒い影があった。

褐色の肌に六本の手足、長い触角を振っている。ゴブリンだ。

「森が近いっスからね。どうしても寄ってくるっス」

アーウィアが戦棍でど突いてゴブリンを倒した。

「こりゃ、乱暴にするな。壁が割れる。とにかく何とかしてくれ。ゴブリンどもに住み着かれては、仕事の邪魔になるでの」

爺さんは迷惑そうな顔で箒《ほうき》を持ってきてゴブリンの死骸を外に掃き出した。下手に転がしておくと粘土に練り込んでしまうのだろう。

「わかった、ギルドの方で手を回しておこう。明日からは鍋を引き取りにこさせる」

「そうじゃの。ついでにゴブリン退治もしといてくれ」

ゴブリンは一匹見かけたら数十匹はいると言う。繁殖力の高い奴らだ。大量発生したゴブリンが街に押し寄せたら大問題になってしまう。経費はかさむが対処は必要だ。

「仕方ないか、討伐対象にゴブリンも追加だ。部位など持ってこられてはかなわん。討伐数の確認はそちらで頼む」

「それとな、骨も使う分だけ持ってくるがよかろ。そっちも置いとくとゴブリンが寄ってくる。余った骨は焼いてしまうことにしたでの」

ということは、せっかく俺たちが持ってきたこの骨も焼いてしまうのか。廃物利用とはいえ、何だか損をした気分である。

「思ったより臭みは気にならんス。慣れればこんなもんスね」

「塩気が足りねェな。そこは冒険者向けじゃねェ」

鍋を運び出す前に、せっかくだから味見をしてみようという流れになった。

冒険者という仕事は肉体を酷使する。動けば腹が減るのは当然のことだ。

「ちょっと脂がしつこい気がします」

「あら、おいしいわ。これは何のスープなの？」

「……おかわりしていいですか？」

「なかなか精が付きそうだの」

何だかんだ言いつつも、結局全員でスープの味見をしている。食い意地の張った連中だ。

しょせんこいつらは蛮族である。他のやつが美味そうに食っていたら自分も食ってしまうのだ。

一口食ってしまえば、後はなし崩しである。ちょろいものだ。

「悪くないな。宿の女将と飯屋の大将にも味見をしてもらおう」

何だかんだ言って俺も味見をしている。

もう警戒するのも面倒くさいな。普通に食ってしまうか。


今回の企画はギルドと窯元と宿屋に加え、陽気な蛙亭の協賛を得ている。

俺とアーウィアが贔屓《ひいき》にしている飯屋だ。この鍋も貸してくれた。

聞いた話によると、食材の仕入れが追いつかなくなって困っているらしい。無駄飯食らいの冒険者が増えたせいであろう。

代官様から認可を受けて食糧の手配をしていると申し出たら、簡単に信用してもらえた。知人に権力者がいると話がスムーズだ。今度ユートにも礼をしないといけないだろう。いい飯屋を知っているので新作のスープでもご馳走《ちそう》しようか。

「それでは骨は引き上げるでな。本当にこれが役に立つのかの？」

「よく焼いて粉にしてくれ。詳しいことは知らんが追々形にしていこう」

骨は焼き物の方にも利用するつもりだ。確かボーン・チャイナとかいうお高いティーカップなどは骨《ボーン》をどうにかして作っていたはずだ。うろ覚えの知識で『きっといい焼き物ができる』と窯元を口説き落としたのだ。無責任なことばかり言うニンジャである。

一部は肥料として畑に撒く予定だが、こちらも知識不足なので少しずつ実験をするしかない。下手なことをすると土を駄目にしてしまう恐れがある。そんなことになると縛り首だろう。どう言い繕ったところで、骨を撒いて畑に呪いをかける怪しい男でしかないのだ。


ヘグンと二人で大鍋を搬出する。二人がかりで鍋を運ぶなど給食当番以来だ。

「ついでにニンジャ式高馬も取ってくるッス。あとから追いつくんで先行っててください」

アーウィアは木工職人の工房へと走っていった。

そういえば、竹馬を修理に出していたのを忘れていた。前に雨の中を乗り回したせいで踏み板が不安定になってしまったのだ。

「そこ、ゴブリンがいるわ！」

「……始末しました」

地面を這っていたゴブリンをニコが一突きで仕留める。短剣を振って死骸を草むらに放り捨てた。かつての愛刀をそういう風に使われるのは内心複雑である。

「ここは交通の便が悪いな。道も整備したいものだ」

「カナタ殿、その辺りは冒険者ギルドの扱う話ではないと思いますが……」

そうは言っても何かと大変なのだ。鍋など抱えていると特にである。うちには竹馬しか乗り物がないのだ。乗ると楽しいだけで移動手段としては役に立たない。

「なァ、姉御が走ってきてるぜ。結構な勢いだ」

「……さすがアー姐さんです」

竹馬に乗ったアーウィアがもの凄い速度で追いかけてくる。

やめろ、そういう力業での解決は望んでいない。俺は技術で何とかしたいのだ。

宿に鍋を担ぎ込み、ようやく雑用から解放された。後は料理人に任せよう。

そのまま流れで酒場に入り、安酒をかっ食らう一同である。

「アーウィア、俺の本業は何だ？」

「うっス、ニンジャッス」

まったく、こんなことばかりやっているから職業がころころ変わってしまうのだ。

さっきまで俺の職業は『ギルド職員Lv.《レベル》2』であった。いったい何なのだ。高レベルになると決裁の速度が上がったりするのだろうか。この職業変化を迷宮探索にでも活かせればいいのだが、そう都合よくもいかないらしい。冒険者としては、ニンジャという生き方しか知らない俺だ。

ゴブリン対策も手配しないといけない。

確かに、ニンジャというよりは保健所の人か何かである。

小鬼の集落

「どうして、こうなったのだ……」

我らがオズローの街は大変なことになってしまった。

ご近所に『小鬼君主《ゴブリン・ロード》』が誕生したのだ。

「ふむん、やつら二本足で立ってるっスな。まさかゴブリンどもが、あんな風に成長するとは思わんかったっス。腕も二本減ってますね」

アーウィアは額に手をかざし、遠目に敵を観察している。

街の北門から眺める先、工房の点在する丘陵一帯は小鬼たちに占拠されてしまっていた。

「俺も聞いたことはあるが、おとぎ話の類だと思ってたぜ……」

「ええ、『小鬼《ゴブリン》』というのは、本当にあのような姿になるのですね……」

今朝方、仕事場へ向かおうとした職人の一人が第一発見者である。いつものように丘を登っていると、茂みから出てきた小鬼どもと鉢合わせしたらしい。弁当に持っていたパンを投げて注意を逸らし、その隙に走って逃げてきたという。

毛皮を羽織った偉そうな個体が小鬼の群れを率いていたそうだ。

「――ゴブリンというのは、虫ではなかったのか」

「虫っスよ。でも、おとぎ話の中じゃあんな感じらしいっス」

小柄な醜い人型の姿である。まさに誰もが思い描く方のゴブリンだ。

てっきりこの世界では、例の虫をたまたま同じ名で呼んでいるだけかと思っていた。

その場のノリで会話を合わせたことが裏目に出たか。俺の悪い癖だ。

「夜中に豚が鳴くから様子を見に行ったんだ。そしたら、大慌てで逃げてくような物音がしてよ。てっきり豚泥棒でも出たかと思ったんだが……」

「あの小鬼どもが街に入ってきてたみたいだな。こっそり塀を乗り越えてきたんだろう」

「うちも軒下に吊るしていた野菜が狙われてたみたいです。足跡がいっぱいあって」


近隣住民が集まって噂話《うわさばなし》をしている。パン焼き職人だの飯屋の娘だの、どうやら食い物を扱っている界隈からの被害報告が多いようだ。

「アンタら冒険者の方で何とかしとくれよ。こういうときのための寄り合いだろ?」

宿の女将もいる。騒ぎを聞きつけて、護身用に火かき棒など持ち出してきたようだ。

「ああ、もちろんだ。ギルドの方で召集をかけた。じきに冒険者たちが集まってくるだろう」

第一報を受けて、すでに伝令を走らせている。我らが冒険者ギルドにおいては、商人たちも正規の構成員である。これはギルドが対応すべき案件だ。

急遽《きゅうきょ》、衛兵の手によって小川に架かっていた丸太橋は落とされ、街の壁が補強されることとなった。オズロー北門前は物々しい雰囲気に包まれている。非常事態である。

呼び出しを受けた冒険者たちも集まってきた。

冒険者ギルド初の大規模作戦であるが、町内会の草刈りくらいの感覚で集まっている。連絡網がないので話がうまく伝わっていないのだ。野次馬気分のボンクラどもである。

現場との温度差は仕方ない。それより気になるのは、あの小鬼がどこから湧いて出たのかだ。

「――すみません旦那、例の肉が減ってます。おそらくは……」

「――言うな。聞いてしまっては責任問題になる」

俺の疑問に答えたのは、青白い顔で現場にやってきたディッジ小僧であった。

数日前に迷宮から持ち出した悪魔の肉。

ディッジ小僧の厳重な管理下に置かれていたのだが、それはあくまで人間相手の話である。

動物くらいなら警戒しただろうが、小さな虫などにまでは気を配っていなかったようだ。囓《かじ》られたのか持っていかれたのか、在庫が減っているらしい。衛生管理ができていなかったのだ。

「ねえ、あの変な生き物がゴブリンなの？　頭に角とか生えてるわよ？　だれか悪魔の肉でも食べさせたのかしら」

「……なぜ、そういう話になるのですか？」

「濃い瘴気は魔物を生むもの。この辺りだと、迷宮の深い場所とかよね。そういうところにいる悪魔なんかだと瘴気の塊みたいなものよ」

「……貴方、知って……。いえ、誰にも言っては駄目ですよ」

何やらエルフとドワーフが気になる話をしているが、本件とは無関係である。

あくまで我々冒険者たちは、拠点を置いている街を守ろうと善意で集まっているだけなのだ。義理と人情だけが行動原理である。そういう話になっているのだ。

「冒険者ボダイ！　冒険者ボダイはどこだ⁉」

「――はて、なんでしょうか？」

でかい声で怒鳴ってる奴がいるので、全員で振り返る。

街の中心部からやってきた衛兵たちの一団だ。馬に乗った板金鎧《プレート・アーマー》のお貴族様もいらっしゃる。

ユートの鎧姿は久しぶりだ。事態を重く見た代官直々のご出馬であろう。

「おッス、お嬢。おせーッスな」

「すでに我々冒険者ギルドも対応に当たっている。何か用か？」

ボダイを背中に隠しつつ一歩前に出る。まだこの男は自分がギルド代表だと知らされていないのだ。余計なことを吹き込んでほしくない。


「――ではカナタ、原因に心当たりはないのだな？」

「まったく。アーウィアあるか？」

「ねーッスな。ぜんぜん知らんス」

馬上のお綺麗な顔に詰問されている俺たちである。

一段上からものを言うとは失礼な奴だ。さすがに竹馬は持ってきていないので対抗手段がない。

アーウィアを肩車してやろうか。何を聞かれようと知らぬ存ぜぬの一点張りだ。

「むぅ、何もないところから小鬼が湧くとは思えんのだ。理由の一つもあるだろう。自然に湧いたとすると、むしろそちらの方が問題ではないか」

ユートは疑いの眼差《まなざ》しをニンジャに向けてくる。最近、妙な暗躍ばかりしていたので悪い噂が耳に届いているらしい。根も葉もない噂話だ。まことに心外である。

しかし、こいつのおっしゃることも正論だ。問題発生時における原因究明は必須である。目先の一件を解決すればいいという話ではない。今後同様の問題が発生し続ける状態を放置しておくのがまずいのだ。再発防止である。『何もしてないのに壊れました』みたいなことを言われるのが一番困るのだ。『勝手に直りました』も同様である。それでは顧客が納得してくれんのだ。こちらも『一時的な不具合につきシステムを再起動しました』みたいな戯言《たわごと》でお茶を濁すのみである。

「――おそらく最近の異変が原因だろう。この街に封じられていた迷宮の瘴気が、あの丘に吹き溜まったのではないか？」

「そっスな。きっとそんなところっス」

「むぅ、そうとでも考えるしかないか。とにかく小鬼どもを何とかするのだ。それで、冒険者の方ではどこまで調べは付いているのだ？」

あっさり納得してしまうユートである。

いや、そのくらいおかしな街ではあったのだ。

「現在ギルドより派遣されたパーティーが一組、情報収集の任に当たっている。そろそろ戻ってくる頃だろう」

前衛派閥代表のザウランが率いる冒険者たちである。ギルドのために快く偵察隊を引き受けてくれた。『無理ならヘグンに頼む』と連呼したのが効いたようだ。負けず嫌いな男である。

斥候のヘンリクも臨時メンバーとして参加してもらった。万が一の場合に、単身で情報を持ち帰る役目である。こちらは普通にカネで雇ったアルバイトだ。

「森の中に小鬼どもの集落があるみたいだ。奴らドングリだの虫だのを拾い集めてる」

パン屋の軒先を借りて対策本部を設置した。偵察から帰還したヘンリクを加え、小鬼討伐に向けた作戦会議である。

「餌だろうな。あれだけ身体が大きくなったのだ。食い扶持《ぶち》を賄うのも大変だろう」

「この街の連中と大差ねーっスな。放っておきゃいいっス。どうせ餌が足りずに、勝手に飢え死にしますよ」

こっちはこっちで台所事情は苦しいのだ。『お互い大変ですね』といった感じである。他人のことにあれこれ言っている暇などない。どうせ虫やドングリなど、ドワーフくらいしか食わないのだ。好きにすればいい。

「そうはいかんのだ。あの森だってうちの領地だぞ。ドングリを食い尽くされると街の豚に食わせる餌が足りなくなるのだ」

小鬼とドワーフだけでなく豚まで参戦してきた。意外と大人気なドングリである。

「それだけじゃねェだろ。ヤツら、腹が減りゃ街を襲いにくるぜ。見たところ大して強《つよ》かねェだろうが、食い物を盗まれると飢え死にするのは俺たちだ」

「やはり、退治せねばなりません。冒険者を動かしましょう」

ギルド代表が結論じみた発言をしたせいで方針は決定してしまった。代表として自覚がない癖に、自覚があるような発言をするボダイである。

「ヘンリク、小鬼どもの数はどの程度だ？」

「ざっと百匹から二百くらいだな」

「ならば、一体につき銀貨一枚の討伐報酬を出すか。ディッジは天幕《テント》を設営しろ。早いところ片付けてしまおう」

せいぜい20，000Gpで何とかなるなら安いものだ。

ギルドとしては大赤字であるが、俺たちも狩りに参加すれば何割か出費を減らせるだろう。

「手配します。旦那、買い取り部位はどうしますか？」

「使えそうな部位はないな。耳とかで構わんだろう。そうだな、両耳揃《そろ》いで銀貨一枚としよう」

文字すら読めない者も多い冒険者たちである。右だの左だの指定したところで混乱を招くだけだろう。ならば両耳だ。応募券を集めると素敵なプレゼントが手に入るキャンペーンみたいな感覚である。トートバッグか何かであろう。

「えっ、耳を……切るの……？　あ、悪魔ッ!?」

ルーが両耳を握ってガクガク震えている。

「……その耳はいりません。おカネにならないです」

ともあれ方針は決まった。後は寄ってたかって小鬼どもを狩るだけである。

我ら冒険者の得意分野だ。暴力沙汰で解決してしまおう。

「よし、私も出るぞ。衛兵たちには街の守備を任せるのだ」

「そうか。お前なら一人でも大丈夫だろう。頑張れよ」

ちょっと意地悪をしてみるとユートが情けない顔になった。

「仕方ねーッス、お嬢も連れてってやるっス。終わったら一杯付き合え」

お優しい司教様のお言葉に、ユートが嬉しそうな顔をした。ちょろい奴である。

馬を押す者

いざ小鬼《ゴブリン》討伐である。

最近の定番メンバーにユートを加え、冒険者としては異例の七人編成パーティーとなった。

街の北門から川を挟んだ丘の先にある、小鬼が巣食うという森へと向かい出発する一同だ。

奴らの侵入を足止めするため、川に架かっていた丸太橋を落としてしまっている。まずは川を渡るところから始めねばならない。

川の浅いところの水深は膝下くらいしかない。アーウィアとルーは靴を脱いで裾をからげ、素足でざぶざぶと川に入っていく。

「うぅ、水が冷たいわ……」

「我慢するっス。川幅は狭いからすぐ渡れるっスよ」

昔ながらのワイン造りで見る、葡萄《ブドウ》踏みの乙女みたいな格好の二人である。伝統衣装に身を包んだ娘さんたちが、デカい桶《おけ》の中で葡萄を踏み潰すアレだ。

生憎俺たちが潰すのは葡萄ではなく小鬼の頭とかであろう。赤い液体がいっぱい流れるという点では一致しているが、一致したから何だという話だ。

「ヘグン、我らも急ぎましょう。すでに他の冒険者たちは行ってしまいました」

「待ってくれボダイ、脛当《すねあ》てを外すのが手間なんだ」

鉄鎧のヘグンは地面に座り込み、脛当ての革紐《かわひも》を外そうと四苦八苦している。ワンタッチで着脱できるバックルなど存在しない世界である。金属の輪っかに紐を折り返しながら通して固定する方式だ。いちいち文明度が低いのである。

部位買い取りの準備やら情報伝達やらに手を取られたせいで、俺たちは出遅れてしまった。

将来的にこういったギルド周りの仕事は職員を雇って任せたいのだが、まだまだ黒字経営には程遠い。今回のゴブリン討伐に対する報酬も全額ギルド資金からの持ち出しである。

「……先生、後衛が先行してます。ヒゲと坊主は置いて先に行きましょう」

身軽なニンジャ二号は飛び石伝いに跳躍し、さっさと川を渡っていった。

「ふむ、竹馬を持ってこなかったのは失敗だったか……」

おそらく竹馬を実用的に使える唯一の状況であろう。せっかく苦労して作ったのに、活躍の場を逃してしまった。虚しい思いである。

「むぅ、待つのだ！」

ようやく渡河を始めた一同を呼び止める声があった。振り返ると、板金鎧の奴がこちらに片手を伸ばしてまごまごしている。考えてみればユートは全身鎧をガッツリと着込んでいる。膝下だけちょっと脱ぐというのが不可能であった。

「なんでそんな重装備で来ているんだお前は。状況というものを考えろ」

「いやしかし！　私の装備といえばこれしかないのだ！」

そんなことを言われても状況は変わらん。マラソン大会だと言っているのにハイヒールを履いてきたような有様である。白い服なのにカレーうどんを注文するがごとき無警戒さだ。きっと美容院にタートルネックを着ていくタイプであろう。

「カナタさん、お嬢がお荷物になってるっス。やっぱ置いていきますか？」

「むぅ、そんなことを言うな……」

いらんところで無駄に時間を食っている。俺の記憶が確かなら、小鬼退治が目的だったはずだが。たかだか小川を渡るだけでちょっとしたイベント事になっているではないか。

いや、仕方がないといえば仕方がないのかもしれない。我々は迷宮に潜るしか能のない冒険者である。野外活動における基本的なノウハウなど持っていないのだ。

「どうする兄さん、全員でユートを担いで渡るか？」

文字どおりのお荷物扱いである。いつぞや毒に倒れたユートを全員で丸太のように運んだこともあるが、今回は足場が悪い。うっかりすると川に落としてしまうかもしれない。せいぜいずぶ濡れになる程度だが、仮にもこれから命のかかった戦闘を始めようというのだ。マイナス状態からのスタートは避けたいところである。

「――馬に乗ってこいユート。俺たちは向こう側で待っている」

「わかった、すぐ戻るのだ！　置いていくのではないぞ！」

対岸で一同が足を乾かしたり脛当てを結んだりしつつのんびり待っていると、馬に乗った代官様が嬉しそうに川を渡ってきた。

「今度は馬が帰らねーッス。だんだんイライラしてきたんスけど」

「気を付けろよアーウィア。馬の後ろにいると蹴られるぞ」

ユートを運んできた馬が言うことを聞いてくれない。アーウィアは川に向かって馬の尻を乱暴に押しているが、当の馬は知らぬ顔でその場に足を踏ん張っている。

「ここに置いていけばいいいんじゃないかしら。どうせ帰りも必要でしょ？」

「いや、こちら側に置いておくと小鬼に襲われる危険がある。仕方ない、誰か馬を向こう岸まで連れて帰ってくれ」

なにせ馬といえば、この世界では高級車並みの贅沢品である。万一のことを考えると安全な場所に繋いでおくべきだろう。

何となく、家畜とか野菜を小舟で運ぶ論理パズルみたいな感じの状況になってきた。組み合わせが悪いと狼が山羊を食べたり山羊が野菜を食べたりするので、条件を考えながら順番に運ぶやつだ。論理学の入門書なんかには絶対に載っている。プログラマとかなら全員知っているであろう。一度対岸に運んだ山羊を連れて戻るのが打開の鍵である。

「しょうがねーッスな。わたしが行ってきますよ」

「すまない、頼むのだ……」

再び靴を脱いだアーウィアが、手綱を引いて川をざぶざぶ渡っていく。人に引かれれば馬も素直についてくるようだ。

「こんな調子で大丈夫なのだろうか。不安しかないぞ」

街を出てすぐの場所でこの騒ぎである。まだ何もやっていないのだ。

「なァに、相手は小鬼だ。さっさと全滅させちまおうぜ」

「ヘグン、そういった軽口はやめましょう。わたしも嫌な予感がしてきました」

もはや当然のように悪い予感は的中するのである。

ようやく全員揃って靴を履き、移動を開始したばかりのパーティーめがけて、丘の上からばらばらと石が飛んできた。

「投石だッ、盾を構えろォ！」

「後衛は我らの後ろに！」

ヘグンとボダイが盾を掲げて前に出る。ボダイの分は、いつぞやの形見分けで分配した＋２の円盾《バックラー》だ。ルーは両手で耳を隠しながら、前衛の後ろに素早く身を伏せる。

石の飛んでくる方角、丘の上に複数の小柄な人影が蠢《うごめ》いていた。

「……小鬼が石を投げてきてます。高い場所にいるので面倒ですね」

「俺とニコは回避するぞ。アーウィアは伏せておけ」

「石ころくらい別に痛くねーっスけど鬱陶しいっスな。あとお嬢がうるせーっス」

両手剣を抜いて正眼に構えているユートであるが、別に剣で石を叩き落としたりできるわけではない。雰囲気だけの気休めであろう。板金鎧に包まれた身体を、飛んでくる石で打たれまくっている。バッカンバッカンとブリキのバケツを蹴り回しているような景気のいい音だ。当たりどころが悪いのか、たまに鈍い音も混ざっていた。

「むぅ……地味に痛いのだ」

今日はまるっきりいい所のないユートである。惰弱なむぅむぅ星人と化してきた。板金鎧といい両手剣といい、完全に装備品の選択ミスである。

「仕方ない、せめてこれでも被っておけ」

懐に仕舞いっぱなしだった魔法銀製《ミスリル》の兜を出して頭に載せてやった。お綺麗な顔に傷でも付いてしまっては一大事であろう。

「お嬢はそれ被って丸まってるっス」

「アーウィア、盾もあった。お前が持っておけ」

懐から取り出した円盾をアーウィアに渡してやる。麦を膨らませるときに鍋蓋として使っていた安物の盾だ。山なりの軌道で飛んでくる石を防ぐくらいなら役に立つであろう。

「どうする兄さん。このままじゃ、やられっ放しだぜ」

「カナタさん、お嬢が狙い撃ちにされてるっス！　ヤツら、兜に石が当たるとおもしろい音がすることに気付いたみたいっスよ！」

「いや、盾を持ってるのだから庇《かば》ってくれると助かるのだ……」

小鬼どもの投げる石が円盾をボコボコと打ち、板金鎧をバッカンバッカンと叩き、魔法銀の兜にコキンコキンと弾かれる。丘の上にいる小鬼も、攻撃を加えるという目的を見失って、ただ楽しいから石を投げているような印象である。

完全に、投石の的としての機能しか果たしていない俺たちだ。

ニコが石を拾って投げ返したが、明後日《あさって》の方向へと飛んでいった。驚くほどのノーコンである。

仕方がないのだ、我ら冒険者には石を投げるための技能《スキル》など備わっていないのだから。

「……高いところに陣取られているので届きませんね」

「そもそも敵のいるとこに向かって投げれてねーっスよ」

「……ギリギリ届いたとしても敵を倒すほどの威力はありません」

「だから威力とかじゃなくて飛んでく方向が全然ちがうっス。そうやって妙な意地を張らんでいいっスから」

不毛な会話である。

しかし、迷宮内ならば魔神すら討伐できる俺たちだが、屋外では完全にポンコツ集団である。

はてさて、どうしたものか。

藪《やぶ》の中

「カナタ殿、このまま耐え切りますか？　奴らとて石の数には限りがあるでしょう」

小鬼の投石に円盾を向けているボダイが俺に問う。

そういえば、この僧侶は兜も被らず禿頭を丸出しにしているが大丈夫なのだろうか。戦場に立とうというのに安全意識がまるで感じられない格好だ。昨今は自転車に乗るにもヘルメットを被るものである。鎖帷子《チェイン》の防御力でどうにかしているのだろうか。

「いや、これは攻撃というより威嚇だろう。石がなくなれば、手当たり次第に物を投げてきそうだ。もしかしたら糞《フン》とかを投げてくるかもしれん」

動物園の猿とかがやったりすると聞く。小鬼はどうだろうか。効果があると知れば喜んで投げてきそうだ。そうなれば、大惨事である。

「そいつァ……弱ったな……」

「そうですね……むしろ対策を急ぐべきでしょう……」

「……か、回避すれば大丈夫、です……」

俺の一言でパーティー全員の顔が暗くなってしまった。普段は無表情なニコですら動揺している。投げつけられるなら石の方がマシであろう。


「ぐ……うおぉ――ッ！『火散弾《ファイア・スキャッタ》』ぁーッ！」

怒号と共に駆けだしたアーウィアが魔法を放つ。

しまった、ニンジャが余計なことを言ったせいだ。小娘が精神的に追い詰められたか。

丘上へと撃ち出された火球は、小鬼に届くことなくかき消えた。射程外である。

「落ち着けアーウィア、一人で飛び出すな！」

「ぐわぁーッ！　ごぉぉぉ――――ッ!!」

暴走するアーウィアは、戦棍で自分の盾をばんばん叩きながら小鬼に向かって丘を走る。

鬼気迫る表情だ。怒りと暴力を体現したかのような姿である。

これには敵も味方もドン引きだ。怯える小鬼たちが石を捨てて逃げ出していくのが見えた。


敵を追い散らしたアーウィアを落ち着かせ、丘を登り始めた一同である。

今のうちに場所取りだ。せめて敵に高所の利を与えることは防がねばならない。

「魔法で仕掛けるにしても、もっと接近する必要があるな」

「でもヤツら、近付くと下がっていくっスよ。意外と足がはえーっス」

「困ったな、迷宮だとこんなことはなかった。まともな戦闘にならんではないか」

「わたしら、壁がない場所で戦ったことねーっスからね」

戦力ではこちらが圧倒しているはずだが、肝心の戦闘が始められない。

俺たちが近寄れば小鬼は逃げていく。当たり前だ。わざわざ有利な攻撃手段を捨てて、接近戦に付き合ってくれる義理はないのだ。小鬼だって馬鹿ではあるまい。

「急ぎましょう。のんびりしていると小鬼が戻ってきます」

「おぅ、まずは上まで登ろうぜ」

「――――ねぇ、みんな待って。ユートがバテてきたわ……」

ルーの声に振り返ると、確かにユートの歩みが遅れている。

見るからに足が上がっていない。膝もぷるぷると震えていた。

迷宮へ向かう丘とは違い、こちらはやや勾配もきつい。道も悪く体力を使うようだ。工房へ通う職人くらいしか通らないので、ろくに整備されていないのだろう。それにしても無様な姿である。

鎧ばかりがご立派だ。

「当たり前っスな。そんな鎧着てくるからっス」

呆《あき》れ顔《がお》のアーウィアである。

「――そう言っているルーだって、今にも吐きそうな顔をしているのだ……」

ユートの抗議を受けてエルフの方を見る。恐怖のあまり笑い出した人みたいな表情を浮かべている。顔色もおかしい。下手に触れると取り返しのつかないことになりそうな雰囲気を感じる。

「そっちのエルフは体力がないだけっスな」

かつて迷宮と商店の往復マラソンで鍛えられたアーウィアは飄々《ひょうひょう》としたものである。

魔法職として期待されていなかった分、体育会系の方向へばかりすくすくと育ってきたのだ。

「仕方ないな。ニコ、先行して場所取りをしておいてくれ。すぐに追いつく」

「……はっ！」

こちらも体育会気質が染み付いているニンジャ二号だ。号令一つで駆け出していった。気持ちがいいくらいのパシリっぷりである。

思えば、揃いも揃って脳筋やらエルフやら、素っ頓狂な人材ばかりのパーティーだ。

知性派キャラを担当しようという気概のある奴など皆無である。

どうにか丘を登り、見晴らしのいい場所に陣取ることができた。

萌え声のお荷物と耳の長い危険物を休ませつつ、これからの戦略を練るとしよう。

「接近戦は無理だな。やはりこちらも遠距離攻撃で対抗しよう」

「そうは言うが兄さん、魔法でも厳しいぜ。どうすんだ？」

「……アー姐さんの魔法、もうちょっとで届いたんですけどね」

さっきの様子だと、おそらく攻撃魔法の射程はテニスコートの長い方くらいだろう。俺はテニスの心得などないので間違っているかもしれん。何となくの感覚である。

ともあれ、距離を詰めるための一手が必要な状況だ。

「ふむ、他所のパーティーもうまくいってねーみたいっスな」

アーウィアは腕組みをして丘陵を眺めている。五、六人ほどの集団がぽつぽつと、俺たちと同じように開けた場所で身を寄せ合っていた。やはり作戦会議でもしているのだろう。

「……あちこちの茂みや窪地《くぼち》に小鬼が隠れていますね。冒険者の隙をうかがっているみたいですね」

よくよく目を凝らせば、物陰となった場所に見え隠れする小鬼らしき姿があった。

「よし、ここは待ち伏せ《アンブッシュ》しかあるまい。人間様の知能を見せつけてやろうではないか」

「わたしはエルフです。こんにちは」

「……ドワーフです」

「知ってるっス。で、どうやるんスかカナタさん？」

小鬼相手に遊撃戦《ゲリラ》の展開である。戦況は泥沼の様相を呈してきた。

アーウィアの円盾はユートに持たせることにした。ヘグンとボダイにユート、三人の盾に囲まれて一団は丘を下っていく。途中、いい感じの草むらがあったので、こっそりとアーウィアを植えておく。そのまましばらく下り、灌木《かんぼく》の茂みにエルフを隠す。

「——よし、仕込みは上々だ。予定の地点まで進むぞ」

「うまく動いてくれるでしょうか？」

「なに、警戒はするだろうが深く考えはしないだろう」

そのままパーティーは低地へと進行。先ほど小鬼から投石を受けた辺りに差し掛かると、丘の上に小さな人影が現れた。狙いどおりである。

「やはり連中、自分たちが有利な場所に陣取ったな」

「しょせん小鬼だね、行動が単純なのだ。期待どおりの愚かさだよ」

呆れるように鼻で笑うユートである。各自、『お前も似たようなものだ』という言葉を飲み込み、そのまま後退して小鬼をおびき寄せる。予定地点へ到着した。

「よし、盾を構えろ。ニコは石を投げて挑発してやれ」

「おう、そんじゃァ始めるか」

「……お任せを」

丘の上下で小鬼さんチームとニンジャさんチームに分かれ、石投げ合戦が始まった。

相変わらずニコの投石はでたらめな方向へと飛んでいく。対する小鬼たちの石は、概《おおむ》ね狙いどおりに俺たちのところへ降ってくる。ニコが白熱するほど投球のコントロールは失われ、小鬼たちは見せつけるように伸び伸びと良い球を投げる。完全に負け試合の流れである。

「ニコ、熱中しすぎるなよ。そろそろだ」

俺も投石を回避しつつ、小鬼たちに届かない程度に石を投げ返す。

「……ぐぅ、すみません」

両チームの肩が温まってきた頃、敵マウンド脇の灌木が揺れる。

ぱきぱきと小枝の折れる音をさせながらルーが姿を現した。

「ふあーっ！　『氷嵐《アイス・ストーム》』！」

エルフの魔法が側面から相手方の投手陣を襲う。小鬼たちの半数が冷気の渦に飲まれた。氷片が小鬼を切り裂き、噴き出した血液さえ凍らせながら嵐が吹き荒れる。

「奇襲成功だ、追い込むぞ！」

ニンジャ二人で左右に展開し、盾持ちの三人はのたのたと丘を上る。小鬼たちは頂上を目がけて一目散に逃げ出した。奴らの向かう先にあるのは、アーウィアを植えた草むらである。

「おらぁーッ！　『魔弾《マジック・ミサイル》』！　かかってこいやぁー‼」

草むらからアーウィアが飛び出し、先頭の一体を魔弾で撃ち抜く。そのまま小鬼たちの行く手を塞いだ。挟撃成功だ。

ようやく小鬼討伐が始まった。ここまで長かったものである。

心当たり

半壊した小鬼《ゴブリン》の集団を包囲した。機動性に優れたニンジャを両端に据えた鶴翼《かくよく》の陣で攻め上げる本隊と、敵部隊の背後をとったアーウィアによる挟み撃ちの形だ。

「うらぁーッ!! 逃げんな、こっちこいやぁーッ!」

戦棍を振り回しながら司教が吼える。アーウィアの役割は威嚇による足止めだ。その後、包囲を狭めて殲滅《せんめつ》に移る作戦となっている。

退路に現れたアーウィアを見て、小鬼たちが恐慌状態となった。金切り声を上げながら全力であらぬ方向へと走り出す。まるで頭を紙袋に突っ込んだ猫の群れである。小鬼どもが怯えすぎて予想外の動きをしているのだ。やりすぎである。

「あいつは本当に魔法職なんだろうか……」

無防備に駆ける一体に素早く接近、ムラサマを振るう。軽い手応えを残し、小鬼の身体が無残に両断された。走者《ランナー》アウトである。刀が届く距離であれば、物の数ではない。

「ルー、向こうに逃げた奴を狙うのだ!」

「んにっ! 『魔弾《マジック・ミサイル》』!」

包囲を抜けようとした奴がユートに発見された。逃げ惑う小鬼の背中をエルフの魔弾が撃ち抜く。戦意を失った敵であろうが容赦なしだ。

「娘っ子ォ、そっちに行ったぞッ！」

「……ぅあァぁぁ――――ッ‼」

ヘグンが追い込み、駆け寄ったニコが跳躍。ドワーフ娘は小鬼を蹴り倒し、馬乗りになって短剣を振り下ろす。両刃の刀身が深々と敵の胸板に突き立った。

「待てこら、最後の一匹ぃーッ！」

妙に足の速い司教が、逃げる小鬼に追いすがり、戦棍で後頭を殴りつけた。そのまま滅多打ちの態勢に入る。まことに残虐な行いだ。

「うむ、一方的ではないか。後味の悪い戦闘だな」

「敵が弱いですからね。我らに非はありません」

善の僧侶が言うのだから、そうなのだろう。気にすまい。もし誰かに怒られたらボダイに釈明していただこう。俺は悪くない。

朗らかな秋晴れの空の下。草生《くさむ》す丘を、風が優しく撫でる。

そんな光景を小鬼の血で染め上げて、ひとまず我らの勝利である。


「……耳を持ってきました、アー姐さん」

「うっス、ご苦労。そいつで最後っスな」

小娘たちが切り取った小鬼の耳を革袋に入れている。前もって用意してきた耳袋である。

部位買い取りの報酬を出すのは我らがギルドだ。本来であれば俺たちには必要ない耳である。だが、ちゃんと回収しておかないと他の冒険者に拾われ換金されてしまう恐れがある。

「アーウィア、耳はいくつあった？」

「揃いで六体ぶんあるっス。一体ぶん駄目にしたんで、倒したのは七体っスね」

魔法の直撃で破壊されてしまった耳であろう。俺たちは換金目的ではないので惜しくはない。討伐数だけ把握できていればじゅうぶんだ。

「ふむ、あれだけ大騒ぎしてこの結果か。メシ代にもならんな」

「半日仕事で銀貨六枚ってか。駆け出しどもでも面倒がって手を引いちまうぜ」

ヘグンの言うとおりだ。今日一日頑張っても、冒険者全体で五十体も狩れたら良い方だろう。まずいペースだ。何か対応を考えないと冒険者たちも小鬼を狩ってくれなくなるだろう。かといって買取価格を上げるのは避けたいところだ。色々なところから借り入れをして自転車操業をしているギルドである。経費削減、財布の紐は固くせねばならん。

「倒すのも一苦労っス。迷宮で蟻ンコでも殴ってた方がマシっスな」

「あいつらはまっすぐだからな。今思えば好感の持てる相手だ」

敵を倒したというのに、残るのは徒労感ばかりではないか。

「ねぇカナタ、お腹が減ったわ。いちどお昼ごはんに帰りましょう？　ユートの装備も何とかしないといけないわ。それにお腹も減っているの」

「――私を口実にするのではない。自分が空腹なだけではないか」

へなちょこ同士で不満のぶつけ合いが発生したようだ。

ルーは握っていた手の中からドングリをつまみ出し、ユートに向かって投げ付けた。

先ほどの潜伏中にでも拾ったのだろう。ドングリはユートの鎧に弾かれて地面に落ちる。

「むぅ、やめるのだ」

「…………」

ユートの抗議をスルーして、無言でドングリ爆弾の二射目を敢行するエルフである。幼稚園児同士の小競り合いだろうか。この二人も慣れない野外戦闘でストレスが溜まっているのだろう。

おそらく、腹を空かせたエルフは拾ったドングリを食ったのだ。不味《まず》かったのだろう。それで余計に攻撃的になっているのだ。目に浮かぶようである。

「お嬢もエルフも仲良くするっス。メシなら食わせてやるっスから」

面倒見のいいアーウィアがドングリを投げながら仲裁に入っていく。こいつも拾っていたようだ。手持ち無沙汰だと、人はドングリを拾うものらしい。確かに俺も同じ状況に置かれると、きっと拾うであろう。

「こうなるとルーは役に立たねェんだ。メシを食わせようぜ」

「カナタ殿、ひとまず街に戻って立て直しましょう。どうやら我らは準備不足だったようです」

満場一致な空気である。これ以上時間的なコストを支払っても、得られるものは少ないだろう。手に入るのはドングリくらいだ。

「そうだな、帰還するとしよう。ニコは先に川を渡って馬を用意してくれ」

「……はっ！」

ニンジャ一号の指示で二号が丘を駆け下りていった。タクシーを呼ぶのは下っ端の仕事である。

街に帰還すると、北門の近くに簡易のギルド交易所が設営されていた。

ディッジ小僧を見つけ耳袋の中身を渡しておく。あまり耳など持ち歩きたくはないのだ。薄気味が悪いではないか。

「この六体分と未回収が一体だ。他所のパーティーはどうなっている？」

「旦那のとこ以外はまだ交換に来てませんねぇ。こっちからも眺めてましたけど、苦戦してるんですか？」

ディッジは小鬼の耳を数えて耳帳簿を付けている。

「いや、駆け出しでも狩れる程度だが、逃げ足が速くてな」

「そうですか……。実は二組ほど戻ってきたパーティーがあるんですが、ここを素通りしてったんですよ。足元見られてますねぇ」

何やら愉快そうに鼻を鳴らし、ディッジは耳を壺に放り込んだ。いずれあの壺が耳で一杯になるのだ。ぞっとする話である。

「――なるほどな。冒険者たちも馬鹿ではないか」

「ええ、うちが買取価格を上げるのを待ってるんでしょうね」

あくまで冒険者ギルドは互助組織である。お互いに利益があって初めて成立するのだ。わざわざ好んで安い仕事をしたがる奴などいない。この状況下で小鬼を狩れるくらい頭の回るパーティーなら、報酬が適正価格に修正される可能性を考えるだろう。

「それで、値上げはするんですか旦那？」

「まさか。余計な小遣いなどくれてやる気はない」

「へへっ、そう言うと思いましたよ」

ディッジは嬉しそうにせせら笑った。悪の成金たちが浮かべる笑顔にそっくりだ。金勘定が絡むといい顔になる耳小僧である。

「こちらで考えがある。上手く事が運べば値上げなど必要ない」

「わかりました。旦那の手腕に期待してます」


陽気な蛙亭に赴《おもむ》き、ランチと洒落込むことにする。

俺とアーウィアはここ以外に飯屋を知らないし、この店で出される料理は日替わりオンリーである。要するに、いつもと同じ昼食だ。

「冒険者たちに弓矢を導入しようと思う」

「はぁ、いきなりっスね」

人数が多いので二卓に分かれ、メシが出されるのを待ちながら作戦会議だ。

「迷宮では使い手がいなかったが、別に禁止されてるわけではあるまい？」

「そりゃそうっス。わたしの村でも、猟師が弓で鳥とか兎なんか獲《と》ってましたよ。弓矢がなけりゃ生活していけねーっス」

やはり弓を持ち出すこと自体に問題はないようだ。いくら文明度が低い世界とはいえ、弓が存在しないわけがない。石器時代の遺跡からも矢じりなどは出土しているのだ。いくらこいつらが蛮族だとはいえ、原始人よりは文明的であろう。

「まぁ、俺ら冒険者にゃ馴染みがねェな。迷宮の宝箱からは出ねえし、弓を武器として扱える職業ってのも聞いたことがねェ」

「冒険者ではないが、衛兵たちなら弓を使えるのだ」

「とうぜん、猟師も弓は上手いですね」

おそらく、例のレトロゲーシステム的に排除されていたのだろう。

思えば弓にしろ槍にしろ、間合いをとって戦える武器である。真正面から殴り合いをするより明らかに有利な得物だ。使わない方がおかしいではないか。迷宮のような場所では弓を使うには狭すぎるという問題はある。所持できるアイテム数に制限があった冒険者にとっては、さほど有用な品ではない。しかし、今回のような戦場では弓は不可欠だろう。

「ねえ、ごはんはまだかしら？　おなかがへってうごけないわ」

「……動かず待ってれば出てきますよ。そうすると弓の訓練ですか？」

当然そういう話になるだろう。心なしかエルフの耳が萎《しお》れているような気がする。耳に蓄えていた栄養を消費しているのだろうか。

「そんなすぐ慣れるもんでもねーっスよ。今から射手《いて》を育ててる暇なんかあるんスか？」

アーウィアの言うとおり、あまり悠長にしている暇はない。

しかし、何とかなりそうな気がするのだ。ニンジャには少々心当たりがある。

恩寵授与《おんちょうじゅよ》の儀

「よくぞ集まってくれた、勇敢なる冒険者たちよ」

厳かな音楽が奏でられる中、張りのある男の声が発せられた。

濃藍の衣を身に纏った初老の男だ。

整えられた口髭《くちひげ》、強い意志を秘めた瞳。歳《とし》を感じさせぬ鍛えられた身体付きをしている。

まるで、叙事詩に歌われる英雄のような人物だ。


旧、修練場。現、代官屋敷の一室である。

威厳に満ちた壮健な初老男に比して、相対する冒険者たちは居心地の悪そうな様子だ。礼儀など知らぬゴロツキばかり。このような場には不慣れな者たちである。

「諸君らも知ってのとおり、我らがオズローの街は脅威に晒されている。北の丘陵に跋扈《ばっこ》する、卑しき小鬼《ゴブリン》どもの襲来だ」

そう言って男は押し黙り、しばし遠い目をする。

「――これは民の平穏を脅かすものだ。この地を治めるジェベール子爵家は憂慮している。何としても彼奴らを滅ぼさねばならぬのだ。しかし小鬼どもは狡猾《こうかつ》である。そこで、冒険者ギルドが猛者《もさ》と認めた諸君らに集まってもらった」

長台詞《ぜりふ》を言い終えた男が、己の言を噛みしめるように深く頷《うなず》く。

（アーウィア、次の台詞だ）

（うッス、抜かりはねーッス）

冒険者たちの背後、初老男の視線の先に立ったアーウィアが羊皮紙を広げる。次の台詞が書かれたカンペである。

「これより諸君らに『恩寵授与《おんちょうじゅよ》の儀』を執り行う。窓の外を見よ！」

男が右手を掲げ、窓を示した。冒険者たちがそちらへ視線を投げる。カンペ役のアーウィアが素早く身を隠した。

硝子《ガラス》の嵌《は》まっていない窓は開け放たれており、屋外練習場が見える。

遠くに、三つの人影がある。頭巾で顔を隠した軽装の者が一人。間合いを開けて二人、鎧兜《よろいかぶと》を纏った長身の者らがいる。両者睨《にら》み合《あ》う格好だ。

「――始めよッ！」

初老男の号令で、鐘を叩く音が轟《ごう》と鳴り響いた。

鎧姿の二人が剣を抜き、軽装の相手へと襲いかかる。鋭い斬撃。軽戦士は見切ってひらりと身を翻す。そのまま懐に潜り込んで腕を取り、長身の相手を軽々と投げ倒した。

　もう一人の鎧武者が、すかさず剣突を見舞う。軽戦士はそれを跳躍して回避。着地から滑り込むように低い蹴りを放つ。脛を蹴られた重戦士が無様に大地へ転がされた。

「あっという間に倒しちまった」

「あの身のこなし、只者《ただもの》ではないな……」

「相当な使い手だぜ」

　観戦していた冒険者たちが口々に感嘆の声をもらす。

　体格に勝る相手の剣を翻弄し、柔よく剛を制す。まるで九郎義経《よしつね》と武蔵坊弁慶《むさしぼうべんけい》が五条の橋で繰り広げた戦いだ。なぜか弁慶が二人いるのでお得感がある。通販番組で買ったらもう一個付いてきたのだろうか。変な形の掃除機とかでよくやっている。

　鎧の二人に勝利した軽戦士は、その場に置かれていた弓を取り、矢をつがえて引き絞った。

　狙いの先には、地面に突き立てられた長い木の棒。その上に据えられた、小さな藁束《わらたば》の的だ。

　冒険者たちは固唾をのんで見守る。

　緊張の瞬間、鐘の音が響く。

　放たれた矢は、狙いを過《あやま》たず藁束に突き立った。

「見たか！　あの者こそが『猟兵《レンジャー》』！　諸君に与えられる力だ！」

　初老の男は力強くそう宣言した。

さて、ここまで茶番である。

(うまくいったみたいッスね)

(ああ、練習どおりだ)

さっきから偉そうに喋っている初老の男だが、別に偉い人ではない。ユートの世話係のオッサンである。実家に顔を出した際に、心配した親御さんが使用人を連れていけと言ったらしい。何でも子供の頃からユートの身の回りの世話をしていたとか。今回の作戦では、見た目と声が重要なので、無理を言って演者として登壇してもらった。それっぽい奴がそれっぽい感じで喋っていれば、何となく納得してしまうものだ。

さっきの猟兵役はニコで、鎧の二人はヘグンとユートだ。当然のことながら八百長試合である。距離があるので、ちびっ子ドワーフだとバレずに済んだだろう。鎧コンビの方が大男だと感じていただけたはずだ。

弓で的を射る演目も、もちろんヤラセである。弓につがえたのは矢ではなく縄だ。鐘の音を合図に、その場に捨てただけである。的の方にはあらかじめ矢を刺しておいて向こう側の死角に隠し、棒を90度回しただけだ。棒の根本に穴を掘ってルーを仕込んでいる。ちなみに鐘の音も、正しくはボダイが鎚矛《メイス》でデカい鍋を叩いた音である。窓の外で聞き耳を立て、状況を見ながらのアクションだ。生真面目な性格のボダイでなければ務まらなかったであろう。

あとはオッサンにカンペを出す係のアーウィアと現場監督のニンジャ、アルバイトで雇った名も知らぬBGM担当の吟遊詩人などが仕掛け人だ。

「かの力を求める者たちよ！　ジェベール子爵家の名において秘跡を授けよう！」

盆を捧《ささ》げ持った老人が現れ、オッサンの元に粛々と歩んでいく。盆の上には酒杯と小皿がある。

オッサンは小皿からつまみ上げたものを冒険者たちに見せつけた。黒く細長い、ちいさな種子のような代物だ。

「これこそはジェベール子爵家の秘宝。かの力を宿す希少アイテム『アイゼンの種』である。冒険者よ、これを飲むがいい」

盆を持った使用人たちがぞろぞろ入室し、冒険者たちの前に並ぶ。

一人、また一人と、意を決した様子で冒険者たちが種を口に含み、葡萄酒《ぶどうしゅ》で流し込んでいく。


何が『アイゼンの種』だ。その正体は、例のニンジャ式膨張麦である。バレないよう、念のため鍋底の煤《スス》をまぶして黒く着色してあるだけだ。他に小道具として用意できるものがなかったので苦肉の策である。いくら脳筋揃いの冒険者相手でも、さすがにドングリではバレバレであろう。

ついでに言うと盆を運んできた老人は窯元のノームの爺さんである。小鬼のせいで工房が使えず暇そうにしていたので連れてきたのだ。

（裏の事情を知ってると馬鹿みたいっスな。この場には馬鹿しかいねーっス）

（そう言うな。みんな頑張っているんだ）

別に無意味なドッキリ企画を仕掛けたいわけではない。今回は思い込みと説得力が重要なのだ。

この茶番が成功すれば、嘘が真実に変わるはずだ。

「これで諸君らは『アイゼンの種』により猟兵の力を得た！　だがしかし、今はまだ猟兵としては駆け出しである。かの力は戦いの中で芽吹くであろう。これからの研鑽《けんさん》に期待する！」

台本に書いてある最後の台詞だ。

どうにか段取りに沿って茶番を終えられたようである。


「大司教アーウィアと諸君らの名演に、乾杯！」

「「「「乾杯！」」」」

用が済んだ冒険者たちを帰らせ、そのまま打ち上げに突入する運びとなった。

酒場に雪崩《なだ》れ込《こ》みたいところであるが、冒険者たちに顔が割れては困る者もいる。仕方なくホームパーティー形式での開催だ。

「マッシモの熱演が見られなくて残念なのだ。随分と役者だったそうではないか！」

世話役の初老男はマッシモという名前だそうだ。確かに堂に入った熱演であった。

先ほどの茶番ではドワーフ娘に蹴り転がされる雑魚の役だったユートだが、身内の活躍を聞いて上機嫌な様子である。

「お戯れを、お嬢様。事情があったとはいえ使用人の分際でジェベール家の名を騙《かた》るなど。子爵様に顔向けできません」

「ふはっ、お嬢より役に合ってたっスよ。もうオッサンが代官やればいいっス」

酒さえ飲めれば上機嫌なアーウィアである。麦酒《エール》をガバガバ飲みながら、初対面のオッサン相手にも軽口を叩いている。怒られたらどうしようとか考えないのだろうか。

ルーとニコは仲良くアイゼンの種を奪い合い、ボダイは凹《へこ》ませてしまった鍋をどうにか元通りにしようと鎚矛《メイス》で小突き回している。名も知らぬ詩人はこそこそと革袋に酒を注いでいた。持って帰る気であろう。貧乏人根性の染み付いた連中である。


「なァ兄さん、こんなンで本当に弓を使えるようになンのか？」

せっかくのお疲れ様会だというのに、ヘグンは何やら渋い顔だ。

「ああ、連中の様子を見るに大丈夫だろう。完全に信じ切っている顔をしていた」

退室していく冒険者たちを思い出す。猟兵としての力を授けられ、自信と誇りに満ちた精悍《せいかん》な顔。そこに若干の照れ臭さをブレンドした、気味の悪い薄ら笑いの集団であった。危うくアーウィアが吹き出しかけたので、仕掛け人一同、歓声と拍手で誤魔化したものだ。

「そうじゃねェよ兄さん。連中、自分が『猟兵』とやらだって思い込んだだけだろ。そんだけで、触ったこともねェ弓が扱えンのかって話だぜ」

歴戦の戦士だけに、素人が武器を扱う難しさを理解しているのだろう。

「――ふむ、説明すると長くなるのだが」

ヘグンの酒杯に壺から葡萄酒をなみなみと注いでやる。この酒も小道具として用意した余りだ。スタッフが美味《おい》しくいただこうではないか。

「構わねェよ。納得行くまで聞かせてくれ」

「――むぅ」

ユートの鳴き真似をすると、マッシモが顔を上げてきょろきょろし始めた。世話係としての条件反射だろうか。

仕方ない、軽く情報共有をしておくか。

そろそろこの辺りの話をしても、素《す》っ恍《とぼ》けられることはないだろう。

ぼくらのおしごと

冒険者組とカタギの衆で席を分け、ニンジャによる説明会を開催する。

久しぶりに『神の欺瞞』に踏み込むとしようか。

「では冒険者の職業について、俺の考えを語るとする」

「うっス。表情が硬いっスよカナタさん。肩の力抜いていきましょう」

余計なお世話である。

「俺たち冒険者には職業というものがある。ニコ、職業を得るにはどうすればいい？」

「……はい、修練場で申し込みます」

なぜか起立して答えるドワーフ娘だ。ここは学校か。

「ああ、そのとおりだ。座ってよろしい」

着席したニコのおかっぱ頭をアーウィアがワシワシなでている。

褒めて伸ばす教育だろうか。お母さんか飼い主か微妙な線である。

「冒険者なら誰でも知っていることだな。しかし皆気付いているように、もはやこの場所は修練場ではない。お代官様のお屋敷だ」

「うっス、お嬢ん家《ち》っス。衛兵どもの詰め所でもあるっスね」

街の治安を預かる彼らを衛兵ども扱いである。ならず者のような娘だ。

「――はて、我々はいつそれを知ったのでしょうか」

ボダイが自問する。答えられる者はいない。いつの間にかそう認識するようになっていたのだ。

重い沈黙が降り積もる。ぐびぐびと、司教とエルフが酒を飲む音だけが響いた。

「おそらく『神の欺瞞』の影響だな。ユート、修練場にいた職員たちはどうしている?」

「あれらは役人たちなのだ。当家が抱えている者たちだよ。税の徴収などを仕事にしている」

偉そうに頬杖《ほおづえ》をついて答えるお嬢様の頭を、エルフがなで回している。

いちいち甘やかすな。今日は参観日か。


「最近ニンジャに転職《クラス・チェンジ》したニコを例にしよう。こいつは役人にお伺いを立て、ニンジャとして認められた。具体的に何かされたわけではない」

俺がニンジャになったときの記憶はない。おそらく、この先も取り戻すことはないだろう。

しかしニンジャ二号の転職には立ち会った。書類を提出しただけで、このおかっぱ娘は戦士からニンジャへと変身したのだ。修行もしていなければ改造手術も受けていない。役所で手続きしただけだ。自動車登録みたいな感じである。

「ニコがニンジャとしての修練を積んだのは、転職をした後からだ。レベルが上がればニンジャとしての技能も上がる。まず最初に、己がニンジャだという自覚が必要なんだ」

ビジネス本みたいなことを言い出したニンジャ一号である。場の一同が胡散《うさん》くさそうに視線を投げる。詐欺師を見るような目だ。まことに遺憾である。

「兄さんの言ってることはわからなくもねェよ。だからって、勝手に職業を変えられるもんか？　おいルー、そろそろやめろ。ユートが禿《は》げンぜ」

「おもしろそうね！　もっとなでるわ！」

街の統治者を捕まえて頭をなで回すエルフである。ユートが助けてほしそうな顔をしている。いちいち構っていると話が進まないので放っておこう。

「そこなんだが、思っているより職業はどうとでもなるらしい。神の欺瞞が薄れ始めて以降、俺の職業が何度か変化した。修練場を通さず、俺がそう思っただけでな」

「――そこがわからねェ。兄さんはそれをどうやって知ったンだ？　職業なんて目で見てわかるもんじゃねェだろ」

さっきから酒が進んでいない様子のヘグンだ。休肝日だろうか。

「いや、俺には見ることができる。こうすればな」

空中に指を置き、メニュー画面を開く。

「こう、って……何がだ……？」

「カナタさんの悪い癖っス。大人になれば収まると思うんで適当に相手してやってほしいっス」

酷い言われようである。

「そうではない。これは――俺の持っている能力だ」

「……っ！『忍術《ニンジャ・アーツ》』の奥義《おうぎ》ですね、先生！」

「そんな感じだ」

適当に返事をしておこう。弟子の期待が重すぎるのだ。いつの日にか、退《の》っ引《ぴ》きならない事態に追い込まれそうな俺である。

「それで、カナタはどんな職業に変わったの？」

ユートをなでるのに飽きたルーが普通の質問をしてきた。自由である。

「ああ、『プログラマ』とかだな」

ずいぶん久しぶりに口に出した単語である。異世界に来てエルフ相手に発言する機会があるとは思わなかった。なんだか場違いで気恥ずかしい思いだ。

「『ぷろぐらまぁ』」

当のエルフがアホの子みたいな口調で復唱する。こんなのを相手に恥じ入る必要などなかったな。おかげで少し気が楽になった。

「わたし初耳ッス！　どんな職業なんです？」

アーウィアが鼻をふすふすいわせながら興奮気味に食いついてくる。学習意欲が高い。

「世の理不尽を請け負う仕事だ。指先だけで大災害を引き起こしたりもできる」

「すげーっス！　ニンジャとどっちが強いんスか？」

「僅差でニンジャだな」

「ふはっ！　司教といい勝負ができそうっスね！」

話が脱線してきている。俺しか話の本筋を知っている人間がいないのだ。誰かが軌道修正してくれるのを待っていてはいかん。

「とにかく、職業は自分の認識で自由に変えられる。必要なのは思い込むことだ。そうすれば職業に応じた能力が上がっていく。なにも今までの職業の範疇《はんちゅう》で考えることはない。『猟兵《レンジャー》』だろうが構わんだろう。こんなもん言ったもの勝ちだ」

プログラマだって通ったのだ。この世界にはパソコンもないのにである。いったい何をする人なのだろうか。

「はぁ……思い込めば何にでも、ですか」

常識人ではあるが堅物ではないボダイは何とか話を飲み込もうとしている。

「さすがに実力とかけ離れた職業は無理だろうがな。剣も持ち上げられない非力な者が、戦士としての力を得られるとは思えない」

アップデート以前から、そういった必要能力値の制約はあった。それに、職業に対する最低限の知識も必須だろう。この世界の人間がプログラマになったりはしないはずだ。きっと求人もない。

「……それで『猟兵』候補は斥候から集めたのですね」

似非《エセ》猟兵の第一人者がふむふむと頷いている。

「まぁ、兄さんの考えはわかったぜ。後は連中がどうなるかだな」

「あれだけ大掛かりなお膳立てをした以上、結果を出してもらわんと困るな。かつて修練場だったこの場所を使ったんだ。問題ないと思いたい」

ヘグンも一応は納得した様子だ。ため息を一つ吐いて、葡萄酒をがぶりと飲む。

「私だって困るのだ。ただでさえ色々と大変な時期だぞ。いつまでも小鬼《ゴブリン》どもにかかずらわっている暇などないのだ」

ユートにもため息が伝染した。

職業云々《うんぬん》より、さっさと小鬼を退治して食糧問題に手を付けたいのだろう。そこに付け込んで、衛兵用にストックしてある予備の弓矢を無償貸与していただいた。今回のスポンサー様である。

「わしだって困っておる。窯と粘土が無事であればよいがの」

俺たちの話が一区切りしたのを見て、ノームの爺さんも寄ってきた。この白ナマズみたいな御仁も今回の被災者だ。ギルドの取引先でもあるので、何とかしたいところである。

「ひとまず手は打ったんだ。猟兵たちが仕事をしてくれれば、小鬼など一気呵成《いっきかせい》に滅ぼせるだろう。今日は酒でも飲もうではないか」

「うっス。お前らも飲め」

きっと明日は忙しくなるだろう。がんばって小鬼さんの耳をいっぱい集めるのだ。

第三章

レンジャー

オズロー北の丘陵地帯。戦場となったこの地を、武装した男たちが駆ける。

「アゴヒゲ小隊！　小鬼《ゴブリン》どもだ、蹴散らせッ！」

「「オッス、レンジャー！」」

むくつけき男たちが野太い声を張り上げる。

我らが冒険者ギルドの誇る精鋭、猟兵《レンジャー》たちだ。その隊名に反してヒゲは少数派である。

「小屋ン中は任せろォ！　お前らは逃げるヤツをやれッ！」

「「レンジャー！」」

小隊長のヘグンは工房の扉《ドア》を蹴破って突入、屋内にいた小鬼たちに切りかかる。袈裟懸けに一体、剣を返してもう一体の脇腹を切り裂く。いち早く反応した数体が裏口から逃げ出すのが見えた。あれは猟兵どもに譲ってやろう。俺たちは屋内を掃除せねばならん。

窓が閉ざされているので工房の中は薄暗い。部屋の隅にわだかまる闇から、小柄な人影が飛び出した。手にした薪を振りかぶる小鬼の姿だ。

「悪いが見えているぞ」

ひと声かけて刀を振るう。敵がのろまなので四連撃まで入った。奇襲のつもりならお粗末なものだ。我らは迷宮の闇に慣れた冒険者。この程度の暗がりなど真昼のようなものである。

「やはり、暗くて狭いところを好むのか？」

所詮は虫《ゴブリン》から進化した生物だ。粘着罠でも仕掛けてやろうか。

「おう、こっちも片付いたぜ……っと、ひでェな」

アゴヒゲ小隊長がやってきて奇妙な顔を床に向けている。つられて足元を見ると、バラバラになった木片と小鬼っぽい何かが転がっていた。サイコロ状である。色々とよろしくない物がはみ出している。調子に乗ったニンジャがはしゃいだ結果だ。なにが四連撃か。

「レンジャー！　小鬼の掃討を完了、うォッ!?」

「レンジャー！　うげェッ!?」

猟兵たちが逃げた小鬼を倒して戻ってきた。彼らにも惨殺現場を目撃されてしまった。間の悪いミステリ小説の犯人みたいな感じだ。そして俺の手には刃物がある。

かくなる上は、という状況だろうか。

「予定どおり、アゴヒゲ三号はここに残れ。周囲を警戒しろ。耳の処理は後続に任せるように。俺たちは丸坊主小隊と合流する」

「オッス、レンジャー！」

うちの身内を隊長に据え、猟兵二人を加えたのが小隊の基本構成だ。彼らが所属しているパーティーの連中を後続部隊としている。人数の都合上、余り物のニンジャはこの小隊に編入された。

「後続と一緒に職人たちもやってくる手はずだ。小さくて痩せてる奴がいても射るんじゃないぞ。遠目だとノームと小鬼は見間違う恐れがある」

「レンジャー！」

木工職人の工房を奪還したアゴヒゲ小隊は、次の目的地へと向かう。鍛冶職人の工房だ。

本作戦において、この二ヵ所は何としても押さえねばならない。矢の消費が馬鹿にならないのだ。増産が急務である。奴らの手から生産施設を取り戻さねばならん。

(なぁ兄さん、あの掛け声やめさせねぇか？　うるさくて敵わねぇ)

(いや、あれにもちゃんと理由がある)

(だがよ、小鬼にも丸聞こえだぜ？)

まだ彼らは、猟兵として駆け出しのひよっこ連中である。失敗することもあるだろう。それをきっかけに暗示が解けてしまうかもしれない。思い込みの力だけで猟兵という職業になった連中である。ああやって連呼させておけば、自己暗示になるだろうという考えだ。

「――敵の反応があるな。左前方の茂みだ。アゴヒゲ二号、見えるか？」

「レンジャー！　えー、見えます！　小鬼が少数、レンジャー！」

「よし、俺が先行して囮《おとり》になる。後手に合図をしたら矢を射掛けてやれ」

「オッス、レンジャー！」

猟兵化計画は上手くいった。まだまだ本職には及ばないが弓も扱えている。狙いこそ甘いが、小鬼の投石とは射程も威力も段違いだ。矢の損耗にさえ目をつむれば、屋外戦では敵なしと言っても過言ではなかろう。被検体として斥候たちを選んだので、敵探知スキルも活用できている。

ふらふらと無警戒を装ってニンジャは前進する。

距離を詰めて合図。鋭く空を切った矢が灌木の茂みを貫く。

汚い悲鳴を上げながら小鬼が転がり出てきた。肩に矢を受けている。

「やはり便利なものだな、飛び道具というものは」

小鬼は三体隠れていた。無謀にも石を投げながら向かってくる奴がいる。

こちらも間合いを縮めつつ投石を回避。一閃、致命の一撃《クリティカル・ヒット》。小鬼の首を刎ねた。

そのまま踏み込み二体目。矢を受けて手負いの奴も一息に首を落とす。

もう一体を探すと、一目散に丘を駆け上っていくところだ。走って追いつくのは難しいだろう。

あとは猟兵の弓に任せよう。

小鬼たちの隠れていた茂みを覗き込む。ドングリだの小枝に刺した虫だのが残されていた。こんなところで餌集めをしていたようだ。

余計なものを見てしまった。そういうのは森の奥深くで勝手にやってくれ。こちらとて、わざわざお前らを狩りたいわけではないのだ。

「レンジャー！　第二目標の工房を確認！　丸坊主小隊が交戦中、ちびっこ小隊とお嬢さま小隊の支援を受けています！　レンジャー！」

「ふむ、出遅れたようだな。これでは過剰戦力だ。ちびっこ小隊が来ているということは、細工職人のところも確保できているな。第三目標へ進路を変更しよう。ヘグン、第二目標で交戦中の仲間に合図を送ってくれ」

「構わねェが、なんで俺なンだよ……」

文句を言いながらもヘグンは友軍に向かって大きく手を振る。

見張りが気付いた。ヒゲの小隊長殿は手旗信号の真似事みたいな姿で合図を送る。通信内容はよくわからん。この合図を決めたのは俺だが、正直うろ覚えなのだ。

先方からも『了解』の合図が返ってきたようだ。たぶんそうだろう。

「第三目標の窯元を落とせば、少しはまともなメシが食える。行くぞ」

「オッス！　レンジャー！」

「やっぱうるせェよ……」

蝙蝠スープの残りを薄めて出すのも限界に近付いている。無意味に欲張って湯を入れすぎたカップスープみたいな味になってきたのだ。貧乏性ゆえ俺もよくやってしまう。１８０ccだと言われても２５０ccくらい入れてしまうのだ。量が少ないと何となく損をした気になる。

いつもは愛想のいい飯屋の娘も、最近は後ろめたそうな顔になってしまった。塩で誤魔化しているが、ほとんど湯を売っている状態である。

我らがオズローの食糧難は解決していない。例のスープにしても、わけあって食材などが秘伝のため、あの場所でしか製造できないのだ。

この期に及んで魔物《モンスター》の肉を食っているのは、正直どうかと思わないでもない。しかし食糧がほとんど流通していないのだ。悪代官が武器の禁輸を決めたせいで、最近は行商人たちにも不人気な街になってしまったらしい。手に入るものを食うしかないのだ。


「前方に集団を発見！　はらぺこ小隊です！　レンジャー！」

「ルーのとこだなァ。何やってんだアイツらは」

第三目標へと向かう俺たちの前に、友軍が姿を見せた。どうも様子がおかしい。わたわたと変な動きをしているエルフを先頭に、部隊がこちらへと引き返してきている。何かあったのだろうか。

「てったい！　総員てったーい！」

無駄に手をくねくね振り回しながらルーが叫ぶ。やはり変な動きだ。創作ダンスでハニワを表現する人みたいな感じである。技術は拙《つたな》いがテーマをよく理解している振り付けだ。

「どうしたルー、何があった！」

「あっ、カナタ！」

ハニダンスが慌てて駆け寄ってくる。はらぺこ二号は三号の肩を借りて歩いている。どうやら負傷者が出てしまったようだ。

「たいへんよ！　強い小鬼が出たの！」

「ほう、例の『小鬼君主《ゴブリン・ロード》』か？」

小鬼どもを率いているという噂のボスキャラだ。目撃情報が極めて少ないため、存在が疑問視されていた個体である。ようやく顔を拝むことができるか。

「すっごく素早いの！　まだ、アーウィー爆裂小隊が足止めに残ってるわ！」

「――何だと！」

ルーとの会話を放り捨て、俺は走り出した。

アーウィー爆裂小隊の構成員はアーウィア一人である。撤退の殿《しんがり》を司教一人で引き受けたのだ。

何をやっているんだアイツは。


「ぐるぁぁーッ!!　勝負せぇやコラァー！」

「ゥゴァアーッ！　ゴッヴァアーッ!!」

駆けつけた先では、二匹の獣が睨み合って咆吼《ほうこう》を上げていた。

「待たせたなアーウィア！」

鉄火場にニンジャが飛び込む。闖入《ちんにゅう》者の姿を目にし、司教ではない方の獣が一歩下がった。

小鬼にしては随分と大柄な奴だ。中鬼くらいはありそうだ。普通の奴らがお猿さんだとしたら、チンパンジーくらいだろうか。

「うっス。はやかったですね、カナタさん」

司教の方の獣は、白い法衣を土やら返り血で汚している。

激しい戦闘があったのだろう。その割りには元気そうで何よりだ。

「強いのかコイツは」

「図体《ずうたい》の割りに、すばしっけーっス。あと腕を振り回すんで、摑まれないよう気を付けてください。けっこう力があるっス」

「わかった」

アーウィアがこう言うなら、なかなかの強敵であろう。

この司教は、迷宮第六層の黒牙狼《バーゲスト》でさえ一人で叩き殺すのだ。

それもどうかと思う俺である。

制圧

「ニンジャに出逢《であ》ったのがお前の不幸だ。命が惜しくば尻尾を巻いて失《う》せろ」

小鬼《ゴブリン》どもの大将と思《おぼ》しき個体と対峙する。

うちのアーウィアが苦戦していた相手だ。久々に腕が鳴る。

「言葉は通じんスよ。あと小鬼に尻尾はねーっス」

「わかっている。雰囲気だ」

「そういうのいらんス。さっさと倒しましょう」

アーウィアが戦棍をぶんぶん振りながら急かしてくる。

結果がすべてのビジネスマンみたいな思考だ。付き合いの悪い小娘である。自分はタイマン上等な癖に、こういうところは淡白なのだ。欲しいものを買ったらすぐ帰るタイプだろう。ぶらぶらと可愛い靴とか春物のカーディガンを見ていったりはしないタイプだ。

「仕方ない。すぐ済ませるから下がっていろ」

「うっス」

弾かれたように小鬼の大将が飛び出す。狙いは、戦棍を下ろしたアーウィアだ。

「――見くびるな。速度でニンジャに敵うか」

即座に小鬼の行く手に割って入る。俺たちが油断していると見たか、隙をうかがっていたようだ。

生憎だが、こちらも重心を落として身構えていた。敵を前に棒立ちになるニンジャなどいるか。貫手《ぬきて》で敵の眉間を狙う。小鬼は仰け反って躱《かわ》し、倒れ込むような体勢から掬《すく》い上《あ》げるように腕を伸ばしてくる。強引に繰り出された一撃を掻《か》い潜《くぐ》り、側面に回り込んで蹴りを放つ。小鬼は飛び退って地面に転がる。肩口にヒットしたが、浅い。すぐさま跳ね起き、地を這うようなタックルで襲ってくる。腰を落とし、受けると見せてフェイント。頭上を飛び越え、敵の背後へと着地。再度、睨み合いの格好になった。

「ふむ、なかなか素早いな」

「べったり張り付いてくるんで厄介なんス」

なるほど、これでは後衛も迂闊に仕掛けられないだろう。弓も魔法も同士討ちになる危険がある。呪いの護符《アミュレット》に守られているアーウィアなら少々当たっても大丈夫な気はするが、流石《さすが》に実行はできない。もしプスっと刺さってコロっといったら大変である。

「なるほどな。敵の力量もわかった。そろそろ仕留めるとするか」

「うっス。お願いします」

銘刀・村沙摩《ムラサマ・ブレード》を抜き放つ。いきなり突っ込んでくるので武器を構える暇もなかったのだ。

俺は居合斬りのような真似はできん。サムライではなくニンジャだからだ。だったら最初から抜いておけという話である。

ニンジャの敏捷《びんしょう》さに攻撃力が加わった。迷宮産の希少《レア》アイテムだ。もはや勝負の行方は明白。

冷たく光る白刃が斬撃となって小鬼を襲う。敵も必死に回避するが、ニンジャは追撃の手を緩めない。小鬼も次第に疲れが見え始める。集中を切らしたか、警戒を忘れた無造作な攻撃。

摑みかかる小鬼の腕を切り飛ばし、捨て鉢に突進してくる身体をすれ違いざまに一刀両断。

死にゆく小鬼の肉体が、どさりと地面に転がった。あっけない幕切れである。


「カナタさん、はらぺこ二号は足が折れてるっス。わたしじゃ治せません。坊主に頼みましょう」

「そうか。ご苦労さん」

負傷していた猟兵《レンジャー》に『軽傷治癒《キュア・ライト・ウーンズ》』を施したアーウィアである。ここへ来る途中で置いてきたアゴヒゲ小隊とはらぺこ小隊を回収し、無事に第三目標へ到達した。勝手知ったる窯元の工房だ。

ここはルーの小隊とアーウィアにより一時は制圧されたが、先ほどの小鬼に襲撃され放棄した場所だ。よって室内はお掃除済みである。

「無理に動かさねェ方がいいな。ボダイのやつを連れてこようぜ」

土間に寝かせたはらぺこ二号を横目にヘグンと方針会議だ。小鬼の死体は外に運び出してある。負傷兵が落ち着けるようにという配慮と、間違って耳を切られないようにという考えすぎが理由だ。前者はヘグン、後者はルーの発言である。

「そうだな。怪我人を連れて行くとなると運搬に人手も取られる。ここの守備を手薄にするわけにもいかん。こちらから伝令を出してボダイを派遣してもらおう。たぶんその方が早い」

「だな。伝令は誰が行くんだ？」

「脚が速いやつだな」

「だったら兄さんと姉御だな。二人で行ってきてくれ」

「おう、任せろっス」

無駄に健脚な司教様である。鉄鎧のヘグンともやしっ子のルーはともかく、猟兵たちを差し置いての推薦だ。こいつはいったい何者なのだろう。

「――では、俺とアーウィアで臨時小隊としよう」

「あ、小隊長はカナタさん頼みます」

「何だ、あんなに小隊長をやりたがっていたのに」

諸々を鑑《かんが》みて余り物になった我ら二人である。このニンジャと司教は、単独での作戦遂行能力がやけに高いのだ。上級職ゆえの万能性もあるのだが、パーティーが基本の冒険者としては異端である。我らの特性を活かすには、緊急時に単独行動ができる運用にする必要があった。小隊長が抜けてしまっては部隊が機能しなくなる。

しかしアーウィアが駄々をこねるので、仕方なくアーウィー爆裂小隊を編成したのだ。実際のところは、ルーのはらぺこ小隊に編入している状態である。

「さっきので役目は果たしたっス。今後はニンジャ小隊のニンジャ二号っス」

「その呼び名は俺の中でカブる。別のにしよう」

「うっス。任せます」

忠犬モードである。先ほどの戦闘にしても、アーウィー爆裂小隊に期待していたとおりの単独行動ではあるのだ。まさか敵の親玉と真正面から殴り合いをするとは想像していなかったが。山に連れていった飼い犬が熊を撃退した話みたいな感じだ。たまに地方ニュースとかで流れる。

「では行ってくる。ここの防衛は任せた。じきに後続の部隊もやってくるだろう」

「おう、兄さんらも気ィ付けろよ。弓がねェんだから小鬼は相手すンなよ」

「わかってるっス。さっと走っていけば大丈夫っス」

工房を出た俺たちの前に首をくねくねさせているルーがいた。悩ましげな顔で周囲を見回している。何をしているのだろう。

「ねえ、耳はどこに行ったのかしら？　見かけないんだけど」

「頭の横に付いてるっス」

「よかったな見付かって」

頭がどうかしているエルフをスルーして、我らへっぽこ小隊は第二目標の工房へと急いだ。


「お取り込み中っスな」

「ふむ、どうやら防衛戦のようだな」

遠目に見える第二目標では戦闘が続いていた。

鍛冶職人の工房を占拠しているのは味方のようだ。小鬼の襲撃を受けているらしい。

「連中なにやってんスかね。小鬼なんて殴ればいいだけっス」

「まさかずっと戦っているわけではあるまい。たまたま少し前に小鬼が襲って来たんだろう。向こうに着く頃には片付いているはずだ」

「うーん、矢が飛んでないみたいっスよ。もう残ってないんスかね？」

「それは困る。いや、うっすら煙が昇っているな。職人たちが仕事を始めたか」

会話を交わしつつ、えっほえっほと悪路を駆ける。矢が尽きてしまうと猟兵の戦力が大きく低下する。小鬼の投石に対抗する手段がないのだ。街を守る衛兵の分は残してきたが、それに手を付けるわけにもいかん。

「どうせなら石を投げるのも上手い設定にしておくべきだったか」

「それは欲張りすぎっス。っていうか石を投げるのが上手い職業ってなんスか」

今ごろ鍛冶職人たちも矢じりの量産体制に入っているだろう。しかし矢じりだけあっても仕方ない。矢柄《やがら》も矢羽《やばね》も必要だ。魚の切り身だけあっても寿司《すし》にはならんのだ。前にこの例えをしたら『刺し身でもじゅうぶん美味い』という謎の反論をされたことがある。話をよく聞かない人に例え話で説明するのは間違いなのだ。


「到着したっス」

「まだ続いてるな。終わる気配がない」

工房には後続部隊も一緒に立てこもっていたようだ。

いくつかの窓板と扉は壊されている。室内の物を使って即席のバリケードが築かれているようだ。小鬼たちは散発的に石を投げ、たまに数体でこっそり近寄ってはバリケードを破壊しようと試みる。そのたびに盾を構えた冒険者たちが飛び出してきて小鬼を追い払い、投石の雨を受け慌ててバリケードの中に戻っていく。泥仕合もいいとこだ。

「お、ひとり追いついたっス。小鬼と戦ってますよ。ちっちぇー戦士っスな」

「いや、あれはユートだ」

間に合わせの革鎧に片手剣と円盾《バックラー》。小鬼用の装備を身に着けたお代官様である。頭に被った魔法銀《ミスリル》兜だけがキラキラと陽光を照り返していた。

「は？　アレお嬢っスか？　ってことは……」

「デカいのは小鬼の方だな」

小鬼にしては一回り大きい。ユートの身長と比較すると、見覚えのあるサイズ感だ。間違いなかろう。またしても小鬼の大将である。

「さっきの一匹だけじゃなかったんスねぇ」

「親玉でもなかったな」

偉そうな顔の平社員みたいな感じだろう。こちらが勝手に誤解しただけである。仕方がないではないか、名刺も頂戴できなかったのだ。ゴルフ焼けかと思ったら『先週田植えがあったんで』などと言われるのだ。『嫁さんの実家が田んぼやってまして』である。米には困らないのだ。

「まぁいい、助太刀に入るとしよう。さっさと片付けてボダイを窯元に派遣せねばならん」

「うっス。囲んでボコればあっという間っス」

さあ、へっぽこ小隊出撃である。

ニンジャ・クロス

「くらえ、おらァアーッ！」

司教が横薙《な》ぎに戦棍を振り切った。

腰の入ったいいスイングだ。小鬼《ゴブリン》の頭部を鈍器が打ち据え、ぐしゃりと砕く。熟しすぎた果実が落ちて弾けたような有様だ。見るに堪えない。

「——惨《むご》たらしい光景だ……」

「むぅ、私が止めを刺したかったのだ」

ユートと二人で小鬼を足止めをしている間の出来事である。非常にショッキングな映像を目の当たりにした弱い方の小鬼たちが、蜘蛛《くも》の子を散らすように逃げていった。

「やっぱ、囲めばイチコロっスね」

「少々手強《てごわ》いとはいえ、所詮は小鬼だからな」

背後から小鬼を一撃でコロったアーウィアと共にバリケードを乗り越え、工房の中へお邪魔する。室内は人でごった返していた。

騒々しく槌《つち》を振るう鍛冶職人たち。くたびれた顔で座り込む猟兵。坊主。怯えた目でアーウィアを見る冒険者。様々である。

「ちびっこ小隊がいないっスね！」

「後続が到着したので、木工職人のところへ増員に出したのだ！」

「ああ、確かに第一目標が手薄になっていたな！」

職人たちが金床をガンガン叩いている中での会話だ。大声を出さねば聞こえない。耳にも喉にも悪い環境である。丸坊主小隊の隊長が近寄ってきたので、場所を表に移すことにした。

「というわけで、ボダイは第三目標へ向かってくれ」

「わかりました。であれば後続部隊も連れていきましょう。それに補給物資も必要ですね」

「うむ、矢の回収を急がせている。持っていくのだ」

「っていうか、あの小鬼は何なんスか」

四人で膨らんだ麦をサクサクと食らいつつ作戦会議を開く。

激しい運動をした後の低血糖予防である。

平穏な食卓だ。エルフとドワーフがいないので、醜い争いが起こることもない。

「さっぱりわからんのだ。だが小鬼には違いないだろうさ。倒せばいい」

もそもそと麦を食っているユートである。

ほとんど何も考えていないのだろう。恐ろしく内容の薄い発言である。

「呼び名がないと不便だな。アーウィア」

「うっス。では、小鬼闘士《ゴブリン・ファイター》で」

返答が早い。おそらく大事に温めていたネタであろう。自信あり気に胸を張り、鼻をふすふすしている。命名大好きっ子である。ちょっと鼻炎っぽいので心配だ。

「その小鬼闘士ですが、ここへ来る途中の後続部隊が襲撃を受けたそうです」

ボダイは俺たちの命名ごっこに律儀に付き合ってくれる。やはり呼び名があると話し合いが楽だ。アーウィアもご満悦である。

「運んでいた荷の一部を奪われたそうなのだ。それ以外の被害は軽微とのことだ」

「冒険者のくせに、みっともねー連中っスな」

山賊か熊にでも襲われたような感じである。冒険者と言うより登山客みたいな奴らだ。今からでも登山家ギルドに変更すべきだろうか。俺たちとは無関係な組織になってしまうではないか。

「――ふむ、それで呼び込んでしまったか。小鬼どもが味を占めたな」

先ほどの小鬼どもを思い出す。やけに執拗《しつよう》に襲撃してくるのが不思議ではあった。きっと冒険者から奪った荷の中にいい物でもあったのだろう。

最初に小鬼を目撃した職人もパンを投げて逃げたという話だ。熊などの場合、人間の食べ物の味を覚えさせると危険だという。興味を持って人里に下りてくるようになるのだ。更に危険なのは、人間の肉の味を覚えた熊である。

「まぁ済んだ話をしても仕方ねーっス。さっさと準備して坊主を出発させましょう。はらぺこ二号があっちで待ってるっス」

「そうだな。俺たちも手伝うとしようか。矢でも拾いに行こう」

工房の周囲には点々と射損じた矢が転がっていた。ニンジャと司教も後続部隊に混ざって矢を拾う。たまに小鬼の死骸から耳を削いでいる奴もいた。

落ちている矢の本数に比べて、小鬼どもの骸が少ない気がする。

やはり新米猟兵の腕では、こんなものだろうか。


「カナタ殿、出発の準備が整いました」

戦闘態勢の丸坊主小隊と、物資を背負った後続部隊が集まっている。

「よし、では諸君らは第三目標の窯元へ行ってくれ。負傷兵の治療を済ませた後は待機。現地部隊の後続が到着次第こちらへ帰還するように」

「はい」「「レンジャー！」」

「移動中の戦闘は極力回避するように。次回の補給は未定だ、矢を温存しろ」

「はい」「「レンジャー！」」

「襲撃を受けた際は猟兵と盾持ちで投石に対処。それ以外の前衛は小鬼闘士を警戒。むやみに走り回るな。小鬼闘士は囲んでしまえば何とかなる。なにか質問は？」

「いえ」「わかった」「ないな」「大丈夫だ」「理解した」「うむ」「「レンジャー！」」

「返事は統一しろ。それではご安全に！」

「「「「「ご安全に！」」」」」「「レンジャー!!」」


丸坊主小隊を送り出して、ぽっかりと暇ができた。有閑マダムである。習い事を始めるにはいい機会だ。おそらくホットヨガとか手作りキャンドル教室辺りだろう。自分磨きというやつである。

いずれアーウィアにもピアノとかそろばんを習わせようかと考えている。なにか特技でもあれば芯の強い子に育つはずだ。

「カナタさん、なにやってんスか」

「うむ、趣味の工作だ」

鍛冶職人の一人と、工房の隅っこをお借りしているニンジャである。土間に腰を下ろし、試作品を確認しているところだ。

「親方、これと同じものを四枚頼む」

「わかった。道具は好きに使っていいが、壊さんでくれよ」

親方はのしのしと炉の方へ戻っていった。温厚なドワーフの鍛冶職人である。入れ替わりにやってきたアーウィアが、興味深げに手元を覗き込んでくる。ヤンキーみたいな座り方をする小娘だ。カツアゲをされている気分である。

「また新しい玩具っスか？　そんなことやってる場合じゃねーっス。状況考えましょうよ」

「玩具ではない。これはニンジャの武器だ」

菱形《ひしがた》を十字に組み合わせた形の鉄板だ。砥石《といし》でゴリゴリと削って刃付けをしている最中である。

「ほぅ……ニンジャ・ブレード……ニンジャ・クロス……」

『手裏剣』という名だ」

変な名前を付けられそうだったので早口で割り込んでおく。

「聞いたことねーっス。っていうか、そんなあっちこっち尖らせたらあぶねーっスよ。持つところがなくなるっス」

「ああ、心配ない。これは投げて使うものだ」

ニンジャといえば手裏剣である。ということは、当然俺にも装備できるはずではないか。できなかったらクレームものだ。訴訟も辞さない構えである。

「ほほぅ。ちょっとそれ投げてみていいっスか？」

「待て待て、まだ完成していない。もう一枚あるから削ってろ」

「うっス。砥石もってくるっス」

工房の隅っこで仲良く鉄板を削るへっぽこ小隊である。

猟兵たちは迷宮産ではない弓を使えているのだ。きっと手作りの手裏剣でも問題なかろう。

ただし品質には期待できない。この鉄板は、この前ボダイが駄目にした鍋である。無理に直そうとして何度も小突き回したせいで穴が空き、再起不能になったのをユートから頂戴した。それを親方が焼いて叩き伸ばし、鏨《たがね》を打って切り出してくれたのだ。仕上げは我ら素人である。完成しても『手裏剣－３』とかであろう。だが、小鬼相手ならじゅうぶんだ。


「うっし、ど真ん中！　三点っス！」

司教の放った手裏剣が的を穿《うが》つ。

「こちらは二点だ」

「ふはっ！　勝利っス！」

小鬼の襲撃がないので、完成した手裏剣のテストである。

破られた窓板を拾ってきて的を作ってみた。中心の円が三点で、離れるごとに点数が下がる。

ハンデとして、アーウィアは的から五歩、俺は十歩の距離だ。

「なかなか筋がいいではないか。お前も一枚持っておくか？」

「いえ、いらんス。とっさに出せそうにないんで」

「懐に仕舞えばよかろう」

「あぶねーっスよ。転んだら死ぬっス」

キャッキャしながら的当てゲームに興じる二人である。ダーツバーか何かだろう。ニンジャが本気で投げると的を破壊したり首を刎ねたりしそうなので接待プレイだ。窓板に首があるのか知らんが、そんな気がするのだ。

「二人とも、いつまで遊んでいるのだ。少し早いが食事にするぞ」

お母さん《ユート》が呼びに来たので一時中断である。

一里塚

「レンジャー！　物資の搬入はこちらだ、レンジャー！」

後方より設営部隊が到着したようだ。陣地構築に必要な物資が続々と運び込まれている。

「おぅ、やっと荷物を下ろせるぜ」

「任務ご苦労！　レンジャー！」

「……なんで大声出してんだ、コイツら」

「いいからさっさと運びなさいよ。重いんだから」

藁束《わらたば》を満載した背負子を担いだ男や、ズタ袋を抱えた長衣《ローブ》の女。迷宮産の木箱を肩にのせた戦士風の男などがやってきた。ギルドの前衛派閥代表、毛皮のザウランが率いる部隊だ。天秤棒《てんびんぼう》を担いだご本人の姿もある。

「水はこっちだザウラン。そこのデカい瓶に移してくれ」

「人使いが荒いニンジャだな、少し休ませてくれッ」

「無理だったらヘグンに頼むが」

「ぬぅ！　無理だとは言っていないッ！」

額の汗を拭いつつ、この場にいない相手へ対抗心を燃やすザウランだ。じつに扱いやすい。取説の薄い家電みたいな男だ。直感的な操作が売りである。意味のわからんアイコンも並んでいない。

「カナタさん、矢が届いたっス。あとは矢じりを付けるだけっス」

スイカ泥棒みたいな格好で矢束《やたば》を抱えたアーウィアが走ってくる。

「親方に伝えてくれ。手の空いている奴にも手伝わせる」

「うっス」

矢の生産については、部品の状態で流通させ現地で組み立てる方式だ。素人細工になるが時間がないので仕方ない。ここで作った矢じりも各拠点へと分配される。在庫管理やら生産管理などは諦め気味である。実効性のない管理システムなど悪影響しか生まないだろう。作れるだけ作って適当に送り付けるのだ。

「やはり馬を荷運びに使ったほうがいいのではないか？」

偉そうなやつが何か言っている。皆が忙しく働いているのに、腕を組んで見ているだけのユートお嬢様だ。さすが支配者層である。

「小鬼《ゴブリン》に襲われるかもしれん。暴れ馬になって崖から落ちたらどうする。こんなところで馬を失う危険は冒せん」

藁束をほぐして寝床をこしらえているニンジャだ。慣れたものである。

今回のプロジェクトは予算規模が小さいのだ。手間のかかる割りに儲《もう》けの少ない仕事である。得られるのは将来的に被る損害の回避だ。具体的には、工房が自由に使えるようになるのと豚に食わせるドングリが手に入るくらいだ。高級車を壊してしまっては採算が合わない。

「しかし馬を遊ばせておくのも、もったいないではないか」

「だったら馬を売った方がマシだ。食糧の買い付けと、街の防衛強化にカネを回すことができる。相応の見返りが確保できる選択だ」

「むぅ、そういうものか……？」

打てば響く感じのアーウィアと違って煮え切らないユートだ。民草の上に立つ者であるがゆえだろう。自分が判断を誤ったとき、苦しむのは領民なのだ。

しかし、すでにこの案件は炎上しかかっている。泥縄になる前に、中間目標を明確化したいところだ。マイルストーンというやつである。

「いいか、俺たちの目的は小鬼を一匹残らず殺すことではない」

「いきなり何を言うのだ」

「やきがまわったんスか。そんな弱気なこというニンジャ見たくねーっス」

ザウランの部隊が去り、車座になって矢を作っている一同だ。矢柄に矢じりを差し込んで紐を巻き縛る。内職である。

「――そうではない。よく考えろ。俺たちが欲しいのは土地だ。小鬼の耳などではない」

「私の家の領地なのだ。小鬼どもをのさばらせておくわけにはいかん」

「たしかに耳はいらんス。あー、お嬢、紐が緩んでるっスよ」

お綺麗な顔のやつがアーウィアにダメ出しをされている。手先の不器用なユートだ。武器は冒険者が命を預ける大事な物。検品は万全である。

「小鬼どもが近所に住み着いて襲ってくるのが問題なんだ。森の奥で勝手に生活しているぶんには、わざわざ我々が出向く必要はない」

「むぅ、現に襲ってきているではないか」

「そっスな。それができないからヤツらの頭を割ってるんスよ。言葉が通じないなら殴って言うこときかせるしかねーっス」

アーウィアは手元も見ずに、くりくりと紐を巻いていく。熟練者のごとき危なげない手付きだ。何かと小器用な司教である。

「半分は正しい。奴らは敵意を持ってこちらを襲ってくる。これが迷宮なら倒すしかあるまい。迷宮の魔物たちは引くことを知らんからな」

「まぁそっスな。ちょっと脅かせば小鬼は逃げるっス」

ニンジャの手付きは普通である。誰にでもできる簡単な軽作業だ。勤務地は物流倉庫とかであろう。お中元やお歳暮の時期は大忙しだと聞く。

「ようするに脅しが足りんのだろう。だから、ちょっと行ってくる」

「どこへだ？」

「森へ」

「誰がだ？」

「俺が」

「何しに？」

小鬼さんたちに、恐怖という感情を植え付けるのだ。


久しぶりにアイテム欄の整理などしつつ、ボダイが帰ってくるのを待つ。

遠足前にリュックの中身を確認している子みたいな感じだ。これも醍醐《だいごみ》味である。『財布があれば大丈夫だろう』みたいな怠惰な大人になってはいけない。

「あぶねーっスよ！　わたしがついてってあげますって！」

「いや、心配ない。アーウィアは留守を頼む」

過保護なお母さんと化したアーウィアだ。はじめてのおつかいに挑むニンジャを前に、とても心配しているご様子である。

「森の中なんて、なにがいるかわかったもんじゃねーっス！　ここはへっぽこ小隊の出番ですって！」

「気を付けるから大丈夫」

やはり手裏剣はアイテム欄に入れた方がいいな。トゲトゲしてるから危ない。身に付けるなら、ホルスターのような物が必要だろう。ムラサマは腰に吊っとくか。

「大丈夫じゃねーッス！　そういう油断が命取りになるんスよ！」

「ちゃんとお土産持って帰るから」

懐から邪魔になった竹馬を取り出す。せっかく持ってきたのに使い所がなかったな。まさか丸太橋が架けなおされているとは予想外だった。まぁ、あんな浅瀬では橋があってもなくても防衛上は大差ないから当然か。

「むぅ……それは――」

「ニンジャの特技だ」

「そう、か……」

適当に誤魔化しておく。アップデートの影響か、今になって俺のアイテム欄に疑問など抱いている様子である。少々のことは『ニンジャだから』で何とかなるらしい。こいつらはニンジャを何だと思っているのだろう。

ユートは困り眉になって首をくねくねしている。本心では納得していないようだ。買ったつもりのハムを買っていなかった人みたいな姿である。誤魔化せているか微妙なラインだ。

「ボダイの帰りが遅いな。出発できんではないか」

「きっと神様が行くなって言ってんスよ！　やめときましょう！」

俺の知っている神様は言っていないと思う。ここの守備戦力に穴を空けるわけにもいかんので、出発はボダイ待ちである。連絡手段がないというのは不便なものだ。手旗信号だけでなく狼煙《のろし》の準備をしておくべきだった。しばらく前に後続部隊が向かっていたので、入れ替わりでそろそろ帰ってくるとは思うのだが。

「レンジャー！　遠方に丸坊主小隊、帰還してきます！　レンジャー！」

いきなり屋根の上で大声を張り上げるやつがいたので少々驚く。見張りの猟兵がいたのを忘れていた。斥候職だから、あまり気配がしないのだ。

「よし、いよいよ出発だな」

「よくねーっス！　あれはたぶん知らない人っス！　坊主がもどったら起こすんで、カナタさんはちょっと昼寝でもしててください！」

苦しい言い訳だ。この状況下で知らない人がやってくる方が怖いではないか。心配してくれるのはありがたいが、ここまで大仰にされるとウケ狙いの疑惑が湧いてくる。

いや、アーウィアはそんな不謹慎な娘ではない。おそらく、自分のテンションに持っていかれて、心配するのが楽しくなっているだけなのだ。

怪人伝説

「それでは二人とも、後を頼む」

「ええ、カナタ殿もお気をつけて」

「無理は禁物なのだ。深追いはするでないぞ」

戻ってきたボダイに引き継ぎを済ませ、準備万端。心置きなく出発である。

いや、まだか。何やら憮然《ぶぜん》とした顔のアーウィアが手招きをしている。

近寄っていくと、人差し指と小指を立てて見せてきた。

俺は首を振る。一度合掌のポーズをしてから両手を離し、右手を水平に振った。

対するアーウィアは右の手のひらに左手を重ねてぽむぽむ叩いてみせる。

「――何をやっているのだ。気味が悪いぞ」

ユートが眉根を寄せ、目を細めてこちらを見つめている。メガネを忘れてきた人みたいな顔だ。

何やら怪訝《けげん》そうな表情である。河童《かっぱ》でも目撃したのだろうか。

「せめて『兎　足《ラビッツ・フット》』の魔法を受けていけと言ってたんス」

アーウィアが指を二本立てて振ってみせる。

俺が考案した、うさぎのハンドサインだ。狐《きつね》とかヘビメタの人ではない。

「効果が切れてしまうからいいと言っているのだがな……」

シンバルを叩く猿みたいな動作で返す俺。

「ねんのためっス」

偉い人が拍手するようなポーズで鼻を鳴らすアーウィア。

「……口で言うのだ」

ユートは酷く疲れた顔で眉間を揉んでいた。

仕方なかろう。アーウィアがふてくされて口をきいてくれんのだ。

結局、大司教様より幸運の加護を授けられての出発となった。

どうせ移動中に効果が切れてしまうのだ。『魔弾《マジック・ミサイル》』の一発でも使えるように回数を残しておいてほしいのだが。まったく、心配性なことだ。


さて、現在地である。この丘陵地帯は、地形に合わせてざっくり三層に分かれている。天然の段々畑みたいな感じだ。さっきまでいた鍛冶場はオズローからまっすぐ北の二層目だ。西に行くと窯元、東に木工職人の工房がある。

「森に行った後は東回りで戻るか」

木工房の裏手は急斜面になっている。三層目に上がれる道はなく、無論、下りてくる道もない。そういった地形的な守りを考慮して、あまり戦力は置かないことにしている。現在はニコのちびっこ小隊に任せきりだ。帰りがけに御用聞きとして顔を出すとしよう。少々の崖など、ニンジャであれば逆落としに下って近道できるだろう。

日暮れまで、あまり時間がない。行程も決まったことだし、さっさと用事を済ませるとしよう。我らがギルドは残業代など出ないのだ。

探知スキルで周囲を警戒しつつ先を急ぐ。

長い年月、職人たちに踏み固められてできた道だ。まばらに生える木々の合間を縫い、急勾配を避けて幾度も折れ曲がりながら道は続いていく。坂を駆け上がって丘の三層目、細工職人の工房が見えた。ここはちびっこ小隊による急襲・制圧後、職人たちの仕事道具だけ回収して放棄している。あまり何ヵ所も拠点を設けると戦力が分散してしまうのだ。ここに用はない。

工房を横目に北を目指す。

遠くそびえるオズロー山脈。白く雪のベールを被った峰々の、裾野を埋める大樹林。その入り口が姿を見せた。

「……失敗した。アーウィアを連れてくればよかった」

森に入ってすぐに後悔した。木の幹を這い回っている気持ち悪い虫がいたのだ。足がいっぱいあるタイプの輩だ。長屋にもたまに出るが、いつもは同居人が始末してくれる。そのせいか未だに慣れない。ニンジャの天敵だ。

「見れば見るほど気持ち悪いな……」

怖気《おじけ》を震うフォルムだ。自分から積極的に気持ち悪くなっているとしか思えない。サイズ感もよろしくない。ひと目で全身が目に入り、なおかつ絶妙に重量を感じさせる程度には大きい。細部がわからないくらい小さいか、逆に迷宮の蟻くらい大きければまだマシだ。

そんなに嫌なら見るなという話だ。よからぬ虫のいる木を離れ、薄暗い森の奥へと足を向ける。

羊歯《シダ》のような下生えが生い茂り、わずかに獣道があるのみだ。

ニンジャは森を自在に駆ける。樹幹を蹴って飛び上がり、伸び散らかした枝に手をかけ、猿《ましら》のごとき身のこなしで大樹林を進む。高い敏捷値と探知スキルの為《な》せる技だ。

小鬼たちの住処がある場所を偵察隊のヘンリクからよく聞いておくべきだった。同じ場所にいるとは限らんが、こう当てもなく捜索しているとキリがない。

――いや、探知スキルに反応あり。敵がいる方へ向かおう。


行く手にあったのは小鬼五匹のちいさな群れ。そのうち二匹は身体が一回り大きい。さすが小鬼の本場、小鬼闘士《ゴブリン・ファイター》が普通に出てくる。

ちょうどいい、このまま飛び込むとしよう。

「ゴッザァァールゥッ！」

奇襲成功！　小鬼集団の中に黒いやつが転がり込み、雄叫びを上げて小鬼を血祭りにあげる。

その姿はまさにポン刀を持った頭のおかしい男、もといニンジャだ！　すなわち俺である。

「ゴザァル！　ゴザルッ！」

太刀を浴びせた相手に執拗な追撃を加えるゴザルの人、すなわち俺。斬られた小鬼が血飛沫《ちしぶき》を撒き散らす。残忍非道、悪逆の限りを尽くすニンジャだ！　頭のネジが外れている！

「ゴザル、ゴザル……」

だんだんテンションの落ちてきたニンジャが次の獲物に斬りかかる。思わず立ちすくむ小鬼闘士に向けて三連撃。血煙の向こうで、もう一体が背中を見せる。

「ゴザール」

懐から手裏剣を取り出して投擲《とうてき》。逃げ出そうとした敵の背を凶器が穿つ。小鬼闘士の身体が投げ出されるように前方へ転がった。一呼吸おいて首が飛ぶ。致命の一撃《クリティカル・ヒット》が出たようだ。

「――ふぅ、こんなものか」

手裏剣を回収して血を振り落としつつ周囲を見回す。残る二体の小鬼はちゃんと逃げてくれたようだ。うまく小鬼たちに噂が広がることを祈るばかりだ。

言うまでもなく、これは演技だ。小鬼たちに恐怖を伝染させるための策である。

奴らが街に近付かないよう恐怖を教え込む必要がある。

そして学習にはわかりやすいイメージが大切だ。

そこで編み出したのが『怪人ゴザール』の伝説である。この手の怪談は拡散力が高いのだ。

「しかし、誰もいないところで演技をするのはキツイな……」

終わった後に言い訳をする相手がいないのだ。馬鹿なことをしても馬鹿のまま終わってしまう。いたたまれない気持ちだ。精神衛生上よろしくない。

想像以上のハードワークだ。さっさと終わらせて帰ろう。

次の犠牲者を求めて、怪人ゴザールはふらふらと森を彷徨《さまよ》う。

心のすり減るような一人芝居を終え、森を抜け出した。

黄金色の西日が差している。鬱蒼《うっそう》とした森に馴染んだ目には眩《まぶし》い。

大きく息を吸い、澱《おり》のような感情をのせて吐き出す。

——嗚呼《ああ》、疲れた。

結局、ゴザールの出番は三公演だけだった。森は見通しが悪く、探知スキルをもってしても敵を発見するのは一苦労だ。まだまだマイナー怪人である。俺一人では大変だ。見込みのあるやつがいたら、ゴザールを暖簾分《のれんわ》けしたいところだ。みんなで作り上げる怪人ゴザール伝説である。


当初の予定どおり、遠回りして道なりに東へ向かう。

この辺りに小鬼の気配はないようだ。しばらく進むと一軒の工房があった。えらくボロボロだ。

小鬼に手酷く荒らされたのだろう。

「廃屋……ではないな」

ここまでの道はしっかり残っている。職人たちが毎日通っていた証拠だ。

興味を惹《ひ》かれたので覗き込んでみる。室内も荒らされ放題だが、落ちていた革紐を見て思い当たった。革職人の工房だったか。作戦とは関係ないので忘れていた。

そういえば、小鬼君主《ゴブリン・ロード》は毛皮を羽織っていたという。おそらくここで手に入れたのだろう。散々遊び散らかして、飽きたらそのまま出ていったのか。革職人たちには気の毒な話である。

納得がいったのでボロ小屋を出る。

さて、そろそろ木工房か、と崖下を覗いてみる。

工房はあった。そして、酷く痛々しい光景が広がっていた。

見慣れたおかっぱ頭と子供服。しゃがみこんで地面を小枝で突いているニコの姿だ。

周囲の人間と打ち解けられず、遊び相手もいないのだろう。なんと寂しいやつだ。

苦労人

ニンジャは崖から身を投げる。

世を儚《はかな》んだわけではない。岩場の斜面ゆえ、足をかける場所などいくらでもあるのだ。ただし、ニンジャに限った話。不用意に真似をすると、『軽傷治癒《キュア・ライト・ウーンズ》』では手に負えない事態になる。

「……ッ、先生⁉」

顔を上げたニコが驚愕する。

それはそうだろう。崖上から反復横跳びをするような挙動でニンジャが降ってきたのだ。同業者といえど驚くだろう。こんな珍奇な登場をする変人は俺の知り合いにもいない。

「ちょっと用事で通りかかった。何をしていたんだ？」

「……蟻を見ておりました」

まっすぐな視線で答えるドワーフ娘である。やましいところなど一切ないと言わんばかりの毅然《きぜん》とした顔だ。さっきまで蟻を見ていたおかっぱの態度ではない。

「――そうか。楽しいのか？」

「……はい。悪くはありません」

ニコと二人で蟻を観察する。向かい合ってしゃがみ込み、これから相撲でも始まりそうな雰囲気である。迷宮では嫌というほど巨大蟻《ヒュージ・アント》を観察したが、それは戦闘相手を分析するためだ。この世界のスタンダードな蟻をまじまじと見るのは初めてであった。

「うむ、蟻だな。これこそが蟻といっていい」

「……ちいさいです。いっぱいいます」

「そうだな、落ち着きのない奴らだ。いや、なかなかの努力家と評すべきか」

常に何かを気にしながら、忙しなく動き回っている蟻たちだ。浮足立っている。ふいに団体客がやってきたときの新人アルバイトみたいな感じだ。きっとファミレスとかであろう。バイト初日から修羅場に放り込まれ、何をしたらいいかわからんのだ。店長もキッチンで忙しそうにしているから声をかけづらい。

「……ちょっとだけ大きいやつがいます」

「ああ、たぶん兵隊蟻だろう。戦うのが得意なのだ。こいつらが小鬼闘士《ゴブリン・ファイター》だな」

ふむ。何となく言った言葉に自分で納得する。

小鬼《ゴブリン》たちも蟻と同じで、役割によって姿が変化するのかもしれない。弱い方の小鬼が働き蟻だと考えればしっくりくる。ならば、小鬼君主《ゴブリン・ロード》が女王蟻だろうか。

そういえば、この世界でゴブリンと呼ばれていた例の虫。あいつの仲間にシロアリがいる。蟻とは無関係な赤の他人だが、蟻と同じく分業によって社会を築く。どちらかが真似をしたのかと思うほどそっくりなのだ。同じような戦略が通用する場では、同じような進化が起こるという例だ。がんばって考えたアイデアが他所様と丸被りしたような状態である。収斂《しゅうれん》進化というやつだ。

「……先生、その小鬼闘士は、他の小鬼と何が違うのでしょう。種族が同じなら、職業かレベルでしょうか」

「さてはて、どうだろうな」

思えば冒険者パーティーも分業によって集団を維持している。中には、戦士そっくりに進化した司教やら、怪しい術を使うようになったニンジャなどもいるが。いろいろと謎の多い世界だ。

工房では職人たちが慌ただしく働いていた。矢の生産を行う働き蟻だ。

木工職人が切り出した材木を削って矢柄を作り、居候の細工職人が矢羽を組み付ける。手の空いた冒険者たちが矢じりを装着する内職をしていた。

「そういえば、アーウィアへの土産を忘れていた。何かないか？」

「……少々お待ちを」

ごそごそと木箱を漁っていた女児ニンジャが角を出してきた。悪魔の角だ。

「いや、遠慮しておく。たぶん先方の好みではない。というか、なぜここにあるのだ」

「……細工職人が。仕事道具の箱と間違えて持ってきたそうです」

迷宮から拾ってきた宝箱はこの街に広く出回っている。大きさが揃っているので使い勝手がいいのだ。規格の統一された製品というのは便利である。ただし見た目も同じなので、こういう取り違えもたまに起こってしまうのだ。

邪魔をしてはいけないので、早々にお暇《いとま》することにした。

戦利品としてガチョウの羽根を二枚手に入れた。矢羽の材料である。

「手作りの贈答品はもらう側の好みがあるのだが……」

道端の草をむしって手早く編み込む。俺は花冠とか作れる系の男子だ。昔から、ものづくりが好きな子だったのだ。てきぱきと編み上げる。生憎花など咲いていなかったので、出来上がったのは草冠。左右にガチョウの羽根を挿して完成だ。

「うむ、格好いいな。サイドミラーみたいだ」

冠を頭に載せて帰路につく。

間もなく鍛冶場だ。これでアーウィアが機嫌を直してくれるといいのだが。


夕暮れ時の丘をニンジャは疾走する。土を蹴って坂を駆け登り、腰を落として曲がりくねった道を走り抜ける。気分はバイクだ。

鍛冶場が見えた。夕日を背負い、なにやら姿勢の良い人影が突っ立っている。

トップスピードで走り込んできたニンジャが停止。一呼吸してエンジンを落ち着かせる。立っていたのはアーウィアだ。

いつからそうしていたのか。アーウィアは両手を腰に当て、仁王立ちの構えだ。

帰宅してきたニンジャを見て一つ鼻を鳴らし、細い顎を突き出してみせる。『首尾はどうだ』の意味だ。怖い人がやった場合は『始末しろ』の合図になる。

俺は右手を胸に当て、左の手のひらを低い位置で前に出す。怖い人が仁義を切っているような格好。『無事に戻った』の意味だ。

司教の親分は鷹揚《おうよう》に頷いてみせる。

俺はサイドミラー付きの草冠を外す。小娘の前に恭《うやうや》しく掲げた後、その頭にのせてやる。戴冠の儀か何かだろうか。

アーウィアは自分の頭を見ようとするかのように視線を上げ、しばし黙考。

腕組みをして、大きくため息をついた。

「――おそかったたっスね。どこ行ってたんスか？」

「ちょっとニコのところに顔を出してきた」

どうやら許された様子だ。少しだけトゲの丸くなった目付きで『まったくもう』みたいな顔をしているアーウィアである。

「そっスか。がんばってました？」

「一人で蟻を観察していた。話し相手がいないようだ」

「うーん、引っ込み思案な子っスからねぇ……」

参観日の後みたいな会話をしつつ工房に入る。鍛冶職人たちの槌の音は止《や》み、砥石を使った仕上げや、炉から灰を掻き出したりの作業が行われていた。工房の隅にしつらえた藁《わら》の寝床では、幾人かの冒険者が寝息を立てている。楽しみにしていた一番藁を横取りされてしまった。

「戻ったか、カナタ。無事で何よりなのだ。こちらは異常ないよ」

「お疲れ様でした。夜の見回りに備えて、代わり番の者たちを休ませています」

ユートとボダイだ。冒険者たちに混ざって矢の内職をしている。

その中に、耳が長いやつと鼻が高いやつもいた。

「ヘンリクはともかく、なぜルーがいるんだ？」

斥候としての技量が図抜けているヘンリクは、単身で戦場を往来する伝令役だ。都合のいい小間使いである。バイト代を上げてやったので文句はないようだ。むしろ喜んで小金稼ぎの仕事を引き受けてくれる。変なやつである。

「ごはんを食べにきたのよ」

このエルフは無視しよう。

「ザウランの部隊が荷を取り違えたらしい。窯元の方に麦が行ってねえそうだ」

ヘンリクは器用に紐を結んで矢を仕上げていく。なかなかの手付きだ。うちの司教様といい勝負ができそうである。

「事情を知ったその男が伝令に走ってくれたのだ」

「ですが、麦が届くのを待てない者がいまして……」

はらぺこ小隊の名は伊達《だて》ではない。腹が減って我慢ができなくなったエルフを一緒に連れてくるはめになったのだろう。身内の恥である。ユートとボダイも気まずそうに目を伏せている。

「あっ！　耳が生えてるわ！　おめでとう！」

「ちょっ、やめっ！　さわんなっス！」

アーウィアのサイドミラー目がけてルーが手を伸ばす。エルフが投げ出した矢をヘンリクが黙って拾い、紐を巻いていく。まともに相手をしても無駄だと学習したのだろう。苦労人である。

「カナタさん、このエルフしつけーっス！　なんとかしてください！」

「その耳さわらせて！　ちょっと変だけどいい耳よ！」

「うるせェーッ!!　わたしの耳にケチつけんじゃねーッ！」

静かにしろ。寝ているやつもいるのだ。

それに少し状況が見えてきた。考えをまとめたい。

「痛いわ。痛いわ」

「……マジでひっこぬくぞ？」

エルフが引っこ抜かれそうになっている。

アーウィアを本気で怒らせてしまったようだ。

経験値を手に入れた

ここ最近、俺たちの主食となっている雑炊を配膳する。

例の膨張麦に薄いスープをかけた即席飯だ。フリーズドライのダイエット食みたいな感じである。もはやオズロー名物といってもいいだろう。

「熱いぞ。気をつけろアーウィア」

「うっス。気をつけろお嬢」

ボダイが麦を盛った木皿にニンジャが汁をかけ、受け取ったアーウィアが木匙を突っ込み、ユートが運んでいく。流れ作業だ。ひっくり返すと危ないので、エルフはお座りして待機である。

「腹に溜まらんのだ。いや、食べられるだけマシか」

「ヘグンたちが待っています。はやく済ませて麦を持っていきましょう」

お貴族様の贅沢発言をボダイが軽く流す。雑炊をすする姿が妙に似合う男だ。

食事をしながら、ここまでの情報を取り纏めることにする。

「ルー、窯元の周りに耳は見付かったか?」

「それがね、やっぱりなかったの。いっぱいあったはずなのに」

「……どういう会話をしてんスか?」

頭からサイドミラーを生やした司教が変な顔をしている。ニンジャ手製の羽根冠はお気に召していただけたようだ。被っているのを忘れているだけかもしれんが。

「皆は気付いていないか? 小鬼《ゴブリン》の死骸が少ないような気がする」

「ふむ、数えておらんから知らないのだ」

ユートは勢いよく雑炊を食らう。熱くないのだろうか。

「そうですね。言われてみると、そのような印象はあります。あれだけ戦っていれば、小鬼の屍《しかばね》が山となっていても不思議ではありません」

小鬼の耳を切るのは後続部隊の仕事だったので、俺たちはさほど気にしていなかった。しかし、折につけ何とはなしに感じていたことだ。あまり敵の死骸を見かけていない。ルーは疑問に思っていたようだが、頭がどうかしているので上手く伝えられなかったのだ。

「俺たちは倒した敵の死骸など、その場に打ち捨てていった。習い性だ。迷宮だと放っておけば勝手に消えるからな。だが、ここは迷宮の外だ。放置された肉が腐って大変なことになるはずだ」

「そんな光景みてねーっスな。気にもしてなかったっス」

食事時にする話ではないが構うまい。この程度で気分を害するほど繊細なやつは一人もいないのだ。すでに食い終わったエルフが、タイミングを見計らっておかわりを言い出そうと待機しているくらいだ。ヘンリクに連れてこられてすぐに、二杯食わせたと聞いている。三杯食ってようやく遠慮の真似事をおぼえたらしい。

「死骸は転がってねえ。俺たちも始末してねえ。あとは小鬼しかいねえな」

俺たちに付き合って雑炊をすすっているヘンリクが総括した。

「おそらく小鬼たちは、持ち去った仲間の屍を食らっている。探せば食い残しが見つかるはずだ」

状況からの推測だが、ほぼ間違いなかろう。迷宮の食屍鬼《グール》とコンセプトが被っている連中だ。

「墓を立てるのに持っていったのかもしれんス」

雑炊をふーふーしながら車体《アーウィア》が合いの手を入れてきた。

「いや、そう考えると納得できることがある。小鬼闘士《ゴブリン・ファイター》についてだ。おそらく奴らはレベルアップした個体だ」

もしかしたら転職《クラス・チェンジ》もしているかもしれない。だが、その場合もレベルアップが先だろう。すべての小鬼が闘士になっているわけではないのだ。レベルアップによる能力値の上昇なりが必要だと考えられる。

「ほぅ、なるほど。そう繋げるんスね」

木匙を噛んで、アーウィアが不敵に笑った。

対局が白熱してきた悪の将棋指しみたいな顔だ。主人公の棋力を認め始めたのだろう。

「そういうのはいらんのだ。難しいことはわからん。結論だけ言うのだ」

「ユート……もう少し、考えてみませんか……？」

ボダイは困ったような顔をしながらルーのおかわりを作っている。

考えるのがお嫌いなユートお嬢様だ。経営者目線である。いちいち細かいデータを突き回すのは仕事ではないのだ。最終的な判断に関わる情報だけ欲しいのだろう。もしくは極まった脳筋である。おそらく両方だ。

仕方ない、俺の見立てをさらりと話すことにしよう。

こんな貧しい地に湧いた小鬼の群れである。食糧の調達にも難儀している様子だった。

おまけに冒険者という外敵までいる。だが、期せずして奴らは肉を得た。冒険者たちに殺された仲間の死体だ。痩せて小柄な小鬼とはいえ、奴らにとってはご馳走だろう。群れに被害は出たが、代わりに食糧となったのだ。

　おそらく最初の犠牲は、冒険者が討ちもらした手負いの小鬼。そこに一匹の腹を空かせた個体がやってきた。この前食った仲間の肉は美味かった。この死にかけも美味そうだ。

　持っていた石を叩きつけ、肉の塊にして食ったのだ。『小鬼Aは小鬼Bをやっつけた。経験値を手に入れた』という流れである。こうして小鬼Aはレベルアップしたのだ。


「見てきたような語り口っス。ニンジャ絶好調っスね」

「ええ、ええ、とてもわかりやすいお話でした。そうですよねユート？」

　ボダイが駄々っ子をあやす母親みたいになっている。

「ねえ、ちょっと食べすぎかしら。残りはユートにあげるわね」

「だからどうだという話なのだ。カナタの想像ではないか」

　エルフの残飯をお綺麗な顔が食っている。思わず懐の手裏剣に手が伸びたニンジャである。

　いかん、うっかりユートから経験値を得るところだった。

「ともかく、奴らは仲間の死骸を食う。そして共食いによってレベルアップする。以上が俺の推測だ。いくつか打てる手が考えられる。近い内にギルド会議を招集して方針を決めるとしよう」

　代官が残飯を食い終わったので話はここまでだ。続きは次回としよう。

「「「ゴザル、ゴザール！」」」「レンジャー！」

麦の袋を抱えて夜道を歩く。共連れはルーとアーウィアに猟兵が一名だ。

前方に浮かべた光明《ライト》の魔法を先頭に、百鬼夜行のごとき一行である。

残業代を出したくないのでヘンリクは帰らせた。窯元までルーを送って麦を届けがてら、声を揃えて火の用心みたいな感じで夜回りである。

「軽いのはいいんスけど、かさばってしょうがねーっス」

「しばらくは辛抱だな。宿の女将が調理器を開発中だ。完成すれば、膨らんでいない状態で持ち運べるようになる」

「レンジャー！」

手軽に食べられるニンジャ式膨張麦だが、運搬の面では問題があるのだ。現地で膨らませるための道具を女将と共同開発中である。小型化に向けて、もう一工夫が必要なのだ。

「ござーる！　この辺りはもう小鬼もほとんどいないのかしら？」

「そんなことはない。そこにいるぞ」

懐から取り出した手裏剣を藪に投げ込む。

鈍い音がして茂みが揺れた。返り血を浴びた小鬼が二体飛び出し、泡を食って逃げていく。

「「「ゴザル、ゴザール！」」」「レンジャー！」

遠ざかる小鬼の背中に怪人ゴザールの遠吠《とおぼ》えを投げかける。

せいぜい恐怖するがいい。ゴザールの姿を見た者には無慈悲な死が待っているのだ。合わせる気のないやつが一名いるが、ゴザールの手下という設定にでもしておこう。


「で、死体はどうするんスか？　埋めます？」

「これまでと同じだな。小鬼たちにくれてやろう」

その辺りの対応をどうするかは、ギルドの方針会議までお預けだ。

「耳はどうするの？　埋めるの？」

ここでの耳は買い取り部位の意味だ。後半はただの雑音である。

「えーと、丸坊主二号？　削いで良し」

「レンジャー！　丸坊主三号です！　削ぎます、レンジャー！」

藪をかき分け、小鬼の骸から手裏剣を回収。

うむ、やはり飛び道具は便利だ。もう少し作ってニコのやつにも使わせてみようか。持ち運びの問題はあるが、まずはあのノーコンにどこまで職業補正《ニンジャ》が入るか気になる。


「おや、カナタさん見てください。ヒゲが突っ立ってるっス」

「ああ、ルーを帰すのが遅くなったからな。悪いことをした」

「ご苦労なことっス。いちいち心配しすぎなんスよ」

「――――そうだな」

遠く窯元の入り口に、屋内の明かりを背負って逆光に浮かび上がる男がいた。

ヘグンである。腕組みなどをして直立不動。帰りの遅い仲間を待っている。

最近どこかで見たような絵面である。

小鬼《ゴブリン》・群進《スウォーム》

それから二日。

小鬼たちの散発的な襲撃を退けつつ、拠点防衛に専念していた俺たちである。

日課となった森での怪人ゴザールごっこを終えて、ニンジャは昼前に鍛冶工房へと戻る。

今日はギルドの幹部連中を招集して会議がある。

諸々の調整に時間を食われたが、そろそろ例の件について話し合わねばならない。


そして、久しぶりのギルド会議は大いに荒れた。

議題は『小鬼《ゴブリン》の死骸をどうするか』についてである。

「だからよォ、突飛な策はやめとけってんだ。何が起こるかわからねぇ」

「このままではキリがない！　共食いで数を減らせるなら、減らしてから叩くべきだッ」

慎重派のヘグンと急進派のザウランによる一騎打ちだ。

小鬼闘士《ゴブリン・ファイター》の発生は、共食いによる同族殺しが原因と目されている。

倒した死骸を放置しておけば、小鬼が拾って餌にするので同族殺しは減る。小鬼闘士の発生は抑えられるが、多くの小鬼を狩らねばならない。

逆に、死骸を片付けて奴らを飢えさせれば共食いは加速し、勝手に数が減っていくだろう。そのかわり、レベルアップする個体は多くなる。

「やめとけって。やつらがどこまで強くなるか誰も知らねェんだ。それに死体を処分する手間はどうすンだ？　埋めるにしろ焼くにしろ人手がいンだろ」

「迷宮に捨てればいい。それも手間なら、俺が巨大蟻《ヒュージ・アント》を連れてきて食わせるッ」

ザウランの奇策に場の面々がため息をつく。

この大男が会議を引っ掻き回しているのだ。しかし、これはニンジャのせいでもある。会議が始まる前、アーウィアに思い付きのアイデアをべらべらと喋っていたのを聞かれていたようだ。

「――少々話の流れがおかしくなっています。一度休憩を挟みましょう」

ギルド代表のボダイが停会を宣言した。

本人に代表の自覚はないのだが、ちゃんと機能しているのが不思議である。

今回の議場は鍛冶工房の裏手にある広っぱだ。論戦に疲れた参加者たちは青空の下、思い思いにくつろいでいる。放牧された牛を眺めているような気分だ。俺も一頭の牛となって腰を下ろす。

「まさか、俺の『蟻に食わせて小鬼濃縮作戦』を持ち出されるとはな」

「よく本人の前でしれっと言い出せるもんスね。悪びれる素振りもねーっス」

ぷんすかしながら無意味に草冠を量産しているアーウィアだ。近年稀に見るレベルで女子っぽいことをしている司教である。感動のあまり目頭が熱くなる思いだ。いや、本当にアーウィアだろうか。もしかしたら影武者かもしれない。

「へっ、ありゃ旦那の策でしたか。そんな気はしてましたよ」

ディッジ小僧も会議に出席するため出張ってきている。連れてきたのはザウランのパーティーだ。こいつを降ろした後は、ユートと共に窯元の臨時戦力として詰めてもらっている。

「言っておくが、あの案は面白さに特化した与太話の類だ。もし蟻が逃げて大繁殖したらどうする。余計にややこしくなるだけだ」

きっと三つ巴《みどもえ》の乱戦になって、今度は蟻がレベルアップするのだ。

「そこもふくめて笑い話っス。あの大男はわかってねーっスな」

アーウィアは完成した草冠をディッジの頭に載せる。すでに四つ目。帽子掛けみたいな扱いをされている小僧だ。

「どうも姐さん。しかし、ありゃ分かりやすい男ですよ。英雄ヘグンに一泡吹かせたいって魂胆が透けて見えますねぇ」

ザウランはヘグンに対して一方的にライバル感情を抱いている。焚《た》き付《つ》けて操るぶんには便利だが、足並みを揃えようという場面では問題になるのだ。

「ふむ、あそこにいる二人のように仲良くできんものか」

「ニコとエルフっスな。あぶねーから二人乗りはやめろって言ったんスけど」

竹馬で二人乗りができないか挑戦している様子である。会議中は暇そうにしていたニコとルーだ。ドワーフ娘を肩車したエルフが竹馬に飛び乗ろうとして派手に転倒した。投げ出されたニコが地面をころころと転がる。あのコンビでは土台の安定性が足りないのだろう。

「レンジャー！　敵襲！　敵襲ッ‼」

ふいに大声が降ってきた。屋根の上からだ。見張りの猟兵であろう。

「カナタさん、小鬼が出たみたいっス」

「ああ、会議の邪魔だな。まだ方針も決まっていないというのに」

一同は揃って屋根を見上げる。そっちを見ても見張りの男がいるだけだ。一同は揃って男の視線の先へと顔を向け直す。ここからでは小鬼の姿は見えない。当たり前だ。何のために見張りは高いところに登っているのだ。

「レンジャー！　小鬼の大群ですッ‼」

ちょっと様子がおかしい。どうやら緊急事態のようだ。

森から小鬼たちが溢《あふ》れ出《で》てきた。

ニンジャは屋根の上で竹馬に乗り、丘陵を見渡す。北の森との境目、小鬼たちは十体ほどの集団に分かれ、次から次へと湧いてくる。どこにこれだけ潜んでいたのかという数だ。

寝ていた深夜番の冒険者も叩き起こし、襲撃に備えることとなった。

「すごいわねえ、『小鬼群進《ゴブリン・スウォーム》』ってやつかしら。おとぎ話にあるとおりだわ」

「なに、知っているのかルー」

意外とこのエルフは物知りだ。頭はバグっているがデータの破損は少ないらしい。車は壊れたが積荷《つみに》は無事みたいな状態だろう。おかげで配送に遅れが生じ、こうして土壇場になって急に知識を語りだすのだ。

「古き言い伝えでは、小鬼の群れに滅ぼされた国があったといいます。雪崩のようにやってきて、すべてを飲み込み喰《く》らい尽くすのだとか」

ボダイが付け加える。この坊主もいろいろ知っている癖に情報提供が遅いのだ。

「わたしは聞いたことねーっスな」

「とりあえず、俺たちだけで打って出るか。ゴザールで追い払えるかもしれん」

「……ござーる」

ニコは指揮能力以前にちょっとアレなので、ちびっこ小隊は解体した。猟兵たちは元のパーティーに返して木工房の常駐としている。慣れぬお役目から解放されたニンジャ二号は、安堵《あんど》からすっかり腑抜《ふぬ》けてしまっているようだ。

「ザウランは窯元に向かってくれ」

「ぬぅ、なぜお前が仕切っているんだッ」

細かいことを気にするやつだ。そんなもの今さらだろう。

「一人で行くのが不安ならヘグンに送ってもらうが」

「いらぬッ！」

大男は猟兵を引き連れ、鼻息荒く出撃していく。本当に、扱いやすい男だ。

「旦那、冒険者たちの準備ができました！　どう動きますか？」

工房からディッジ小僧が飛び出してきた。非戦闘員の帽子掛けだからと避難させている時間はない。ならば小間使いの帽子掛けとして利用するのみだ。

「うちの三人で仕掛ける。細かいのは置いといて小鬼闘士を優先しよう。ヘグンたちは猟兵を連れて支援を頼む。まずは様子見といこう」

「うっス。やっかいな相手だけ潰しましょう」

「……ござーる」

「小鬼どもは小集団ごとに進行している。進路はバラバラだ。街の方角へ向かう奴らだけ狩ればいい。少々なら街の衛兵でも対応できる。深追いはしなくていい」

「あァわかった。質問もねぇ。さっさと出ようぜ」

「よろしい。ではご安全に！」

「「「「ご安全に！」」」」

小鬼たちの異常行動について探るべく出撃。

ちょうどこちらに向かってくる集団がいた。あいつらに仕掛けよう。

「……あれは何でしょうか」

「新顔がいるっスね。小鬼闘士とも、ちょっと違うみたいっス」

「偉そうなやつだ。今度こそ、小鬼君主《ゴブリン・ロード》だろうか」

またしても新種の小鬼が出現した。前回の思い違いがあったので慎重になっている俺だ。お名刺を頂戴するまでは、迂闊なことは言えない。

群れを率いている個体は、小鬼闘士よりわずかに体格が勝っている。身体に革紐を巻いているのはオシャレのつもりだろうか。手にした木槌はどこかの工房から持ち出した物だろう。略奪品を装備した小鬼だ。身だしなみといい、きっと幹部クラスに違いない。

敵がこちらに気付いた。

殺意に濁った目で睨みつけ、息を吸い込み木槌を振りかぶった。口を開く。

「ゴゥ、グォッザァアールゥッ!!　ゴザァアーッ!!」


「――もしかして、喋ったのか……？」

「しらねーっス。あの口上が気に入ったんじゃないんですか？」

「……ござーる」

おそらく怪人ゴザールの真似だろう。どういうつもりで言ったのかは謎だが、きっとろくでもない意味に違いない。

飯綱落とし

「グォッザールゥ!!　ゴォザァアーゥッ!!」

木槌を持った小鬼《ゴブリン》の親玉から得体の知れない罵声を浴びる。よくわからんが、敵に殺意を込めて投げかける言葉として広まっているようだ。ダーティ・ワードである。図らずも言語交流が成立する下地が整った。

「ゴザール！　ゴザァアールッ！」

ニンジャも負けじと言い返す。元祖・怪人ゴザールとして後には引けない。ゴザール語に存在する語彙は一単語のみ。気迫で勝負だ！

「うるせーッ!!　『火散弾《ファイア・スキャッタ》』ァアーッ！」

アーウィアの放った火炎の礫《つぶて》が小鬼を襲う。脇に控えていた二体の小鬼闘士《ゴブリン・ファイター》も巻き込んで、小鬼の親玉が燃え上がった。

「——少しくらい、相手の言い分を聞いてやっても良かったのではないか？」

「しらねーっスよ。馬鹿にされて黙ってられんス」

小娘は愛用の戦棍を振り回しながら息巻いている。慈悲を知らぬ司教様だ。

「……いえ、大丈夫です！　生きています！」

ニコの言葉どおり、炎を振り払った小鬼たちが怒りの形相で襲いかかってきた。何がどう大丈夫なのかは知らんが、確かに大丈夫そうだ。少しばかり肌が焼け爛《ただ》れ、自慢の革紐も燃えてしまっている。あまり大丈夫な感じではない。

敵は生焼けの親玉と闘士が二体、無傷の闘士が一体に、残りはただの小鬼が六体そこら。手早く脅威度の格付けを済ませ、アイテム欄から摑み取った手裏剣を疾風のように撃ち放つ。後ろで傍観していた闘士が額に食らって無様に崩れ落ちた。

「親玉の相手は俺がする。手下どもは任せた」

「うっス、やるぞニコ！」

「……はっ！　アー姐さんは私の後ろに！」

ムラサマを抜き放ち正眼に構える。親玉は足を踏み止め、半身になって木槌を突き出してきた。相手の攻撃を警戒している体勢。意外と冷静だ。

摺《す》り足《あし》で踏み込んで刀を一振り。敵は不格好に飛び上がって回避。刀を返し、着地を狙って横払にニンジャの追撃。慌てた小鬼は咄嗟に木槌を投げつけ牽制。やむなく後転してやり過ごす。思い切りの良いことをする相手だ。

「おらぁーッ！　暴虐の戦棍をくれてやらーッ！　味わいたいやつから前に出てこいやーッ！」

「……駄目ですアー姐さん、私が前に出ますから！」

一匹の小鬼が彼女らの背後を狙って小走りに駆ける。

小鬼は得意げに醜い笑みを浮かべ、手にした小石を振りかぶった。いざ襲いかかろうとしたところで、ぶるりと痙攣《けいれん》、絶命する。死因は頭に刺さっているニンジャの手裏剣だ。

やれやれ、あまり目を離すと危ないようだ。数で押されるこちらが不利。

背中越しに感じる小鬼の殺意。よそ見をしている間に、今度は俺の方が背後を狙われている。

振り返ると、間合い三歩を一息に跳び超えて躍りかかってくる敵の姿。迎撃は間に合わない。遅れて回避動作。袖口、ニンジャの黒装束を小鬼の手が摑んだ。強い力で乱暴に引っ張られる。

「グォザルゥ……」

「勝ち誇った顔をするな」

刀を捨てて敵の懐に潜り込み、肘をかち上げ無防備なアゴを砕く。

大きく仰け反り、口から血の飛沫《ひまつ》を吐き出すも、小鬼は摑んだ手を離さない。その腕を取り、捻《ひね》って肩を極めつつ前方に投げ倒す。

「さらばだ。ゴザール！」

がら空きの首を目がけて手刀を振り下ろす。

「失敗、もう一回」

致命の一撃《クリティカル・ヒット》。二度目の手刀で、ニンジャは小鬼の首を刎ねた。

「こいつは何者だったのだろう。小鬼闘士よりは強いようだが、いまいちパッとしない感じだ」

酢か何かを入れ忘れた感じである。きっと料理人がうっかりしていたのだろう。何となく味の収まりが悪いのだ。

「いやいや、パッとされても困るっス。こんなもんですよ」

「ふむ、まあいいか。とりあえず呼び名を付けておこう。アーウィア頼む」

「うっス。それでは小鬼将軍《ゴブリン・ジェネラル》で」

何匹か逃げたようだが、ひとまず小鬼の集団を撃破した。

なかなか大変だ。パッとしないとはいえ、強い方の小鬼どもの比率が増えている。こんな小集団がいくつもあるのだ。しかも、やけに好戦的だった。

ゴザールで追い払うどころか、逆に本人がゴザられる始末である。

「さて、どうするか。多くて二百匹と聞いていたのだが」

「……どう考えてもそれ以上います」

「気にしてもしかたねーっスよ。遠慮して減ってはくれんス」

後方の支援部隊を見る。ヘグンらの率いる猟兵部隊は、窪地を挟んで向こうの敵集団に矢を射かけている。みんなで夜なべをして作った矢だ。大事に使ってもらいたいものである。

「よし、細工職人の工房辺りまで攻め上がろう。状況を見て転進、一気に鍛冶場まで戻る。時間を稼いで作戦を立てるとしよう」

「うっス」

我らゴザール小隊は北へと進軍する。敵集団との激しいぶつかり合いを経て、新たに小鬼将軍の首級を二つ挙げ、目的の工房までたどり着いた。

「アーウィア、本当に大丈夫か？　無理はするんじゃないぞ？」

「だから平気っス。ちょっと背中を打ったくらいっスから」

「……正直、死んだかと思いました」

小鬼闘士との戦闘中、もつれ合って崖から落ちたアーウィアである。急に姿を消したので驚いた。慌てて駆け寄ると、崖下がもの凄いことになっていたのだ。

「下が岩場になってるのが見えたんで、とっさに小鬼にしがみついたんス。動けなくして頭から落としてやりましたよ」

「……お見事です。さすが、アー姐さん……」

下手なニンジャ以上にニンジャな司教である。本当に無茶なことをする娘だ。

割れた頭からいろんな物を撒き散らした小鬼の傍らにアーウィアが転がっているのを見たときは、心臓が止まるかと思った。

「ともかく目的は果たした。急いで帰還するとしよう。まだ『小鬼群進《ゴブリン・スウォーム》』とやらは収拾が付いていない。反攻作戦を練らねばならん」

「そっスな。走って帰るとしましょう」

「――走っても大丈夫なのか？　俺の背中に乗るか？」

「だから心配ねーっスから」

元気に走り回るアーウィアの姿を見守りつつ撤退。丘を斜めに下って、鍛治場と窯元を繋ぐ道に出る。その窯元方面からぞろぞろとやってくる一団があった。先頭を行くのはザウランである。

「ふむ、窯元は放棄したようだな」

ザウラン一行の後ろの方では、ご立派な兜がキラキラしていた。ユートもいるようだ。全軍撤退であろう。


「この拠点は一時放棄する。荷物を纏めて、木工職人の工房まで下がるぞ」

ザウランたちやお嬢さま小隊と合流し、人口過密状態の鍛冶場である。

「だから、なぜお前が仕切っているッ！」

「いいんだよ、ここは兄さんに任せとけって」

「てっしゅー！　総員てっしゅー！」

やかましい連中だ。時間がないのだから疾《と》く早く行動するのだ。

「旦那、他に持ち出すモンはありますか!?」

このディッジ小僧がいたのは幸いだった。荷運びの仕切りは慣れたものだ。

「矢じりと紐は持っていけ。矢柄はあちらの工房で調達できる。ここにあるぶんは箱に入れて屋根の上にでも隠すとしよう。あとは藁を持てるだけ持っていくぞ」

「はい、すぐにッ！」

「藁など置いていけばいいのだ。失って困るような物ではないぞ」

このお嬢は、この期に及んで腕組みをしたまま、あくせく走り回っている連中を眺めるだけだ。きっと頭が上流階級なのだろう。魔法銀製《ミスリル》の兜がよくお似合いである。

「カナタ殿！　準備ができた者から向かわせてもよいですか⁉」

「ああ、念のため猟兵を付けろ。道中で小鬼と鉢合わせになるかもしれん」

「わかりました！　丸坊主小隊、聞いてのとおりです！」

「「オッス、レンジャー！」」

冒険者たちは慌ただしく荷造りをして、ばたばたと出発していく。正月の郵便局みたいだ。よく知らんが、きっとこんな感じだろう。

「もったいねーっス。せっかく取り返したのにキリがねーっス」

この鍛冶場は重要拠点であったが、矢の生産が進んだことで重要度は下がっている。

とはいえ心情としては、なかなか割り切れるものではない。

「仕方あるまい。戦場において、一進一退は常のことだ」

「ふむん、そういうもんスか」

アーウィアは竹馬を抱えてしょぼくれている。この竹馬は重要アイテムなので、置き忘れには注意せねばならん。作るのにも結構カネがかかっている。

「心配いらん。ここもすぐに取り返す」

「なにかアテがあるんスか、カナタさん？」

もちろん策はある。調子に乗っている小鬼どもを教育してやるのだ。

ゴザールの怒りが、どれほど恐ろしいかということを。

邪神降臨

資材を持ち出し、俺たちは木工職人の工房へと撤退した。

ここが反攻の拠点だ。

オズローの街に被害を出さぬためにも、この場所で小鬼を食い止めねばならん。


「――ふむ、よく寝た」

むくりと藁山から起き上がるニンジャである。いい寝床だった。馬小屋を思い出す。

「目が覚めましたか、旦那。よくこんなところで寝られますね」

寝起きのニンジャに声をかけるのは、木箱に腰掛けたディッジ小僧だ。

「こういう時だからこそ、寝られる時に寝ておかねばならん。準備はどうだ」

「見てのとおり、あと一息ってとこですね」

藁を払い、立ち上がる。工房の中は職人たちの熱気でむせ返るようだ。

ニンジャが寝ている間にも、小鬼どもを迎え撃つべく、大わらわで準備が続けられている。

「藁が足りねえ！　どんどん持ってこい！」

「おい、誰だここ結んだヤツは！　手ぇ抜くんじゃねえボンクラ！」

「すみません親方！　すぐ手直しするんで！」

怒鳴り声を上げつつも、職人たちは巧みに藁束を括り付けていく。さすが熟練の細工職人たちだ。大した仕事っぷりである。

「ふむ、どうやら間に合いそうだな」

「あんまりゆっくりしてられんスよ。そろそろ小鬼《ゴブリン》がくるころっス」

職人たちと一緒になって藁を結んでいたアーウィアである。周りにいる本職の方々にも見劣りしない手付きだ。何かと小器用な司教である。

「そうだな、俺たちも準備しよう。練習どおりにやるぞ」

「うっス。いくぞエルフ！　かくれて麦食ってんじゃねーっス！」

部屋の隅っこでしゃがみこんでいたルーがびくりと震えた。

「ひょっほまっへ！　おみぬのんれくるわ！」

「んもぅ、いそぐっスよ！」

若干の不安はあるが、いざ出撃だ。決着の時である。


工房の西、丘陵の裾野に本陣を構える。

見晴らしのいい、開けた場所だ。ここで小鬼たちを待ち受ける。

遠くそびえる山々を望むように、武装した冒険者たちが整然と列をなしている。ギルドから動員された、いずれも腕利きの猛者たちだ。敵より寡兵なれど、戦いを前に怖気づくものなどいない。

「前衛で壁を作ンぞ！　石に備えて盾を構えとけ！」

「槍部隊！　味方の背を突かぬよう気をつけろ！」

「猟兵部隊は持ち場につくのだ！　号令を聞き逃すでないぞ！」

部隊を指揮するのは、我らがギルドの誇る脳筋たちだ。陣形の最前列では、英雄ヘグンの率いる鉄壁中隊が守りを固める。その後ろに控えるのは、間に合わせの槍を構えた、ザウランの串刺し中隊だ。後尾と両翼には、萌え声代官ユートが指揮する、お嬢さま猟兵団《レンジャーズ》が弓を手にしている。

我ら冒険者、迷宮での戦闘経験こそ豊富だが、野外における集団戦のノウハウなど持ち合わせていない。よって当方の総大将はユートに一任した。あいつはアホだが、他人を顎で使うことに長《た》けたお貴族様だ。指揮を預けるには適任であろう。

「――まだこねーッスかね、小鬼どもは。こうして待つのも疲れるんスけど」

「我慢しろアーウィア。ここが正念場だ」

戦場の熱気にあてられてアーウィアが焦《じ》れてきた。獲物の匂いを嗅いだ猟犬のように、毛を逆立てて低く唸《うな》っている。野性の本能を必死に抑えているのだろう。

俺たちがいるのは部隊後方、魔法職で構成された支援部隊の中。敵の大部隊を受け止められるのは、強靭《きょうじん》な肉体を持つ戦士たちだけだ。我らの出る幕ではない。

「――見えた、小鬼だ！」

誰かが叫んだ。

全部隊が注視する先、稜線《りょうせん》の向こうから数体の小鬼が姿を見せた。

十体、二十体。やがてそれは、湧き出すように数を膨れ上がらせていく。

「よくもまあ、こんなにいたもんスね」

「一匹見かけたら数十匹はいると言うからな」

丘を埋め尽くさんばかりの大集団が現れた。

砂塵《さじん》を舞い上げ、薄汚い小鬼の群れが雪崩を打って押し寄せてくる。地鳴りのような足音だ。

百匹どころの話ではない。道沿いに合流して巨大な群れになったのだろう。荒れ狂う濁流を思わせる勢いでこちらに迫る。小鬼どもは本来臆病だが、『小鬼群進《ゴブリン・スウォーム》』によって発生した群れは非常に好戦的。激戦は避けられないだろう。

「いくぞ猟兵、先頭集団を狙うのだ！」

ユートの号令に、猟兵たちが弓を引き絞る。

「――放てっ！」

一拍おいて放たれた矢の雨が、敵の先陣に降りそそいだ。

敵方の切り込み隊は小鬼闘士《ゴブリン・ファイター》。矢の一本二本では倒せない。しかし何匹かは乱れ足となって後続に突き飛ばされ、そのまま踏みつけにされていく。

若干の損耗を出しつつも、勢いそのままに小鬼闘士の集団が迫る。

こちらの前衛部隊と衝突。鉄壁中隊が構えた盾に、小鬼が次々に体当たりし始めた。

「抑え込むぞォ！　摑まれりゃ盾を引き剝がされる！　忘れず剣も振るえッ！」

「串刺し中隊、しっかり狙うんだ！　むやみに槍を突き出すなッ！」

横一列で彼我の前衛が激しくぶつかり合う。荒々しい接近戦になった。

「第二射、後方の投石部隊だ！　矢をつがえよ！」

猟兵たちが弦を引く。弱い方の小鬼たちが投げる石も無視できない。射程の有利があるうちに潰しておかねば、こちらの後衛に被害が出る。

「――てぇーっ！」

斉射された矢を受けて、後方の小鬼たちがバタバタと倒れた。遠距離戦では弓に敵わぬと見て取ったか。小鬼たちは投石を諦め、勢い任せに突撃してくる。

死をも恐れぬ敵軍を前に、鉄壁中隊は懸命に踏みとどまる。槍に喉笛を貫かれた小鬼が倒れ、その屍を踏み越えて新たな小鬼が現れる。盾ごと引き倒された冒険者が、仲間の手を借りて命からがら自陣に逃げ込む。両翼の猟兵たちも弓を捨て、戦線を支えるべく剣を振るう。

次第に戦況は、単純な暴力のぶつかり合いとなっていった。


「そろそろ頃合いだな。ボダイ、ニコ、頼む」

「ええ、お気をつけて。『広域守護《マス・プロテクション》』！」

支援魔法を受ける俺たちの周囲で、職人たちが慌ただしく仕上げの作業を行う。

ニンジャが寝ている間に準備した切り札を、このタイミングで投入するのだ。

「……いきます、『忍法・煙玉《ニンポ・スモークボール》』！」

激闘のさなか、自陣後方が白煙に包まれる。視界が白く染まり、戦場の気配が遠のいた。

（よし、今のうちに出るぞ）

（うっス。いくぞエルフ）

（高いわ。怖いわ）

小鬼たちは白煙を気にする様子もない。眼前の敵しか見えていないのだろう。暢気《のんき》なことだ。お前らの本当の敵はここにいるというのに。

大きく歩を進める。重い足音。

白く塗りつぶされた異界から、真の恐怖が姿を見せる。


「「「ゴザァァ――――ルッ!!」」」

戦場に、巨大な藁人形が現れた。

火炎

「「「ゴザァァ――――ルゥッ!!」」」

藁の邪神は雄叫びを上げ、のしりと歩む。

小鬼たちの視線が集まる。足元の槍兵たちが左右に分かれ、道を作った。

戦場へと続く道を、藁人形こと邪神ゴザールが悠々とのし歩く。

言うまでもなく、藁人形の中身は俺たちだ。竹馬に乗ったニンジャが司教を肩車し、司教がエルフを肩車する。俺が歩行を担当し、アーウィアが両手を動かす係だ。ルーは頭部に格納している。

恐れを知らぬ小鬼たちがゴザールめがけて石を投げた。

愚かなものだ。そんな攻撃など、柔らかな藁で覆われたゴザールに効くわけがない。

邪神ゴザールは物憂げに小鬼たちを見下ろす。畏怖することを忘れた愚か者たち。あまつさえ、ゴザールの名を騙る不敬な魂。醜く押し寄せ、ひしめき合っている。

（一発くれてやるぞ。合わせろ、ルー）

（ええ、まかせて！）

ゴザールの頭部が楽しげに揺れた。


「「ゴザァァ――――ルッ!!」」

（ござっ、『炎　嵐《ファイア・ストーム》』！）

灼熱《しゃくねつ》の炎が吹き荒れる。これは地獄から噴き出したゴザールの怒りだ。

身の程を知らぬ小鬼の群れが、神の怒りに焼かれていく。

（もう一発いこう。今度はもうちょっと後ろを狙うぞ）

（はい、もうちょっとうしろ。ござーる）

「「ゴザァァ――――ルッ!!」」

（ござーっ、『炎　嵐《ファイア・ストーム》』！）

密集した小鬼の群れに、ゴザールの頭部から放たれた火炎が襲いかかる。

熱気が空気を巻き上げて、渦巻く炎が天を赤く染めた。

この地に神罰が下されたのだ。


風が白煙を洗い流し、焦土と化した草原があらわになっていく。

業火が消え去った後には、焼け焦げた小鬼の死骸が無数に倒れ伏している。

炎に巻き込まれた木々は枝葉を焼き落とされ、黒く杭のように立ち並んでいた。

虚しい光景だ。ゴザールの心に、寂寞《せきばく》たる思いが降り積もる。


「「「ゴザァールゥゥゥッ!!」」」

邪神は禍々《まがまが》しく雄叫びを上げた。


「行くぞ、全軍進むのだ！　ゴザールッ！」

指揮官ユートの号令で、ゴザールを崇《あが》める戦士たちが進軍を開始する。

邪神ゴザールの出現により、戦いの趨勢《すうせい》は変わった。

皆、口々に神の名を叫びながら小鬼へと斬りかかる。邪神の脅威を目の当たりにした小鬼たちは戦意を失い、逃げ腰のままゴザール兵に斬り倒されていった。

（よし、いい感じだ。このまま追い返せればいいのだが）

（うっス。でも、奥の方にいる連中はよくわかってないみたいっスけど）

なにせ敵は大集団だ。ゴザールの炎で焼けたのは半数にも至っていない。

後から来た小鬼たちは事情がよくわかっていないらしく、初対面な感じで戦闘に加わってくる。何の説明もなく炎上案件に投入されてきた追加人員みたいな感じだ。『ちょっと職場の様子がおかしいな』くらいの顔である。自分が死地に立っていることに気付いていない。

このまま潰走かと思われた小鬼たちだが、やがて恐怖を忘れ、元の戦場に逆戻りしていった。

(しょせん小鬼っスな。やっぱ殴ってわからせるしかねーっス)

(ええい、仕方ない。もう一発だ、ルー)

(いいけど、そろそろ魔法の回数が切れちゃうわよ)

三度、ゴザールの業火が敵を焼く。この戦闘を長引かせるわけにはいかない。さっさと片付けて消火活動に移らないと、山火事にでもなったら大変だ。

懸念していた魔法の使用回数も底をつく。ゴザールは近接戦闘などできない。このまま突っ立っていても役に立たん。かといって、ここでゴザールがそそくさと退却などしたら笑いものだ。中途半端な藁束という悪評は避けられないだろう。二度と偉そうな顔などできない。

(カナタさん、わたし一発くらいなら『火散弾《ファイア・スキャッタ》』が撃てるっスけど)

(いや、それは駄目だ)

アーウィアのちんけな炎では、ゴザールの威厳が損なわれる。

本作戦の狙いは、邪神ゴザールで小鬼どもをビビらせて追い払うこと。舐められたら終わりだ。

(ねえ、おなかがへってきたわ)

（もうちょっとだけ我慢してくれ）

ここでゴザールの頭部を分離するわけにもいかんのだ。

戦闘は膠着《こうちゃく》状態。敵の数が多すぎて、押しも引きもできそうにない。

「ごっ、ゴザール！」

立ち往生しているゴザールの足元で、ボダイの声がした。

藁の隙間から見ると、見慣れた坊主頭に率いられた魔法職の連中が立ち並んでいた。

作戦にはない行動だ。何をする気だろうか。

魔術師たちは戦列の後ろから、こそこそと戦場を覗き込む。

「『恐嚇《コーズ・フィア》』、『恐嚇』」

「『恐嚇』」

「『恐嚇』、『恐嚇』、『恐嚇』」

魔術師たちが一斉に魔法を使用し始めた。敵に恐怖を与える初歩の魔法だ。

なるほど。ゴザールの脅威を魔法で演出しようというのか。

いいアイデアではあるのだが、せせこましい策である。魔法をかけられた小鬼たちは、そわそわと落ち着かない素振りだ。効いてはいるようだが、決定打には至っていない。小鬼群進による戦意の高揚を打ち負かすほどではないようだ。もうひと押しが必要か。

（カナタさん、やベーっス。足がしびれてきたっス）

ずっとエルフを肩車していたアーウィアも、そろそろ限界が近付いてきている。

（くっ、もう少し我慢できんか？）

（ムリっぽいス。腕の力もぬけてきてるっス）

（ねえ、ごはんにしましょう？）

ええい、このままでは敵前でゴザールの身体がバラバラになってしまう。

（――賭けになるが、最後の一手を打つ）

（なんでもいいんで、早めに頼みます。手も足も感覚がねーっス）

（ルーもあと少しだけ我慢しろ）

（はい、なんでもします。ごはんがたべたいです）

（アーウィア）

（はい？）

（俺は何者だ？）

沈黙していた邪神ゴザールが目覚める。

まるで渾身の力を振り絞るように両手をわきわきと振り、空腹にうなだれるような格好で小鬼たちに顔を向ける。戦場の小鬼たちがゴザールに気付き、そして無関心に目を逸らす。でかい藁束など相手にしている暇はない、とでも言いたげだ。

――神を恐れぬ不届き者め。

よかろう。ゴザールの真の力、その目に焼き付けるがいい。

邪神が、大きく息を吸いこんだような気がした。

「「ゴザァアァ――ルッ!!」」

「『忍法《ニンポ》・火遁《カトン》・の術《フレイム》』ッ!!」

乾坤一擲《けんこんいってき》、気迫を込めてニンジャは叫ぶ。

天を朱色に染め上げて、骸横たわる戦場に紅蓮《ぐれん》の炎《ほのお》が舞い踊った。


怪しげな火炎が小鬼の群れを舐めまわす。

炎は敵前衛集団を焼き、うねるように後続へと襲いかかる。

威力は低いようだが、範囲は広く、効果時間は長いようだ。

ニンジャが放った妖火の中を、小鬼たちは錯乱したように跳ね回っている。

(――何とか成功したか)

(いやいや、『成功したか』じゃねーッスよ。いきなり何やってんスか、カナタさん)

(説明は後だ。気を抜くなアーウィア)

こんな大技を成功させたのだ。少しくらい褒めてくれても良さそうなものだが。

燃え盛る炎の中に立ち続けられるわけもない。

小鬼の大群は統率を失い、散り散りになって駆け出した。脱兎《だっと》のごとき潰走である。

冷静な判断力など残っていないのだろう。炎から飛び出した小鬼たちの一部が、こちらの陣地を目掛けて走ってくる。もはや眼前の敵すら目に入っていないようだ。

(――何匹かこっちに来るな)

(ふむん、連中も死にものぐるいっスな)

迎撃に向かう鉄壁中隊の合間を抜けて、数体の小鬼がゴザールのいる方へと向かってくる。

身体に巻き付けた革紐に引火し、火の玉のような姿になった小鬼将軍たちだ。やはり小鬼の中でもタフなのだろう。手負いであることを感じさせぬ俊敏さで、盾持ちの冒険者たちを掻い潜る。

串刺し中隊が止めようとするも、慣れぬ槍に振り回されて対応が追いついていない。

まずい、ゴザールの身体は藁だ。ちょっとした火の気でも簡単に燃え上がってしまう。

(アーウィア、魔法を――)

ゴザール炎上を覚悟した次の瞬間。

邪神の前に小さな人影が飛び込んでくる。

「……ござーる」

駆ける小鬼たちが、額に手裏剣を食らって次々と前のめりに倒れた。

邪神の眷属《けんぞく》、おかっぱニンジャのニコだ。

手裏剣を渡しておいて正解だった。

一件落着

「「「ゴザァールゥゥゥッ!!」」」

邪神が渾身の雄叫びを上げる。

「仕上げだッ！　このまま押し返すぞォ！」

「いくぞ串刺し中隊、遅れるなッ！」

「お嬢さま猟兵団《レンジャーズ》、第一班は追撃！　第二班は残って警戒にあたるのだ！」

逃げる小鬼を追い立てて、ゴザールのしもべが丘を駆ける。

侵略者どもの残党を森へと叩き出すのだ。この地は邪神ゴザールの聖域である。

「なんとか『小鬼群進《ゴブリン・スウォーム》』を退けることができたな」

「うッス。あとは冒険者どもに任せましょう。わたしは走れんス」

痺《しび》れた足をぽんぽんと叩いているアーウィアである。なんとか最後まで気合いで耐えてくれたようだ。もう一名はどんな感じだろう。俺は横たわる藁束《ゴザール》からエルフを引っこ抜く。

「――ねえ、ごはんはまだかしら？　わたし、がんばったわ……？」

「そうだな。いま麦を取りに行かせている。好きなだけ食え」

腹が減ってるだけなのに、死期を悟ったような顔をしているエルフだ。

坊主とおかっぱ女児が麦の袋を抱えて走ってくる。そんなにはいらん。

ニンジャは黒装束の藁を払い落とし、大きく一つ深呼吸。

俺たちの長く苦しい戦いは終わったのだ。


「大司教アーウィアと邪神ゴザールに、乾杯！」

乾杯、と冒険者たちが唱和する。

夕暮れ時の酒場である。集まったのは結構な人数だ。酒場が手狭になったので、表に木箱の椅子を並べて即席のビアガーデンである。近隣住民から苦情が出ないといいが。道端で身元の不確かなゴロツキどもが安酒をかっ食らっているのだ。その中に街の為政者がいる辺り悪質である。

「ようやく肩の荷が下りたのだ。半分ほどだがね」

「気にすんなお嬢！　酒が飲めりゃ大抵のことは何とかなるっスよ！」

久しぶりの酒宴に、アーウィアのテンションも鰻登《うなぎのぼ》りだ。底が抜けたような勢いでガバガバ酒を飲んでいる。同じペースで飲んでいるユートもアホである。

まあ、ここ数日は工房に詰めていたので酒など飲めなかったのだ。好きにさせてやろう。

「……先生の『忍術《ニンジャ・アーツ》』、お見事でした。私も精進します」

「ああ、俺はニンジャだからな」

一番弟子と酒を酌み交わす。こいつもちびっ子の癖に結構飲むな。

「よもや、カナタ殿があのような奥の手を持っておられたとは」

「うむ、ニンジャだからな」

坊主とも酒を酌み交わす。突っ込んだ話を聞かれる前に酔い潰すべきか。

決め手となった『忍法・火遁の術《ニンポ・カトン・フレイム》』。あのタイミングで成功させられたのは、我ながらお手柄であった。こっそり練習はしていたが、今まではまったく発現できなかったのだ。

薄い麦酒《エール》を流し込みつつ、空中にメニュー画面を開く。

名前：カナタ。種族：人間、21歳。職業：ニンジャ、Lv.《レベル》15。

「ふむ、やはり不安定だな……」

しばしメニューを睨みながら酒を飲んでいると、ふいに表示が変化した。

名前：カナタ。種族：人間、21歳。職業：ハイ・ニンジャ、Lv.《レベル》5。

そう、『ハイ・ニンジャ』である。こっちが忍法を使える方のニンジャだ。

冒険者としては、ニンジャ以外の生き方を知らぬ俺である。であれば、ニンジャ路線で何とかするしかあるまい。俺も弟子を持つ立場になったことだ。ワンランク上のニンジャを名乗っても許されるだろう。そう思い込むことで、何とか手に入れた職業である。

小鬼の森で怪人ゴザールとして活動している最中などに、こつこつとレベル上げをしておいたのだ。戦闘の前に一眠りしてレベルアップしたのが効いたのだろう。どうにか本番までに忍法を習得することができた。テスト工程を省略することで納期に間に合わせるなど、悪のプログラマみたいな所業である。弟子のおかっぱが勝手に妙な術を使い出したせいで、辻褄《つじつま》合わせに苦労させられたものだ。誰かに見られないよう、怪人ゴザールとして森に行ったときにこっそり忍法の練習をしていた俺である。ニンジャは警戒心が強いのだ。買い物をしながら店内ソングに合わせて歌っていたのだ。陳列棚の陰に店員さんがいたのだ。あんな失敗を繰り返してはいかんのだ。


「ヘグンよ！　俺と力比《くら》べをするのだぁッ！　さぁ！」

「なんなんだよこいつァ……勘弁してくれ……」

毛皮を脱ぎ捨てたザウランがヘグンに相撲を挑んでいる。

「逃げるな英雄！　全力で俺にぶつかってこいッ！」

意外なことに、この大男は酒に弱いらしい。しかも嫌な酔い方だ。赤ら顔で息巻く大男を無視して、英雄は孤独に杯を傾ける。

「旦那、本当にいいんですか？　何人か向こうに残しても良かったんじゃ……」

「心配いらん。ちゃんと案山子《かかし》が見張りをしてくれている」

北の丘には等身大の藁人形をいくつか立ててきた。邪神ゴザールの分霊だ。いくら小鬼といえど、無警戒に近寄ってくることはないだろう。それに長期案件が片付いたのだ。冒険者たちにも休暇を出さねば、ブラックギルドまっしぐらである。

「――今度子供が生まれんだよ。カネがいるのさ」

「お酒がおいしいわね。なにか食べるものはないかしら」

「――いつまで冒険者なんてやってられるかねぇ……」

「お肉が食べたいわ。だれか持ってきてくれないかしら？」

鼻高斥候のヘンリクが面白そうな話をしている。ルーを相手に独り言だ。誰かに聞いてほしいわけではないが、話したい気分なのだろう。

「ねぇアンタ、もう『レンジャー！』ってヤツはやらないの？」

「俺はもう猟兵《レンジャー》課程を卒業したらしい。教官がそう言っていたんだ」

「なんだそりゃ。まぁいい、ちょっとおかしかったからなお前ら」

冒険者パーティーの連中も、ギルド提供の安酒をかっ食らいつつ会話に花を咲かせている。これは福利厚生費で落とす。しっかり飲んでギルドへの不満を忘れるがいい。


だいたい一周りしただろうか。特に後処理が必要な問題もなさそうだ。

喧騒を離れ、ニンジャは木箱に腰を下ろす。

小鬼の一件、じつは片付いてなどいない。小鬼群進で森から湧き出した集団についてだ。

俺たちが討伐したのは、全体の何割かに過ぎない。どう考えても相当数がオズロー近郊から外部に流出している。近隣の村々に被害が出ないといいが。

ぼんやりと蛮族たちの宴《うたげ》を眺めていると、お綺麗な顔がノコノコとやってきた。

似合わぬ革鎧を着たユートである。

「そんなところで何をやっているのだカナタ」

「今後の方針について少々考えていた。小鬼の件だ」

「そうか。それで、冒険者の方ではどうするつもりなのだ？」

他人事みたいな顔で酒杯を傾けているお貴族様である。こちらに丸投げする気満々のご様子だ。

「まだ小鬼どもの残党が森にいるはずだ。そのうち増えるだろう。ギルドの冒険者を使って適度に間引く必要があるだろうな。耳代がかさむ」

無償でのサポート体制が必要な案件になってしまった。資金力に乏しい弱小ギルドにとっては大打撃である。しかし、こいつには今後もスポンサー様になってもらう機会があるだろう。これも必要経費だと割り切るしかない。いずれ黒字に持っていければいいのだ。

「ふむ、小鬼群進が発生する危険はないのか？　アレが度々発生するようなら、実家に泣きついて兵を借りてこなければならんのだ」

ユートは凜《りん》とした困り顔で堂々と情けないことを言った。器用なやつだ。

「おそらく大丈夫だ」

「むぅ、おそらく——か」

想像になるが、小鬼群進の原因はきっと怪人ゴザールのせいだ。

森は奴らの縄張りだった。そこで怪人が暴れたせいで、小鬼たちを森の奥に追いやってしまったのだろう。大移動の結果、森の深部が過密状態になったのだ。

狭いところに大勢の小鬼が流れ込み、彼らの食糧事情も余計に悪化した。そうなれば考えられるのは、共食い祭りだ。

ある種のバッタを連想した。そのバッタは過密状態で育つと、羽の長い飛行形態のバッタが生まれるようになる。こいつらが一億匹とかいう規模の群れで飛び回り、あらゆる物を食い尽くしながら新天地を目指して移動していくのだ。

蝗害《こうがい》という災害である。大きな大陸では、歴史上何度も大変な目にあっているという。遺伝子に秘められたバッタたちの生存戦略である。前にテレビで見た。

小鬼たちにも似たような生態があるのだろう。餌が足りず、共食いの果てに小鬼将軍《ゴブリン・ジェネラル》が誕生する。この個体は群れを率いて新たな餌場を探すのだ。そこには『レベルアップ』を利用した、この世界特有の進化の形があるのかもしれない。


そんな考えを、細部をぼかしつつユートに語ってやる。

俺が関与した部分は特に念入りにぼかす。ニンジャとて怒られたくはないのだ。

「面倒くさい話なのだ。とにかく、あまり追い込まず適度に狩れということか」

「そういうことだな。お前のとこでも衛兵の訓練に使えばいい。ただの小鬼ならさほど危険もない。新兵の練習相手にはちょうどいいだろう」

もう一つ。

小鬼を森に追い返すとき、一匹の奇妙な小鬼が目撃されている。

毛皮を纏った小さな個体だったという。そいつが小鬼君主《ゴブリン・ロード》だろう。

ほぼ間違いなく、その毛皮は革職人の工房に送られた悪魔の皮だ。毛が生えていたのなら、おそらく下級悪魔《レッサー・デーモン》の山羊頭に近い部分だろう。この皮を例の虫が齧ったのだ。廃屋のようになっていた革職人の工房が小鬼の発生地である。

君主が悪魔の皮を持っているのだ、今後も小鬼たちは増え続けるだろう。これはユートには話せない。ギルドの秘匿事項である。

ようするに、今回の騒動はすべて我ら冒険者ギルドが原因なのだ。

忘却の果て

祝勝の宴は賑やかに続いた。

冒険者たちは謎の干し肉を噛り、安い麦酒《エール》をガバガバと飲む。

出荷を目前に控えた大蝙蝠《ジャイアント・バット》肉の試食会である。厳重に管理されていたので、頭から角が生えてくることもないだろう。だが、万が一ということもある。ギルドからの差し入れと称して、実食による最終テストを行うことにした。

ようやく第一弾の商品をリリースできるのだ。納品後にトラブルを起こすわけにはいかん。

エルフとドワーフが肉を奪い合い、司教に投げ飛ばされた大男が坊主を巻き込んで転がっていく。うるさくしすぎたので宿の女将が怒鳴り込んできた。酒場の主人ガルギモッサ爺が女将に投げ飛ばされ、強敵を見つけたアーウィアが参戦。女将と司教の一騎打ちとなった。冒険者たちはカネを賭け、歓声を上げながら勝負の行方を見守る。乱痴気騒ぎである。

俺とヘグンは相撲会場を遠巻きに眺めつつ、ゆったりと酒を酌み交わす。

「――ところでヘグン、ルーはどうすればいぃい」

「どうにもなんねぇだろ」

眉一つ動かさず、酒杯をあおるヒゲである。

今さらであるが、この男には小鬼討伐の報酬など1Gpたりとも支払っていない俺である。

知人に借りを作ったままというのはよろしくないが、下手なことを言うとユートやらザウランにまで報酬を払う必要が出てくる。ここは内密に話をつけておきたいのだ。

「そうではない。一仕事片付いたんだ。そちらに返せばいいのか」

「あァ、そっちの話か」

ヘグンはゆるりと首を巡らせ、群衆の中にエルフの姿を探す。

ドワーフ娘と一緒になって、でかい酒壺を運んでいるところだ。獲物を巣へと持ち帰る働き蟻のような二人である。そんなに飲めんだろうに。

「俺たちはしばらく住処を変える気はない。お前らはどうなんだ」

二匹の蟻を見送って、ヘグンはこちらに向き直る。

「そうだな。だったら、しばらく置いといてくれねェか。部屋の借り賃は払う。ルーも居心地よさそうにしてるしな。わざわざ宿に移す理由もねェ」

「わかった。ついでに朝メシはこちらで面倒を見よう」

「そうか、世話ンなるぜ」

こんな感じでよかろう。宿の女将とは、ギルドを介して付き合いがある。上手いこと勘定をやり繰りすれば、エルフの一食分くらい捻出できるはずだ。


「うがぁー！　坊主、手を貸せっス！」

「無理ですアーウィア殿、近付けません！」

相撲会場の方が騒がしくなってきた。女将の肩に担ぎ上げられ、手も足も出ない格好の司教様である。体格で勝るとはいえ、あのアーウィアを相撲で圧倒するとは。装備さえ整えれば冒険者として即戦力になりそうな女将である。

「勝負はついたみてェだな。姉御もよく粘ったぜ」

「うむ、そろそろアーウィアを助けに行くとするか」

賭けの配当を見るに、やはり女将が圧倒的人気だったようだ。血統もよく競走馬としての適性もあるアーウィアだが、まだ若く育成もじゅうぶんではない。これからである。

杯を置き、冒険者でごった返す相撲会場へと足を向ける。

――微《かす》かな殺意。いや、憎悪か。

探知スキルの反応が、忍び寄る脅威を知らせてくる。近い。ひたひたと歩んできた存在が、俺の真後ろで足を止めた。こんな人気の多い場で仕掛けてくる気だろうか。

「なにか忘れてますよね？」

ニンジャは背後を振り返る。

粗末なワンピースに貫頭衣を被るという、オズローでは一般的な装い。緩やかな長い巻き毛、すっきりとした顔立ちをしている年頃の娘だ。

「なにか、忘れてますよね？」

「――お、お前は女給ッ!!」

近いうちに高い酒を頼むはめになりそうだ。安酒の宴はそろそろお開きとする。

冒険者たちを帰らせ、酔い潰れた者を馬小屋へ放り込み、木箱を片付けて帰宅である。飲み代を払って酒場の裏口を抜け、目の前にある長屋が我らの住処だ。

「もう歩けねーっス。そこら辺に置いといてください」

「しっかりしろアーウィア。すぐ家だから寝るんじゃない」

「……先生、私の部屋でもうちょっと飲みませんか？」

「酒癖が酷すぎる。むやみにガードを下げるな」

小娘は二人とも、ぐでんぐでんの酔っ払いだ。千鳥足どころか脱臼したタコみたいになっている。飼育員は俺しかいない。ニコを物置部屋の床下に収納し、アーウィアを連れて部屋に戻る。毛布で司教巻きを作って床に転がし、ようやく人心地である。

「しまった、ルーを忘れていた」

慌てて酒場に引き返すと、人気のない店先の暗がりでエルフが干し肉を食《は》んでいた。妖怪のような姿である。早急にハウスへお帰りいただくことにする。

ようやくすべてを片付けて部屋に戻り、瓶の水で喉を潤す。

簀巻きは安らかに寝息を立てていた。


かすかに差し込む月明かりを頼りに、黒頭巾を脱ぎ寝間着用の黒装束に着替える。

ここしばらくは、何かと忙しない日々だった。

仮の宿だと思っていたこの長屋も、帰ってくれば心が落ち着く。

それはそうだろう。今の俺には、他に帰る場所などないのだから。

前世に未練はない。ないと言ってしまうのは嘘かもしれないが、『まあ仕方ないか』と諦めがつく程度のものだ。間違えて上書きしてしまったセーブデータのような感じである。嘆いたところで元には戻らないのだ。手癖で操作した自分の責任である。

板間の隅に畳まれていた毛布を広げ、土間に向かってばたばたとはたく。以前、足の多い虫が潜り込んでいたことがあったのだ。情けない悲鳴を上げてしまい、アーウィアに怒られた俺である。

板間に横たわり、司教巻きの隣でニンジャ巻きになる。

もしかしたらハイ・ニンジャ巻きかもしれない。一応メニュー画面を開いてみると、Lv.15のニンジャ巻きであった。やはりニンジャとしての自意識が勝ってしまうようだ。

上級職のさらに上級職という無茶な要求をした職業だ。こちらに乗り換える方が後々得になると
は思うのだが、まだ心構えが足りないようだ。なかなか思うようにはいかないものである。

「……っせーっスよ……さっさと……寝る……」

「すまん、もう寝る」

巻きから苦言を呈されたので、メニュー画面を閉じる。

俺もアーウィアも、明日があるのだ。

System.Info
◆システムの更新を開始します
・私信：
お久しぶりです、オージロ・カナタさん。

お元気ですか？　女神はお元気です。

先日、有給を使ってプチ旅行と洒落込みました。

自分へのご褒美というやつです。

たまにはこういう贅沢もいいものですね。

お土産をお渡しできないのがとても残念です。

その代わりではありませんが、アップデートです。

それでは、引き続きこの世界をお楽しみくださいませ。
◆システムの更新が完了しました

エピローグ

修練場

小鬼《ゴブリン》騒動から数日後。

司教とおかっぱを引き連れて、かつて『修練場』だった建物へとやってきた。

何度か訪れ、もはや見慣れた木造二階の建築物。今となっては、この街の役場みたいな場所だ。役人やら衛兵たちの詰め所である。

「カナタさん、こんなとこに用があるんスか？」

「用というほどではないが。転職《クラス・チェンジ》に関するものが残っていないかと思ってな」

開け放たれた扉《ドア》からお邪魔する。

広々とした一階部分。奥にあるカウンターの向こう側、受け付けをしていた男たちの姿はない。

俺たちの足音と床板のきしむ音だけが、やけに大きく聞こえた。

「転職については、今後はギルドの方で面倒を見ないといかん。何かそれっぽい物がないか調べてみよう。ユートのやつに許可はとってある」

「ふむ、それっぽい物ってなんスか？」

「そういう感じの何かだ」

「なるほど、まったくわからんス」

ここで職員をしていた者たちに聞き込みなどもしたが、要領を得ない返答ばかりであった。

彼らはもう『修練場』の職員ではなくなったのだろう。冒険者を管理するための機能は失われてしまったのだ。業務の引き継ぎもなしに廃業してしまうなど、無責任な話である。

「この壁も、きれいに掃除されてるっスね」

「む、手がかりになりそうな物は残しておけと伝えたはずなのだが……」

黒く塗られた壁だ。新米冒険者として巣立つはずだった者たちの情報も、きれいさっぱり拭い去られている。壁の筆跡はもとより、床にも白墨の粉さえ残っていない。

まるで、最初からそんな連中などいなかったと言わんばかりだ。

「ニコ、上の方はどうっスか」

「……駄目みたいです、アー姐さん」

おかっぱニンジャを肩車したアーウィアが、よたよたと壁際を歩いている。

こういうときに竹馬が使えればよかったのだが。先日無茶な使い方をしたせいで踏み板が壊れてしまった。工房へ送って修理中である。さすがに三人乗りは無理があったようだ。

職員たちが並んでいたカウンターの奥へと向かう。

手続きのために書かされた書類などもあったはずだが、どういうわけか一枚も見当たらない。

羽根ペンとインク壺も消えている。誰かが片付けたというより、やはり最初からなかったかのような印象だ。不可解なものである。

「やはり、何も残されていないか」

しばらく調べてみたが、手がかりは見つからなかった。諦めるしかあるまい。

「いいことじゃないっスか。紙なんかいらんス。これからはもっと適当にやりましょう」

アーウィアはカウンターによじ登り、腰掛けて足をぶらぶらさせている。行儀の悪い奴だ。

しかし、この小娘の言うことも道理である。どうせ相手は荒くれ者の冒険者たちだ。字を書けぬ者も多いし印鑑なども持っていない。手続きに必要な書類など少ないに越したことはなかろう。

「そうだな。この際、無駄は省いていくとしよう」

「うっス。ざっくりでいいんスよ。考えてみりゃ、名前も六文字までとか意味わからんス」

「まったくだ」

どうして律儀に守る必要などあったのだろう。名前など好きにすればいいではないか。

レトロゲーではあるまいに、そんなところを切り詰めても仕方あるまい。

こうして、オズローの修練場は閉鎖された。

冒険者の登録情報を管理していたはずの『修練場』だが、一切の資料は残されていなかった。

そもそも、何に登録していたというのだろう。誰が命じていたのかすら不明である。

社会ではよくある話だ。何か不都合があるたびに書類を増やし、年月とともに目的が失われて手続きだけが残される。当時の担当者も退職してしまったのだろう。もはや何のためにやっているのか把握している人間もいない。伝統行事の一環だ。地方に伝わる奇祭みたいな感じである。

「ニコ、もういいっスよ。これ以上探しても同じじゃっス。酒場にもどりましょう、カナタさん」

アーウィアに呼ばれ、ニコがこちらにやってくる。床に這いつくばって何かを探していたおかっぱである。蟻でも拾ってくる気だったのだろうか。

「ニコ」

「……は」

「そういえば、お前の名は何というんだ」

「……ニコです」

汚れた膝をはたきつつ、大真面目な顔で答えるニンジャ二号である。

「そうではない、本名の方だ。長いのがあるのだろう」

「……ニコラテッサトロスです」

思ったより長かった。

興味本位で聞いてみたのはいいが、おぼえるのも面倒だ。こいつは『ニコ』でよかろう。どうせ心の中ではいい加減に呼ぶ癖のある俺である。

「なげーっスな。そりゃ六文字にはおさまらんス」

「……ドワーフなので」

よくわからん種族だ。それもきっと、遠い昔に誰かが勝手に言い始めた伝統であろう。

衛兵たちから不審な目を向けられつつ、三体の冒険者は修練場跡地を去った。

収穫はなし。これからは、冒険者のことはギルドで管理していくとしよう。


「というわけで、ここをギルドの仮拠点とする」

「わしの店だがの」

冒険者の集う、ガルギモッサの酒場である。

いつもの席に店主を呼び、商談の最中だ。

「ガル爺に迷惑をかけるつもりはない。どうせ冒険者のたまり場だ。何かが変わるわけではない」

我らが冒険者ギルドは発足したばかりの組織。事務所を構えるカネなどない。

であれば、普段から入り浸っているこの店を活動拠点だと言い張ってもよかろう。

「というわけで、そこの女がギルド嬢だ」

「うちの女給だがの」

「いいではないか。どうせ大して働いていないのだから」

ギルドといえばギルド嬢は必須であろう。これも現地調達でまかなえばいい。

「失礼ですね！　ちゃんとお酒持ってきたじゃないですか！　働いてますよ！」

酒の壺を持ってきた女給は、なぜか俺たちと一緒に卓を囲んでいる。暇なのだろう。

「中身が少ねーっス。飲まれてますよカナタさん」

「飲んでませんよ！　っていうか、少しくらい飲んだっていいじゃないですか！　わたしだって飲みたいんですよ！」

壺を振って抗議するアーウィアに逆ギレをかます女給である。飲んでも構わんのだが、一言断って飲んだらどうだろうか。きっとこの女の属性《アライメント》も悪であろう。

なんだか身近に悪人ばかりいるような気がする。どうしてだろうか。

善だの悪だのいう分類さえ半ば形骸化してしまった昨今である。善と悪ではパーティーを組めないという制限さえ、いつの間にか気にする者もいなくなった。あれも『神の欺瞞』だったか。

「……アー姐さん。この女、始末しますか？」

「やめるっス。酒は楽しく飲むもんスよ」

腰の短剣《ダガー》に手をかけ、じりじりと詰め寄るニコと、ガル爺を盾にしつつ退路を確認する女給である。このドワーフ娘は悪とかいう以前に頭がおかしい。同じ枠に入れられたくない感じだ。

「二人とも座れ。酒なら飲ませてやる。それにしても、しばらく見なかったが何をしていたんだ」

「実家ですよ。麦の刈り入れがあるんで手伝いに行ってたんです」

「カナタさん、この女ぜんぜん手が荒れてねーっス。どうせ家でも働いてねーっスよ」

「なんですか、ちゃんと働いてますよ！　働く気はあったんです！　疲れてたから寝てただけですよ！　もう帰っていいって言われたんです！」

やかましい女である。こういうタイプの人間はどうせカタギの世界ではやっていけまい。

ならず者の冒険者を相手にするような仕事が天職だろう。やはりギルド嬢向きである。

行商隊、西へ

よく晴れた昼下がり。

三頭の荷馬と護衛の冒険者を連れて、ウォルターク商店の行商隊が出発した。他所の行商人たちがオズローに立ち寄ってくれないので、こちらから売り込みをかけるのだ。

「うまく捌いてこれますかねぇ……」

ディッジは不安げに行商隊を見送っている。

「心配いらんだろう。今まで商店を仕切っていた男だ」

行商隊を率いるのは、ウォルターク商店の番頭ガンドゥー。代官が所用で忙しかったので、しばらく投獄されたままになっていた男である。

人手が欲しかったので、ギルドからも働きかけて無事釈放されたのだ。近隣に武器をばら撒いて治安を乱したのは事実なので、街への奉仕労働を科すという形に落ち着いた。

「店を任されてた男が行商人に逆戻りってのは、惨めなもんです」

「なに、務めを果たせば店に戻れるんだ。必死になって売ってくるだろう」

「そうですね、旦那から売り口上も教わりましたから」

番頭にはセールストークのネタをきっちり仕込んである。

オズロー近郊に住むオズロー鳥は不死鳥の末裔《まつえい》だと言われているそうな。

子宝に恵まれぬ夫婦にその肉を食わせたら一月で嫁が身籠《みごも》ったとか、身体の弱い子に食わせたら村一番の力自慢になったとかいう噂だ。そのオズロー鳥がたまたま安く売りに出されたらしい。

実際には蝙蝠の塩漬けと干し肉である。うちではあれをオズロー鳥と呼んでいる。

ヘンリクのところに子ができたし、力比べでザウランを投げ飛ばしたアーウィアもいる。完全な嘘にはなるまい。ちょっと情報を取りまとめる際に齟齬《そご》があっただけである。

余談であるが、今年は畑を荒らす獣が多く、自衛のためにも鉈が飛ぶように売れているという噂もある。そうなる予定だ。うちの街から小鬼が溢れ出たからな。骸骨護衛《スケルトン・ガーダー》からかっ剝いだ鉈でよければご提供しよう。ちなみにオズロー冒険者ギルドでは、小鬼退治の経験が豊富なスタッフによる出張討伐サービスもやっているという噂だ。

「物を売りたいからと安売りするのは下策だ。相手が欲しがるような話をしてやらんとな」

「まぁ、そこは間違っちゃいねえです」

釈迦《しゃか》に説法だったか。この小僧はそうやって駆け出しの俺に、きりさき丸を売ってみせたのだ。懐かしい思い出である。

西へと旅立つ行商隊を見送って街へ戻る。

そろそろ迷宮から戻ってくる冒険者も増え、交易所が賑やかになってくる時間だ。

ディッジ小僧と連れ立って、中央広場までやってきた。

今日も石像の男は、その相貌に日差しを受けながら堂々と佇《たたず》んでいる。

最近知ったのだが、この石像の台座には文字のようなものが彫り込まれているのだ。長年の風雨に侵食されたのだろう、わずかにしか読み取れない。無理をすれば、この街の名に読めなくもないといった感じである。

「ふむ、この俺は何人目なのだろうな」

「へ、何か言いましたか旦那？」

「いや、何でもない。この石像は撤去して、大英雄ヘグンの銅像でも建てるか」

「……はあ。そんなこと、できるんですかね？」

「なに、代官殿に話を通せば大丈夫だろう」

いい加減、自分の老いた顔など見せられるのもうんざりである。

「それじゃ旦那、俺はここで」

「うむ、また何かあったら伝えてくれ」

番頭が不在ゆえ店も忙しかろう。ここで解散である。踵を返したところで、広場の向こうから駆けてくるおかっぱの姿が見えた。

「ありゃ旦那のとこのちびっ子ですね」

ちびっ子のおかっぱである。

杏子《アプリコット》の干したやつがあれば買ってくるよう、番頭に頼んである。もしかして待ちきれずに走ってきたのだろうか。今さっき街を出たばかりだから、買ってくるにしても当分先だが。

「……来客です、先生」

「ふむ、ご苦労。相手は誰だ？」

「……なのだの人です」


ディッジと別れて長屋に戻る。代官が来ているという割りに護衛もいない。いるのはガチョウに囲まれて相撲をとっている司教と当の代官だけである。

「何をやっているんだお前らは……」

「力比べっス！　お嬢を倒して子分にするんス！」

「何を！　負けんのだ！　返り討ちだぞ！」

街のために手を尽くしているニンジャを前に、統治者がこの有様である。

茶も座布団もないが客を迎える準備をしようと扉を開く。薄暗い部屋の中、エルフが水瓶の裏に頭を突っ込んでいた。こいつは他人の家で何をやっているんだ。

「あっ、カナタ！」

「——どうかしたか、ルー」

「ねえ、虫がいないのよ。おかしいと思わない？」

「足の多い虫か。いない方がいいではないか」

窓板を開けて軽く掃除などをしていると、服を土で汚した二人連れが入ってきた。わんぱく小僧である。アーウィアの法衣は汚れが落ちやすいからいいが、ユートの高そうな服はどうなのだろう。今日に限って鎧ではなく、裕福な商人みたいな感じの格好をしている。ご立派なお召し物がよくお似合いだ。あまり汚して帰ると『あの子と遊ぶのはやめなさい』とか言われてしまうかもしれん。菓子折りなど持って謝りに伺うべきだろうか。

「まぁ上がれユート。土を落としてからな」

「いや、ここでいいのだ」

お綺麗な顔のやつは他人《ひと》ん家の土間《ち》で服をはたき、上り框《がまち》に腰を下ろす。不調法なお嬢だが、この狭い長屋においては玄関先も何もない。このまま話すとしよう。

「それで、今日は何の話だ？」

「うむ、例の食い扶持についてなのだ。商店と組んで何やら手を回しているという話は聞いている」

「良からぬことはしていない。そうだなアーウィア？」

「うっス。ぜんぜんしてねーっス」

揃って首を振る俺たちに、ユートは目を細めて疑いの眼差しである。

「そうではないのだ。もうじき亜麻の月も終わって帆の月になる。麦の刈り入れが始まっているが、やはり実りは悪いようなのだ。食糧の方は当てにしていいのかい？」

「ああ、試算してみたが問題ない。あとは行商がうまくいけば、この街で飢える者など出ないだろう」

ざっくりと蝙蝠肉の産出量からカロリー計算をした。

毎日蝙蝠を食っていれば生きていける計算である。さすがにそれでは肉の出処がバレバレなので、行商で転がす必要がある。表向きは、猟兵《レンジャー》が山で獲物をとってきたという話にする予定だ。何とかの月というやつはわからん。後でアーウィアに教えてもらおう。

「そうか。必要であればうちの食糧庫を使っても構わんのだ」

「それは助かる。お礼に食糧で一杯にしてやろうではないか」

「はは、そうなればよいのだがね」

なんとなく悪代官と悪商人の密談みたいな感じである。そんな会話をしていると、追加で来客があった。息を切らせたヘンリクだ。

「街の南で魔物《モンスター》が出た！　でっけぇトカゲみたいなヤツだ、足がいっぱいある！」

「――なんだと？」

「むぅ、またなのか……？」

うんざり顔のユートである。おそらく俺も同じような顔をしていることだろう。

「虫がいないの。あんなにいたのに、おかしいわ」

「……あの虫ですか。バジリスクという名前ですよ」

「どこに行っちゃったのかしら」

「……干し肉でも置いとけば出てきます。肉を食べるので」

なにやらエルフとドワーフが気になる会話をしている。まったく関係ないが、そういえば悪魔の肉が減っているという話だった。小鬼の方は悪魔の皮から発生したのだ。肉が減った話とは別件である。思いがけず犯人が見付かったようだ。

「トカゲなんて放《ほ》っとけばいいっス。寒くなれば勝手にくたばるっスよ」

「――そうだな。街に入ってこないようなら放っておこう」

「むぅ、南門を封鎖するのだ。どうせ使っている者はほとんどいない」

しばらくは、そういう話には関わりたくないのである。

過日

かつて。

この街の冒険者は、神の欺瞞に囚《とら》われ、迷宮探索を生業としていた者たちであった。

暗く深い地の底で魔物と戦い、いずれ命を落とすことになる者たちだ。

この世界は、豊かな白ひげをたくわえた神様によってそのように定められていた。

とある女神様が、救いの手を差し伸べてくださるまでは。


「朝っぱらから騒がしいっスな」

「なに、活気があっていいことではないか」

「ひよっこどもの面倒みるのもいいっスけど、わたしらはどうすんスか？」

「こいつらが出払ってから決めよう。狩場が偏ってしまうと効率が悪くなる」

ガルギモッサの酒場兼、冒険者ギルドには多くのゴロツキどもの姿がある。ろくでもない連中ばかりであるが、さすがに酒を求めて集まっているわけではない。用があるのはギルドの方だ。

「小鬼狩りをしたい。腕の立つ猟兵はいるか」

「戦士が二人だ。迷宮なら第二層まで行ける」

「回復魔法が使える僧侶を頼む。第一層だ」

冒険者たちが詰めかける先はギルドの窓口。

偉そうな態度で椅子にふんぞり返っている、女給ことギルド嬢のところである。


「……先生。これは、何をしているんですか？」

「マッチングサービスだ」

「……はぁ」

「ニコ、そこで諦めるのはよくねーっス。ちゃんとわかるまで聞き返すんスよ」

教育熱心なアーウィアである。

オズロー北の森に住み着いた小鬼のせいで、我ら冒険者の仕事も多様化した。迷宮探索だけしていればいいという時代ではなくなったのだ。こうした変化に翻弄される冒険者を支援すべく、ギルドでは人材の仲介などを行っているのである。

「冒険者の働きによってギルドは成長していく。遊ばせておくわけにはいかんからな」

「うッス。わかったっスか、ニコ」

「……はい」

いまいち反応の薄い生徒を相手に能書きをたれていると、しょんぼりした感じのルーがやってきた。腹でも減っているのだろうか。さっき朝メシを食わせたばかりなのだが。

「魔術師はあまり声がかからないみたい。誰も呼んでくれないわ」

「おめーはわたしらに付いてくるんス。勝手によそへ行くんじゃねーっスよ」

無駄に独立心の高いエルフである。魔術師の求人がなくて助かった。

魔術師は使い手の判断力とパーティー内の連携が重要視される。無駄撃ちして魔法の使用回数がなくなれば戦力を失う。それゆえ臨時メンバーとして加えるには少々リスクが高いのだ。


「おう、待たせたな兄さん。今日はどっちだ?」

「おはようございます、皆さん。遅くなりました」

ヘグンとボダイもやってきた。副業で代官などやっているユートは欠席だが、このパーティーなら狩場がどこであろうと申し分ない。むしろ過剰戦力であろう。ニンジャなど二人もいるのだ。

「小鬼の方が人手不足のようだ。そちらへ向かうとしよう」

「うっス、んじゃ盾をとってくるっス。ちょっと待っててください」

「……私も、手裏剣を多めに用意します」

「えっと、わたしは、わたしは……」

「何もねェよ。座ってろルー」

小娘どもは装備を整えるべく長屋へと駆けていった。こういうときに家が近いと便利だ。

この酒場にも、店の一画を借り上げて有料の預かり所を開設している。

文字どおりのアイテム倉庫だ。利用者はいるが、店主に賃料を払うと手元にはいくらも残らない。これもまた、冒険者たちに対する支援の一環である。


小娘たちを待ちながら、しばし思いを馳《は》せる。

今回の騒動を通して、なんとなく理解したことがあるのだ。

俺の想像が正しければ、『ゴブリン』は元々小鬼の姿だったのだろう。

長い進化の過程で、『小鬼群進《ゴブリン・スウォーム》』なる現象を引き起こすようになったというのが俺の仮説だ。

この災害はボダイの語った言い伝えにも残されている。それがなぜ虫の姿になっていたのか。

この世界は白ひげ神の手によってレトロゲー仕様に組み替えられていた。後任の女神様が正常化のアップデートを行うまで、この街の冒険者は迷宮探索しかできなかったのだ。きっと、地上に巣食う魔物なども『迷宮探索に関わりがない』から排除されていたのだろう。だから小鬼は虫の姿に変えられたのではないか。

そうやって考えていくと。俺が前世でバイク事故を起こしてから、俺の願望でこの世界がレトロゲー仕様に改変されてから。おそらく、数百年ほど経過しているのではないだろうか。

そして。女神様がこの世界の正常化を続けていけば。小鬼の他にも、同じような存在がいたのだとすれば。虫の姿に封じられていた地上の魔物が、続々と元の姿を取り戻していくのではないだろうか。もしかしたら、虫を小鬼の姿に戻した瘴気とは――


「お待たせっスー。さっさと小鬼どもをぶちのめしに行くっスよー」

「……準備万端です。参りましょう」

酒場の裏口からアーウィアとニコが戻ってきた。

「よし、それでは行くとするか。怪人ゴザールの出番だ」

「カナタさん、あんま調子にのったらダメっスよ――カナタさん？」

「どうかしたか、アーウィア」

安物の円盾《バックラー》を浮き輪のように抱えてうきうきなアーウィアが、こくりと小首をかしげて見せた。はて、何かのネタ振りだろうか。だとしたら乱暴なパス回しだ。

「いや、なんでもないっス。なんか変な顔してるような気がしただけっス」

おかしなことを言う奴だ。変な顔など生まれてこの方したことがない。

「ほれ、お前らも行くぞ。小鬼狩りに出発だ」

うきうきで酒場を出る俺たちを見て、ヒゲと坊主と耳が長いのは揃って小首をかしげる。何だその反応は。もしかして流行っているのだろうか。

「おせーっスよ！　さっさと行かなきゃ小鬼がいなくなるっス！」

「待てアーウィア、そんなに引っ張るな」

秋風の吹くオズローの街を、ニンジャと司教はうきうき走るのである。

のか

岡山県生まれ。2019年から小説投稿サイト「小説家になろう」に投稿を開始。本作でデビュー。

レジェンドノベルス
LEGEND NOVELS

ニンジャと司教《しきょう》の再出発《リスタート》！ 2
変《か》わる世界《せかい》と冒険者《ぼうけんしゃ》

2020年9月7日　第1刷発行

［著者］ のか
［装画］ クレタ
［装幀］ 川原経義（トレスアミーゴス）

［発行者］ 渡瀬昌彦
［発行所］ 株式会社講談社
〒112-8001 東京都文京区音羽2-12-21
電話 ［出版］03-5395-3433
［販売］03-5395-5817
［業務］03-5395-3615

［本文データ制作］ 講談社デジタル製作
［印刷所］ 凸版印刷株式会社
［製本所］ 株式会社若林製本工場

N.D.C.913 303p 20cm ISBN 978-4-06-521086-4